괜찮아! 지금도 잘하고 있어

김현주 에세이

괜찮아! 지금도 잘하고 있어

초판 1쇄 2020년 10월 05일

지은이	김현주
발행인	김재홍
디자인	김다윤
교정·교열	김진섭
마케팅	이연실

발행처	도서출판 지식공감
브랜드	문학공감
등록번호	제2019-000164호
주소	서울특별시 영등포구 경인로82길 3-4 센터플러스 1117호 (문래동1가)
전화	02-3141-2700
팩스	02-322-3089
홈페이지	www.bookdaum.com
이메일	bookon@daum.net

가격	15,000원
ISBN	979-11-5622-533-1 03810

CIP제어번호	CIP2020037630
	이 도서의 국립중앙도서관 출판예정도서목록(CIP)은 서지정보유통지원시스템 홈페이지 (http://seoji.nl.go.kr)와 국가자료공동목록시스템(http://www.nl.go.kr/kolisnet)에서 이용하실 수 있습니다.

문학공감은 도서출판 지식공감의 인문교양 단행본 브랜드입니다.

괜찮아!
지금도
잘하고 있어

... 지금 행복하면
그 어떤 것도 실패라
말할 수 없다.

김현주 에세이

문학공감

●●● 들어가는 말 ●●●

'힐링, 리프레쉬, 기분전환'이 필요하다는 말을 많이 합니다. 지금
이 버거워 느리게 살고 싶은 사람들의 소망이 담겨있지 않을까 생
각합니다. 참 다행이기도 합니다. 지금이 느리게 살아야 할 순간이
라는 것을 깨닫게 되어서 말입니다. 아직은 쉬고 싶다고 생각할 힘
은 남아 있다는 것이니까요. 그럴 힘조차 없으면 정말 할 수 있는
것은 주저앉고 눈물을 흘리는 것밖에 없을 테니까. 느림 속에서 쉬
어가고 싶은 사람이 많나 봅니다.

현실은 늘 빨갛고 반짝이는 것을 추구하여, 가만히 있는 사람을
자극하려는 것처럼 빠르게 변해가고 그 속에서 우리는 얼마나 급한
지, 얼마나 빠른지도 모른 채 살아갑니다. 쉬는 것도 빠르게 쉬고
다시 일하자고 하니, 참, 쉬어야 할지 일해야 할지 모르겠습니다.

손에는 항상 핸드폰을 들고 있습니다. 손끝에서 티나지 않지만
꾸준히 자라고 있는 나의 손톱보다 핸드폰 화면에 더 관심이 많습
니다. 인터넷 접속만 해도 눈앞에는 새로운 기능이 추가된 새로운

화면이 펼쳐집니다. 최신형이고 신상이라 최고로 좋은 것이라는데, 느린 저는 아무리 핸드폰 화면을 쳐다보고 있어도 무슨 말인지 잘 모르겠습니다. 개발한 사람이 참 대단한 것 같긴 합니다. 그래도 어려운 건 어쩔 수 없네요. 할 수 있는 만큼 눈을 크게 떠보고 친절한 광고들을 이해하려고 오늘도 노력해 봅니다.

예전에는 핸드폰은 사랑하는 사람과 대화를 하고 약속을 정하는 좋은 수단이었죠. 정말 "따르릉"하고 전화벨 소리가 울리고 발신 번호표시가 없어 누구인지도 모르고 전화를 받곤 했습니다. 전화를 건 사람이 누구일까, 궁금해하면서 "여보세요?" 말하고는 목소리를 알아차리지 못 해주면 상대방이 서운해하기도 했습니다. 관심의 표현으로 장난 전화가 가능했고, 전화기 사이에서 흐르던 미묘한 감정으로 핸드폰을 바라보며 설레기도 했고요.

언제부턴가 '하는 것'이 되어버렸습니다. 손에 들려진 핸드폰 덕분에 '해야 하는 일'이 늘어난 것 같아 가끔 핸드폰이 '나와 누군가와의 이야기'이기만 했던 때로 돌아가고 싶을 때도 있습니다. 어쨌든 현실은 살아내야 하니, 적당히 사용하면서 적당히 속에서 저만의 느림을 찾아보곤 합니다. 가끔 느림마저도 버거울 때, 갑자기 우울해지기도 하고, 갑자기 여행이 가고 싶기도 하고, 갑자기 맛있는 음식이 먹고 싶기도 합니다. 그렇게 제 인생의 '갑자기'들이 늘어나더라고요.

누군가 '아프니까 청춘이다'라고 말했습니다. 처음에는 많은 청춘에게 공감을 준 말이라 생각했지만, 점점 분노가 되어 결국은 상처로 남은 말이 되었습니다.

청춘뿐만 아니라 사람은 누구나 다 아픕니다. 아프다는 말에 '쉬어라. 병원을 가라. 약을 먹어라.' 하며 바쁘게 여러 처방을 내려주지만, 사실 가장 먼저 할 일은 아프면 모든 것을 놓고 쉬면서 내가 '아프다'는 것을 제대로 아는 것입니다. 원인을 찾든, 밀린 일을 걱정하든, 어떻게 나을지에 대한 방법을 찾아보는 것보다도 '아프다'는 것을 인정하고 받아들이는 일이 가장 먼저입니다. '아프니까'는 그리 중요하지 않을지도 모릅니다. 그냥 단지, 나는 지금 아픈 겁니다. 사람은 누구나 아픈 시간이 있고 지금 아픈 시간을 보내고 있을 뿐입니다. 곧 괜찮아질 거라는 기대를 하면서요.

그래서 힘들다고 말하는 사람에게 "왜 아파? 어디가 아파? 얼마나 아파?"라고 묻지 않고, 괜찮을 거라고, 함께 아픈 시간을 잘 견려보자고 말해주고 싶습니다. 너에게는 너의 속도가 있고 주변의 너무 빠른 속도를 쳐다보며 굳이 현기증 느낄 필요는 없다고 말하면서요. 빠른 것 앞에서의 느림은 약해 보여서 가끔 슬프기도 하지만요.

느린 사람은 처음에는 괜찮습니다. 모르니까요. 힘든지도 모르고 상처인지도 모르고 아픈지도 모르고 피가 나도 잘 모릅니다. 그래서 자세히 들여다보아야 합니다. 왜 아픈거냐고 따져 묻지 않았으면 좋겠습니다. 단순한 물음이라도 괜찮지 않은 사람에게는 따져 묻는 것이 될 수도 있습니다. 어떻게 우울한 감정에서 빨리 벗어날 수 있을지 억지로 방법을 찾지 않았으면 좋겠습니다.

괜찮은 겁니다. 그냥 느린 겁니다. 조금 느려도 괜찮다고 자신을 토닥이면서 말입니다. 조금 느려도 충분히 괜찮습니다.

상대가 어떤 사람인지 알면 조금은 편하게 마음을 열 수 있죠. 마음을 열고 저의 이야기를 들여다보며 자신의 마음도 들여다보았으면 하는 마음을 담습니다. 일주일 동안의 마음으로 하는 대화를 위해서 간단히 저를 보여 드리면, 저란 사람은요. 그리고 왜 이야기를 시작하냐면요.

 저는 남들보다 조금 더 생각이 많습니다. 그리고 말을 잘합니다. 주변 사람들은 저에게 조언을 많이 구하고 잘 설득됩니다. 가끔은 설득해 달라 부탁하기도 합니다. 이렇게 누군가를 설득하고, 설득당하고 싶어 하는 사람이 주위에 많아지니 오히려 말을 아끼게 되더라고요. 친구들과 흔한 고민 상담이 설득하는 과정이 되어간다는 것에 어느 날, 갑자기 회의감이 밀려왔습니다. 흐린 날이었죠.
 이렇게 누군가를 설득하고 누군가는 설득당하는 관계가 '과연 진정한 사이일까? 혹시 내 생각을 다른 사람에게 강요하고 있는 것은 아닌가?' 하고 생각하기 시작했습니다. 사람의 생각은 다르기에 분명 자신만의 생각을 하고 있지만, 표현을 제대로 못 할지도 모른다는 생각이 들었습니다. 저는 생각이 작아도 말을 잘하니, 저의 작은 생각으로 누군가의 더 큰 생각을 설득하고 있을지도 모른다는 두려움이 생기더라고요. 상대의 큰 생각을 존중해 주고 싶지만, 표현을 잘 하지 못하는 사람의 마음은 잘 알 수 없어서 늘 조심스럽고 다가가기 힘들었습니다. 표현을 하지 않는 사람도 그렇고요.

알 수 없는 죄책감과 회의감이 생기기 시작했습니다. 그래서 말수를 조금 줄이고 다른 사람의 생각을 듣는 연습을 시작했습니다. 이해와 공감의 시간은 많은 배움을 주었지만, 그럴수록 머릿속의 생각은 더 많아졌습니다. 그런 저에게 글은 고마운 동굴이 되었습니다. 글에 생각을 쏟아내고 나면, 머릿속의 이불은 햇볕에 잘 말려지고 곱게 개어져, 있어야 할 제 자리에 있게 되었습니다. 그리고 또 다른 글을 쓸 수 있게 해줍니다.

10대 때는 생각 없이 행복했고, 20대 때는 열심히 살았더니, 30대에는 착한 사람이 되고 싶더라고요. 제 인격이 엄청나게 뛰어나서가 아니라 그냥 갈등과 싸움을 싫어하는 제가 살아가는 방법입니다. 사람들은 각자의 꿈이 있고, 부자가 되고 싶어 하죠. 저는 화내고 살고 싶지 않아 돈을 벌고 싶었습니다. 돈이 많으면 적당한 불행은 조용히 감당하면서 살 수가 있으니까요.

누구나 할 수 있는 작은 고민들. 한 번 더 생각해보지 않으면 금방 잊어버리게 되는 고민들. 하지만 차곡차곡 쌓이면 무언지도 모르면서 언젠가는 한 번에 터져 버릴지도 모르는 눈물 같은 고민들.

사소하고 소소해서 사람들이 잘 잊어버리는 얘기를 하고 싶었습니다. 그렇게 소소한 고민을 들어주고 싶습니다. 저는 들어주는 것도 잘하고 사람들이 흩어놓은 물음표들이 무언지 글로 잘 표현합니다. 그래서 저랑 얘기하고 나면 정리되는 느낌이라고들 합니다. 머릿속 정리는 잘하는데 머리 밖의 정리는 참 못하지만요.

누군가가 저를 생각했을 때 '그 언니 만나면 참 편안해.'라는 생각을 할 수 있는 사람으로 남고 싶습니다. 저는 남들보다 뭐든지 조금, 정말 조금, 다시 생각해보지 않으면 알지 못할 만큼, 최소 세 번 이상 만나야 티 날만큼만 더 잘하거든요. 이것도 저의 능력이라 생각합니다. 따뜻한 편안함으로 이 글을 읽는 분들이 '이 언니, 우리 옆집에 살았으면 참 좋겠다.'라는 생각이 들 수 있는 이야기를 하고 싶습니다. 아무리 험한 세상이라지만, 그럼에도 불구하고 '똑똑'하고 노크하면 언제든지 웃으면서 문을 열어주고 싶습니다.

'괜찮다'는 말이 듣고 싶을 때가 있습니다. 스스로 되뇌는 것도 중요하지만 누군가의 따뜻한 '괜찮다'가 간절할 때가 있습니다. 괜찮은 토닥임이 되고 싶습니다. 그런 사람들에게 괜찮은 책이 되어 주고 싶습니다.

　제 글은 삼십 대 중반 괜찮은 언니의 조금만 특별한 보통 이야기를 일주일의 이야기로 담았습니다. 월요일에 월요일의 이야기를 읽고 잠들며 내일을 준비하는 것처럼, 저의 화요일 이야기를 기다려 주었으면 좋겠습니다. 읽는 분들의 일주일이 행복했으면 좋겠습니다. 그렇게 행복한 일주일을 네 번 보내면 한 달이, 한 계절이, 1년이, 모든 시간이 행복할 수 있으니까요.

　일주일이면 책 한 권은 볼 수 있다는 자신감을 가질 수 있었으면 좋겠습니다. 일주일의 행복을 드리는 책이 되고 싶습니다. 일주일 동안 읽는 분들이 괜찮다는 토닥임을 느끼길 바라는 마음을 담습니다.

목차

—

1장 월요일
꿈이 없는 건 괜찮은 거야

어렸을 때 어른들이 그랬다. 어른이 되면 먹고 살만한 괜찮은 직업을 가져야 한다고. 그래서 멋진 정장을 입고 출근할 괜찮은 직업을 갖고 싶었다. 커보니 모르고 있었다. 괜찮은 직업이 뭐지? 괜찮은 직업을 가진 사람이 괜찮은 사람인가? 어른의 길목에서도 진짜 하고 싶은 것, 되고 싶은 것을 몰라 불안하고 있을 그대들에게… 꿈을 이룬 사람은 지들끼리 잘 살라고 내비두고, 진짜 원하는 것에 대해 생각해 보자구요.

더욱 보통이 되려고
노력하면서 살 줄은 몰랐다

　시작이란, 어떤 일이 일어날지 어떤 사람을 만날지 궁금하고 또 약간의 긴장감을 가지고 다가오지 않은 시간 속으로 들어가는 꿈을 꾸는 것. 나에게 시작은 꿈을 꾸는 것이다. 포근한 꿈속에서 주황빛 당근을 기다리는 하얀 토끼처럼 가슴이 깡총깡총 뛰기도 했다.

　월요일은 늘 괜찮은 시작이고 싶다. 그러곤 늘 반쯤 감긴 눈으로 하루를 시작한다. 어릴 때부터 꿈꾸던 어른의 아침은 적어도 흐리멍덩한 눈빛은 아니었는데, 평범한 직장인의 월요일 아침은 어쩔 수 없는 현실인가 보다. 주말에 잠시 놓았던 정신을 다시 잡고 정해진 일상의 틀 속으로 들어간다. 평범하다는 것에 완벽하게 익숙한 현실의 틀에서 주어진 월요일 아침이 시작된다. 평범한 것이 보잘것없는 것은 아님을 잘 알고 또 그렇게 믿는다. 평범한 일상에 숨겨져 있는 작지만 반짝이는 행복의 빈도를 늘려가면서 행복 찾기를 시작해보는 것. 월요일 아침은 있을지 없을지 모르는 일상의 보물을 찾기 위해 하얗게 반짝이는 시작이다.

　남들처럼 살 줄 알았지만 그 속에서 더더욱 최대한의 보통이 되기 위해 노력하면서 살 줄은 몰랐다. 이럴 줄 알았으면 에라, 모르겠다를 남발하면서 살 것을… 아, 그랬다면 보통도 못 되었으려나? 어쨌든 오늘도 평범한 회사 조직에서 보통의 직원 중의 한 조각으로 아침을 시작한다. 내가 아닌 회사의 시너지를 위해 정해진 시스템 속에 맞추고 정해진 시간에 회사의 이익을 위한 회의를 한다. 정해진 결과와 정해진 지시에 따라 해야 할 일을 정한다. 필요한 만큼만 생각하고, 필요한 만큼만 의견을 제시하고, 톡톡 튀는 아이디어가 생각나도 많은 사람이 수긍할 수 있는 무던하고 안정감이 보장되는 의견만 말한다. 립스틱 바르는 것을 깜빡하기라도 한 날은 내 입은 없는 것 같다. 어차피 하고 싶은 말도 없으니, 내 입은 점심 먹을 때쯤 잘 있나 찾아보아야겠다.

회사의 회의실에 탄산음료를 준비하지 않는다. 톡톡 튀는 것은 무조건 거부한다는 암묵적인 규율 같다. 커피도 싫어하는 사람이 있을 수가 있으니, 가장 무난한 메밀차를 뜨겁지도 차갑지도 않게 준비한다. 종이컵에 담긴 뜨뜻미지근한 메밀차는 참으로 회사에서 나와 같다. 종이컵은 제일 저렴한 것 중에서 최대한 예쁜 걸로 골랐는데, 시간이 오래 지나면 흐물흐물해지는 종이컵을 보면 평생직장을 약속받을 수 없는 회사 조직 속의 나에 대한 연민이 느껴진다. 그래, 회사는 수익을 창출하는 곳이지 내가 성장하고 보람을 느끼는 곳은 아니니까. 튀지 않는 조각처럼 색깔 없이 일하는 것이 '현실적 정답'이긴 하다. 이제야 겨우 안다.

현실적인 정답이라….

어렸을 때는 문제집 뒤에 있는 해답지를 금방 넘겨 볼 수 있었다. 선생님과 엄마 눈치를 보며 몰래 넘겨 보는 맛도 있었다. 삼십 대 중반이 되어보니 무슨 정답 찾으러 전 세계를 돌아다녀야 할 판이다. 1년, 10년이 걸릴 수도 있단다. 그렇게 찾아 헤매도 결국 없을지도 모른다니, 참 뭐가 그렇게 복잡한지 모르겠다.

시스템 속 조직의 일원이 되기 위해서 개성은 철저히 숨겨 둔다. 가끔은 입사한 순간부터 아예 없었나 헷갈리기도 하더라. 십수 년 동안의 사회생활은 세모, 네모, 오각형, 가끔은 별 같아서 별이 될 줄 알았던 한 사람을 안정적인 곡선의 동그란 성격으로 만들어 주었다. 무던하고 동그란 성격과 친절함은 월요일 시작을 위한 기본 준비물이다. 초등학교 시절 신발주머니에 실내화를 고이 담아 오른손에 들고 등교했던 것처럼 무던한 성격을 꼬옥 가슴에 품고 아침 출근을 한다.

"반갑습니다."
전혀 반갑지 않다.

"안녕하세요."
그들의 안녕함이 궁금하지 않다.

"좋은 아침이에요."
더 자고 싶다고요.

아침 인사를 할 때 준비했던 친절함을 꺼내서 사람들에게 보인다. 미소를 겸비하면 오늘도 통과! 동그란 성격은 앞으로 일주일 동안 두루두루 꺼내서 쓸 예정이다. 특별한 전문 분야에서 최고가 되진 못해도 내 분야에서 항상 최선을 다하고, 하는 일에 대한 보람과 뿌듯함은 느끼면서 살 줄 알았다. 서른여섯, 인생의 중간 즈음에 자리 잡은 나의 자리는 회사 시스템의 중간쯤 어딘가이더라.

그냥 평범하고 행복하게 살고 싶있다. 사회는 우리에게 구체직인 목표와 계획이 필요하다며 점점 더 복잡해지지만 난 심플했다. 행복하게 살고 싶었다. 심플해서 행복했다. 행복해서 심플할 수 있었나? 삼십 대 중반의 빨갛기도 파랗기도 했던 시간이 섞여 무덤덤한 회색의 시간을 보내고 있는 지금 생각해 보면 막연하게 행복하게 살고 싶다는 마음은 손 타지 않아 하얗게 보관된 빛바랜 동화책 같기도 하다.

본능적으로
행복했어

학교에 다닐 때도 1등보단 중상위 정도가 좋았고, 모든 사람에게 인기 있고 뭐든지 다 잘하는 것보다 보이지 않는 곳에 숨어서 하고 싶은 대로 하는 게 좋았다. 자유를 사랑한다는 뭐, 그런 거창한 철학 따위는 없다. 교칙을 어기는 대범한 일탈을 할 만큼 엇나가진 못했다. 수업 시간에 선생님 몰래 친구들과 귓속말과 딴짓을 하는 정도, 수업 시간 친구와 소곤소곤, 그리고 키득키득이 좋았다.

잘하다가도 주목받으면 뒷걸음질 치는 부끄럼쟁이. 반장보다는 부반장이, 부반장보다는 학습부장이 더 좋았다. 선천적으로 긍정적이었다. 모든 사람들이 행복한지 알았다. 걱정하는 DNA 자체가 없었던 거 같다. 엄마는 분명 부정적인 생각을 하는 능력을 주는 것을 깜빡했을 것이다. 엄마가 나를 가졌을 때, 좋은 생각을 많이 하는 착하고 건강한 아이가 태어나길 기도했다면 엄마의 기도는 완벽한 성공이다.

지금은 어른이 되었으니까 다 안다. 학습부장이 더 좋았지만 어른들은 내가 반장이었을 때 더 행복했다고 생각한다는 것을. 당연히 반장이 되고 싶다고 생각할 것을. 내가 반장이 되고 싶다고 마음대로 생각해 버리고 학습부장보다 반장이 되길 기대한 것을. 학습부장이 더 좋다고 하면 그건 틀린 것이라 가르쳐줄 것을. 뭐, 이미 지나간 오해이니, 너그럽게 이해해 주겠다.

　그냥 나 자신을 참 좋아했다. 싫을 이유가 없었다. 누군가 그랬다. 행복해지는 방법에는 두 가지가 있다고, 욕심을 줄이던가, 하고 싶은 것에 대한 능력을 키우라고. 어릴 적 하얀색 빛바랜 동화는 욕심에 나를 양보하며 나름의 알록달록한 행복을 찾았던 꼬마 현주가 주인공이었다.

　회색의 삶을 사는 삼십 대 중반의 지금은 사람의 심리는 그렇게 단순하지 않다는 것을 잘 안다. 욕구만으로 행복을 추구함이 과연 옳은 것인가 따지고 든다. 철학적, 인문학적으로 복잡하게 분석하면서 행복해지는 자연스러운 길을 비껴가려고 용쓰고 있다. 시간은 나를 삼십 대 중반의 회색 언니로 만들어 주었고 회색은 점점 진해지고 탁해져 언젠가는 검정의 어른이 되겠지.

　하얀 생각을 할 수 있었던 그땐 마냥 행복했다. 수업 시간 필기를 할 때 펜 색깔이 예뻐서, 글씨가 유난히도 예쁘게 써지는 것이, 그리고 예쁜 글씨를 친구들에게 자랑할 수 있음이 행복의 커다란 이유였다. 엄마가 해준 아침밥이 너무 맛있어서 친구들에게 자랑하려고 빨리 학교에 가고 싶었다. 수업 시간에 선생님께서 조금 일찍 끝내주시면 꿀잠을 자던 3분도 너무나도 달콤한 행복의 이유였다.

학교의 교복이 예뻐서 좋았고, 등교를 하면 하교를 기다릴 수 있으니 좋았다. 날씨가 더우면 바다를 생각할 수 있어서 좋았고, 추울 때는 붕어빵에 어묵 국물을 호호 불어먹을 상상에 행복했다. 하루의 곳곳에는 커다란 행복이 티나게 숨겨져 있어서 제법 찾을 맛이 났다. 소소해서 행복한 시간은 늘 맛있었다. 직접 찾아내는 행복은 너무나도 달콤했다.

본능적으로 행복했던 것 같다. 매사 긍정적이던 본능을 주신 엄마에게 감사하면서 살았다. 어른이 되어서도 막연히 지금처럼 살지 않을까… 하고 생각했다. 고등학교를 졸업하자마자 키 크고 못생긴 사람과 결혼해서 알콩달콩 살아야지. (키 크고 못생긴 남자를 좋아하는 건 내 불변의 이상형이다. 위에 말한 본능) 대학교 가면 당연히 어른이 되고, 수줍은 여대생이 곧 어른이라 상상했다.

저기요,
저 꿈이 없는데 잘못한 건가요?

꿈이 없있다. 굳이 꿈이 필요 없었나. 나에세 꿈은 이루고 싶은 목표도, 되고 싶은 직업도 아닌 어젯밤에 잠자면서 꾸었던 흐릿한 기억이었다. 꿈보다 현재가 더 소중했다. 하루하루가 이렇게 행복한데 뭐가 되든 어때서? 10년 후의 모습을 구체적으로 계획하며 살지 않았다. 다른 사람들이 보면 미래에 대한 준비 없이 산 거 아니냐 비난할지도 모르지만 누가 뭐래도 행복했으니까. 이미 충분했다. 그리고 아무도

"너의 꿈이 뭐니?"
"무엇을 할 때 가장 행복하니?"
"무엇을 하면서 살고 싶니?"
"평생 한 가지 일을 하면서 살 자신 있니?"
"새로운 것에 도전하면서 살고 싶니?"

라고는 묻지 않았다. 물론 어떤 직업을 갖고 싶냐고 물었던 적은

있다. 방송작가, 디자이너, 선생님, 미스코리아. 그때그때 생각나는 대로 대답했다. TV 드라마에서 예쁜 여주인공 직업이 방송작가여서 '그래 내가 글은 좀 쓰지.' 하는 마음으로 작가가 될 거다, 암기과목은 유난히 취약했으니 '그림은 아무것도 외우지 않아도 되잖아?' 그래서 디자이너, 엄마가 원하던 선생님, 어쩌다 예쁘다는 말을 들으면 한껏 업된 기분으로 미스코리아.

대답하는데 어렵지 않았다. 왜냐면 그것이 되기 위해 노력하지 않을 것이니까. 간절하지 않은 것들은 대답하기 쉽다. 묻는 사람의 궁금증을 적당히 풀어주고 나면 입으로만 말한 미래의 직업들은 쉽게 잊혀졌다.

너무나도 멀어 보였던 어른이 된다는 것.

여전히 잘 모르겠다. 어른이란 무언가를 이루어 놓은 사람인가? 학교를 졸업하고 대학교에 가면 저절로 어른이 되고 회사에 취업해서 높은 빌딩으로 출근하는지 알았다. 정장이 어울리는 날씬한 몸에 하이힐을 신고, 작은 핸드백을 든다. '굿모닝' 산뜻한 아침 인사를 하며, 노트북 앞에서 업무를 시작하는 하루를 얻을 수 있는지 알았다. 목에 걸 수 있는 사원증 필수!

하얀색 표지의 동화 속 엔딩 장면에는 늘 멋있는 커리어우먼이 등장하지만 그녀가 어떤 일을 하는 사람인지는 잘 모르겠다. 그냥 무조건 화려하고 당당하게, 멋있는 삶을 살고만 있었던 것 같다.

구체적인 꿈은 없었지만 어렸을 때부터 나는 똑똑한 아이였다. 동네에서 가장 먼저 한글을 깨우쳤고 엄마의 심부름도 곧잘 했다. 말을 잘한다고 칭찬도 많이 들었다. 어른들을 만나는 게 좋았고 칭찬받으려고 사람들 앞에서 더 또렷한 눈빛으로 똑 부러지게 말했다. 유치원을 졸업할 때는 졸업생 대표로 송사도 했단다. 엄마는 아직 기억도 나지 않는 그 사건을 자랑하며 나보고 아까운 인재라 한다. 초등학교를 들어가서도 계속 똑똑했다. 교과서에는 다 아는 것들이었고 학교 선생님도 아는 것들만 골라서 가르쳐 주셨다. 수업 시간에 집중만 하면 시험 백 점은 쉬운 일이었다. 오히려, 시험을 쳤을 때 다 맞추지 못하는 아이들이 신기했다. 솔직히 그들이 시험에 일부러 장난을 친다고도 생각했었다. 별다른 노력 없이도 한 번 들은 것들은 다 기억이 났고, 시험 문제를 열심히 읽고 생각을 조금만 해보면 답은 금방금방 찾을 수 있었다. 반에서 1등, 전교 1등도 몇 번 했던 것 같다. 물론 시골의 작은 초등학교에서 말이다.

초등학교 6학년 때, 엄마와 선생님은 내가 너무 똑똑해서 훌륭한 인재라고 시내의 가장 공부를 잘한다는 초등학교로 전학을 보냈다. 공부를 잘하는 것이 곧 훌륭한 것인지는 여전히 잘 모르겠다. 그때 시골 학교의 열세 살 소녀가 무슨 생각을 했는지도 정확히 기억나지 않는다. 전학이 좋았는지 싫었는지조차 모르겠다.

하지만 이건 알고 있었다. 내가 가진 것은 천재성이 아니라 조금의 부지런함과 읽고 쓰고 말하는 게 남들보다 빨랐다는 것. 조금 빨랐을 뿐이라는 것. 고작 그뿐이라는 것.

전학 간 학교는 참 신기한 곳이었다. 일단 아이들이 엄청 세련되게 생겼다. 경상도 아이들이었지만 사투리조차 쓰지 않는 것 같았다. 신기한 아이들은 친절했지만 그때 13년 인생 처음으로 보이지 않는 벽을 느꼈다. 처음 전학을 가서 만났던 짝꿍은 하루에 오십 개씩 영어단어를 외웠다. 줄이 있는 연습장에 볼펜으로 세로로 줄을 긋고 오십 개씩의 영어단어를 오십 번씩 써야 한다고 했다. 초등학생이 볼펜을 쓴다는 것부터 참 신기했다. 우린 아직 어리고 언제나 틀릴 수 있으니 연필을 사용해야 한다. 문제집 답을 볼펜으로 써 놓으면 틀린 답을 지울 수 없다고 엄마에게 혼나기도 했다. 비싼 샤프를 사용할 때 뭔가 모르게 우쭐했다. 볼펜은 선생님이 점수를 채점하실 때 사용하시는 것 아닌가. 처음 접해보는 신기한 경험들이었다. 다른 친구 말로는 짝꿍의 아빠는 변호사라 했다. 그 말을 듣고 내 짝꿍도 나중에 커서 변호사가 되면 참 어울릴 것 같다는 생각을 했다. 짝꿍의 아빠가 변호사라고 말해준 친구는 아빠가 의사라고 했다.

우리 아빠는 매일 기름 묻은 작업복을 입고 회사에 출근하시는데… 분명 아빠를 아주 많이 사랑하고 감사하고 존경하는데, 왜 아빠의 작업복 기름때가 그때 생각났는지… 아직도 가끔 그때를 생각하면서 혼자서 괜히 아빠에게 미안해하곤 한다. 매일 똑같이 아침에 출근하고 저녁에 퇴근하는 아빠를 보며 나의 미래의 직업도 그러려니 했다. 엄마는 항상 아빠의 성실함과 책임감을 본받아야 된다고 하셨고, 성실함과 책임감이 인생에서 가장 중요한 가치관이라 생각하면서 자랐다. 꼬마 현주는 세상의 모든 아빠들은 회사 옷을 입고 출퇴근을 하고, 변호사와 의사는 텔레비전에만 나오는 높은 사람인 줄 알았다.

친구야,
우리 오빠가 되어 줄래?

전학 간 학교의 친구들은 뭔가 대단해 보였다. 내 짝꿍은 키도 컸고 손도 컸다. 제대로 보진 못했지만 발도 컸겠지? 중저음 목소리에 말도 별로 없었다. 장난을 치지도 않았고 쉬는 시간에는 항상 영어단어를 외우고 있었다. 전학 간 학교에서 꼬마 현주의 쉬는 시간은 조금 심심했다. 대화를 많이 하지 않아 친해지지 못했던 짝꿍을 듬직한 오빠 같다고 생각했다. 언니도 있고 동생도 있지만 친오빠가 없어서 좀 서운했는데, 짝꿍에게 오빠라고 불러도 되냐고 물어보고 싶기도 했다. 우리 오빠가 저렇게 공부를 잘한다면 정말 자랑스러울 것 같다. 그 학교에서 조금은 움츠러들었던 꼬마 현주는 끝내 짝꿍에게 그 질문은 하지 못했다.

공부는 적당히 했다. 반에서 10등 정도는 했다. 거기 가서 사귄 친구들도 그 정도 공부했고 아니면 조금 더 못했던 것 같다. 사실 공부와 등수는 그리 중요하지 않았다. 시골 학교에서와 같은 마음으로 학교를 즐겁게 다니고 있었다.

환경이 중요하다고는 하지만 공부를 잘하는 아이들이 많은 학교로 전학 간다 해서 열세 살 소녀에게 갑자기 대단한 꿈이 생기진 않는다. 시골에서 전학 온 열세 살의 우물 안 개구리 소녀는 다른 환경에 적응해야 했고, 함께 놀아 줄 친구가 필요했다. 나를 칭찬해주던 선생님이 불편한 어른이 되었다는 것 정도 달라진 거 같다. 그래도 여전히 행복했다. 학교 분위기에는 금방 적응해 나갔고 수업만으로 선생님께 혼나지 않을 만큼, 친구들에게 놀림을 받지 않을 만큼 성적이 나왔다.

오케이… 그거면 됐다.

지금 생각해보면 더 공부를 잘하기 바랐던 부모님과 선생님의 기대 속에서 그리고 치열하게 공부하던 친구들 속에서 '우물 안 이방인'이었던 것 같기도 하다. 꼬마 현주는 몰랐다.

엄마는 실망했다. 가끔 속상해서 울기도 하시는 거 같았다. 난 학교를 잘 다니고 있었고, 등수가 조금 떨어지긴 했지만, 심각하게 뒤처지는 것은 아니었다. 나의 실력은 같은 자리에 있고 주위의 친구들이 더 똑똑해졌다. 그러니 1등이 먼저 서는 줄에서 등수가 밀리는 건 당연한 것 아닌가? 전학으로 등하교 시간이 길어져서 잠을 줄여야 했다. 친구들은 학교를 마치고 다들 학원을 가지만 난 집에 와서 밥을 먹고 일찍 자야 했다. 체력적으로 힘들었다. 잠을 줄이고 아침밥 먹을 시간도 줄었다. 엄마가 해주는 맛있는 반찬을 아침에는 제대로 먹을 수 없는 날이 많아졌다. 하지만 한 번도 엄마에게 불평하지 않았다. 참을 줄 아는 사람이니까. 그리고 엄마를 사랑하니까.

등수가 한두 자리씩 밀릴 때마다 엄마의 속상함은 더 커져갔다. 엄마를 사랑했던 꼬마 현주는 더더욱 힘들다는 말을 못 했다. 난 조금 빨리 성장했을 뿐인데, 세상에 더 똑똑한 사람이 많은 건 당연한 건데, 누가 뭐래도 건강하고 행복했고 키도 잘 크고 있었는데.

다른 친구들보다 말귀를 조금 더 잘 알아듣고, 표현력이 풍부해서 어른들은 내가 특별하다며 오해하고 기대했나 보다. 하지만 난 남들이 기대하면 금방 움츠러드는 소심한 성향과 칭찬에 금방 우쭐해지는 평범한 십 대 소녀였을 뿐이었다.

아이들이 꿈꾸기 위한
어른들의 자세

 사람은 똑똑한 것만으로 원하는 모든 것을 이룰 수 없다. 이렸을 때부터 똑똑하다면 똑똑함을 재능으로 인지하는 능력도 필요하다. 똑똑함을 사회적 성공으로 연결하는 것 또한 엄청난 재능과 노력이 요구된다. 혼자서도 할 수는 있지만, 좋은 어른들이 도와주면 아이들은 세상이 원하는 것보다 조금 덜 용기 내어도 된다. 어른들은 아이들이 똑똑하기만 하면 곧 천재라며 사회적 성공을 기대한다. 그러나 가장 우선 되어야 하는 것은 어른들의 기대가 아니다. 특별한 아이의 진짜 마음이다. 어른들의 기대를 걷어내고 아이의 시선으로 자신의 특별함을 스스로 깨우칠 수 있도록 도와주는 것이 가장 중요하다.

 '내가 보는 나'와 '타인이 보는 나'가 다르면 누구나 불안하기 마련이다. 내가 보는 나는 평범한 것 같은데, 주변의 큰 기대는 그 자체가 너무나도 큰 부담이고 어려움으로 느껴질 수 있다. 부모님의 품이 필요하고 성공보다 어리광이 익숙한 아이에게 어른들 방식으로 기대하지 않아야 한다. 어른들이 해줘야 하는 일은 큰 기대로 아이를 똑바로 바라보는 게 아니라, 작은 아이와 눈을 맞추고 함께 생각하면서 혹시 느낄지 모르는 부담을 따뜻하게 보듬어 주는 일이 아닐까 생각해 본다. 작은 아이들의 작은 불안함도 먼저 성장한 어른들이 크게 존중해 주었으면 좋겠다. 특별함이었던 소중한 것도 사회가 요구하는 기준에 맞추다 보면 특별함이 특이함으로 평가되고, 결국은 이상함으로 폄하되어 버릴지도 모른다. 아이들에게 어른들의 마음대로 기대하고 마음대로 실망하는 실수는 하지 않았으면 좋겠다.

세상의 모든 사람들은 다르다. 이렇게 많은 사람들이 다 다르다는 게 말도 안 될 만큼 서로 다 다르고 특이하다. 개개인의 다름을 인정하고 한 사람을 찬찬히 들여다보면 특이함 속의 특별함을 누구나 다 가지고 있다. 우리가 이렇게 달라서 서로가 특이하게 또 특별하게 보인다고 생각할 수도 있다. 개인의 특별함이 사회가 요구하는 특별함일 때 사회적으로 성공했다고 인정받고 돈도 많이 번다. 사회가 만들어 놓은 기준에 따라 특별해야 한다고 생각하니, 어른으로서 아이들에게 누구나 꿈을 가질 수 있다고 말하기 미안해지기도 한다.

자신이 특별하다는 것을 알게 된 아이라도 사회가 요구하는 특별함이 아니라서 인정받을 수 없음을 알게 되면 좌절하기 마련이다. 시간은 좌절의 크기만큼 아이에서 어른으로 성장할 수 있게 해 준다. 어쩌면 어른들이 요구하는 특별함은 사회가 요구하는 특별함일지도 모른다. 아이의 순수한 특별함도 사회 속의 특별함으로 인정받을 기회가 많은 세상이 되었으면 좋겠다.

'너는 특정 분야에서 특별한 아이야, 이만큼이나 특별한 아이야.'
라고 자신의 재능을 의심하지 않을 만큼, 특별함에서 도망치지 않
을 만큼 친절하게 알려주어야 한다. 스스로 특별함을 받아들일 수
있을 만큼 따뜻하게 보듬어 줘야 한다. 어른들이 말하고 싶은 만큼
어른들이 만들어 놓은 기준으로 혹은 어른들이 원하는 만큼 말해
주는 것이 아니다. 아이의 눈높이와 생각높이에 맞추고 아이를 바
라보는 것이 어른들이 해야 할 일이고, 이런 과정이 아이들이 사회
가 요구하는 특별함 앞에서 용기를 낼 수 있게 해준다. 아이들이
할 일은 사회의 요구에 길들여지는 것이 아닌 용기를 내는 것이다.
용기를 내는 것은 오롯이 아이들의 몫이니까.

자신의 특별함을 잘 모르고 자라나고 있는 아이들도 많을 것이
다. 나의 특별함이 사회가 원하는 특별함이 아니라는 것을 너무 빨
리 알아서 빨리 포기해 버릴지도 모른다. 단순한 다름이라 생각하
고 평범하게 크고 있는 아이들, 특별함을 어떻게 꽃피우고 꿈으로
꾸어야 할지 잘 모르는 아이들도 많다.

꿈이 무언지 모른다는 게 잘못인가. 꿈이 없다는 게 잘못인가.
목표가 높지 않은 게 잘못인가. 환경에 적응해 나가는 게 버거웠지
만 잘 버텼는데 1등 하지 못한 게 잘못인가. 꿈이 없음이 곧 불행
함도 아닌데 말이다.

사람에게는 합법적으로 어른이 되기까지 이십 년이라는 시간이

주어진다. 이십 년이란 시간 동안 우리는 수억만 번의 생각을 하고 가치판단을 한다. 그중에서 강렬한 것을 기억하고, 중요한 결정의 결과대로 인생의 방향이 잡혔다. 나를 이루고 있는 많은 것들이 원래 정해져 있던 것 같고 우연 같지만 사실 내가 다 만들어 놓은 것들이다. 내 성격대로 내 상황대로 선택하고 이루어 놓은 것이다. 내가 한 판단을 바탕으로 상황은 펼쳐지고 그렇게 나만의 인생이 만들어져 있다.

합법적인 준비 기간인 이십 년 동안의 시간 속에서 가장 필요한 건 내가 어떤 사람인지를 제대로 아는 것이다.

- *내가 신중하게 판단하는 사람인지, 그렇지 않은 사람인지*
- *내가 긍정적인 사람인지, 부정적인 사람인지*
- *내가 판단과 결정 후 추진력이 있는 사람인지, 없는 사람인지*
- *내가 직접 나서고 추진하고자 하는지, 조력하는 역할을 잘하는지*

이런 문제는 누군가가 절대 알려줄 수도 가르쳐 줄 수도 없는 것이며 타인의 강요가 있어서도 안 된다. 오직 스스로 알아야 하는 온전한 '나의 과제'이다. 단순히 학교의 교과서 지식으로는 알 수 없고, 지식을 배우고 느끼고 깨우치는 과정 속의 진짜 나의 모습을 찾아야 한다. 교과 공부의 내용이해에서 나아가 공부를 위해서 선택한 방법과 성취도, 성공과 행복에 대해 진정으로 원하는 것에 집중해보아야 한다.

인생에서 하고 싶은 일, 해야 할 일, 잘하는 일은 다르다. 세 박자가 잘 맞으면 정말 좋을 것 같지만 이 세 박자가 다 맞아서 한 가지 일에만 매달려 같은 생각만 하고 산다면, 살아가는 것이 지루해질지도 모른다. 새로움을 찾아 익숙해지려고 노력하다가 익숙해지면 다시 지루해지고, 지루함 속에서 새로움을 찾아가면서 우리는 오늘도 살아간다.

세 박자를 어떻게 맞추어야 할지 모른 채 나이가 들고 직업이 생겨서 살아내다 보니 지금의 일을 하는 경우도 있다. 보통의 삶을 살아가는 우리들의 현실적인 모습일 것이다. 모임에서 평범한 회사원이라 소개하는 나 또한 그러했으니까. 어쨌든 사회와 맺은 계약을 이행하고, 책임감을 갖고 살아가고 있으면서 삶이 무의미한 시간의 반복이라 오해하면서 살진 않았으면 좋겠다. 우리는 책임감의 무게를 알고 성실하게 현실에 나를 맞출 줄 아는 사람이니까.

시대가 변하고 사회환경이 바뀌면서 사람들의 꿈도 많이 바뀌어가고 있다. 아이들의 특별함과 다름에는 관심 없는 어른들은 '건물주가 되겠다. 아이돌이 되겠다. 유튜버가 되겠다.'는 아이들과 사회의 발전과 미래를 연관 지어 염려하기도 한다. 정해진 교과서 공부와 경제 성장에 익숙한 어른들의 마음을 잘 알기에 그런 아이들의 꿈을 무조건 인정하고 지지해 달라고 부탁할 수는 없지만, 그래도 비난하지는 않았으면 좋겠다. 법적 어긋남을 제외하면 세상에 비난이 당연한 꿈은 없다. 꿈은 학교의 책상에서 공부로 만들어진다는 선입견만 빼고 생각해보면 건물주, 아이돌, 유튜버도 아이들의 소중하고 간절한 꿈이 될 수 있다.

건물주가 되기 위해서는 부동산에 대한 지식과 경제 흐름 전반을 알아야 하고, 요즘의 아이돌은 전 세계를 무대로 공연을 하러 다닌다. 유튜버가 되기 위한 창의성은 마치 광고회사 직원보다 뛰어나야 하고 독창적이어야 1인 회사로서의 사회적 가치를 인정받는다.

꿈이 꼭 하나라는 법도 없다. 요즘은 하나의 직업으로 평생을 살지도 않는다. 평범한 직장인도 건물주가 될 수 있고, 유튜버도 강의를 하는 세상이다. 몇 가지 일을 하더라도 좋아하는 일을 진심으로 즐긴다면 살아있는 것을 느낄 수 있을 만큼 행복한 것이다.

꼬마 현주가
꼬마 현주에게 진짜 하고 싶었던 말들

　내가 공부를 살해보려 하지 않았던 것은 아니다. 엄마의 기대에 부응하기 위해 수업 시간에 집중하고 복습하면서 나름 최선의 노력을 해보긴 했다. 물론 공부 1등을 원하지는 않았다. 1등으로 얻는 성취감보다 1등을 위한 힘겨운 노력이 먼저 보였다. 1등하고도 1등을 유지하기 위한 부담감이 먼저 보였다. 미래의 성공을 구체적으로 몰라서인가. 1등인 친구들이 행복해보이지 않았고 부럽지 않았다.

　좋은 학원에서 미리 예습해오고 다시 복습하던 친구들에게서는 따라갈 수 없는 영역이 분명히 있었다. 난 쨉이 안됐다. 우물 안 개구리 소녀는 우물 안에서 두려웠다. 친구들 사이에서 누가 1등이고 2등은 누구이며, 그들의 관계가 좋지 않은 둥, 부모님들이 기싸움을 한다는 둥의 얘기는 조금 똑똑하기만 했던 나로서는 남의 나라 얘기 같았다. 무엇보다 그 사이에서 공부해야 하는 친구가 참 안쓰럽다고 생각했다. 그들의 세상 속으로 들어가기 두려웠고, 멀리서 바라볼 수 있어서 그나마 다행이었다.

난 다툼은 싫고 경쟁은 피하고 싶은 성향이다. 싸움이 될 것 같으면 바로 도망치고, 안정적일 때 시너지를 낸다. 그래서 눈치가 빠른 것 같다. 갈등이 시작할 것 같으면 바로 도망치고, 쫄보 같은 내가 살아가는 보호색같은 것이다. 시골 학교에서 받았던 관심과 따스한 시선이 잘할 수 있었던 가장 큰 원동력이었다. 전학은 가장 큰 원동력을 빼앗아 갔다. 순박한 시골 소녀가 공부 경쟁 속에서 얼마나 무서웠고 도망가고 싶었는지 부모님께는 말하지 못했다. 지금 생각해 보아도 그때의 꼬마 현주는 참 안쓰럽다.

그렇게 경쟁 속에서 밀려나고 있었지만 남을 탓하지 않고 열등감을 느끼지 않았다. 항상 칭찬받아 왔지만 관심조차 받지 못함에도 개의치 않았다. 친구들과도 사이좋게 지냈고, 무서운 어른이었던 선생님 말씀도 잘 들었다. 변한 환경 속에서 나만의 행복해질 방법을 잘 찾았다고 생각했다. 그런 내가 기특했다. 아무도 칭찬해주지 않으니 스스로 칭찬했다.

괜찮다고, 잘하고 있다고, 지금은 엄마가 원하는 것을 해줄 수 없으니 내 방식대로 꼭 더 착한 딸이 되겠다고. 인생에서 초등학교 시절의 퍼즐은 스스로 좋은 추억이라 맞추어 놓았다. 오직 나만 할 수 있는 일이었다.

나를 위해 내가 꼭 해야 할 일. 오로지 나만 할 수 있는 일….

어른들 눈에는
안 보이는 특별한 능력

　공부에 대한 능력이 어느 정도인지는 잘 몰라도 누구보다 행복해지는 방법을 알고 행복할 능력이 있는 사람이었다. 좋아하는 것을 잘 알고, 재미있게 시간을 보내는 방법은 귀신같이 알아냈으니까. 생각의 가지들에서 부정적인 것들을 속속 골라내서 미련없이 버리고, 긍정적인 가지만 완벽하게 남겼다.

　다른 사람에게는 없는 아주 특별한 능력이 있었는데, 바로 만족할 줄 아는 능력이었다. 사실 진짜 특별함은 이거였지만 어른들은 시험 성적표만 보느라 잘 보이지 않았나 보다. 어른들은 공부환경에 따라 적응하지 못했고, 따라가지 못했다고 전학을 실패라고 생각할지도 모른다. 그들처럼 공부하고 그들이 자극제가 되어 노력하지 않았다고 탓하고 슬퍼했을지도 모른다. 나의 행복보다 부모님과 선생님의 기대와 성적표가 나를 판단하는 기준이었을 것이다. 정말 괜찮은데, 자꾸 커서 후회할 것이라고 했다. 마치 내가 커서 후회하기를 바라는 사람들 같았다. 꼬마 현주에게는 그런 사람들을 설득할 방법이 없었다.

갑자기 바뀐 환경 속에서도 외로워하지도 슬퍼하지도 않았다. 이것만으로도 충분히 잘했다고 생각한다.

초등학교 졸업앨범에는 모르는 아이들투성이다. 6학년 2학기만을 다닌 학교이니까 반 친구들 아니면 아는 친구들도 없었다. 전학 간 초등학교에서 반 친구들에게 나는 6학년 2학기 때 전학 왔던 애 정도로 기억되었겠지. 졸업앨범이 비쌌었는데, 그 어린 나이에 '비싼 졸업앨범을 신청해야 하나.' 하고 고민했지만, 엄마는 당연히 신청해야 한다고 했다.

초등학교 친구들과 추억이 훨씬 많이 담긴 시골 초등학교의 졸업앨범은 나에게 없다. 중학교 때쯤 우연히 연락된 친구에게 졸업앨범을 빌려 한 장 한 장 넘겨 보기는 했다. 그렇게 어린 소녀는 추억한다는 게 무언지 조금은 알게 되었다.

기대와 압박이 걷히자 보이는
진짜 내가 좋아하는 것들

    몇 년의 시간이 지나고 순수했던 우물 안 개구리 소녀는 우물이 궁금한 여대생이 되었다. 신문방송학을 공부하며 처음 알았다. 세상에는 참 많은 책이 있고 나는 눈으로 종이에 적힌 글을 보는 것을 좋아한다는 것을. 하얀 종이에 적힌 글을 남들보다 빨리 읽어서 정확하게 주제를 파악하고 소설 속 주인공의 감정에 잘 공감한다는 것을 알게 되었다. 잘 웃고 잘 우는 성격, 재밌는 일이 있으면 남들보다 크게 웃고, 친구의 슬픔에 공감하여 가슴 아프고 금방 눈물이 난다. 너무 쉽게 감정을 들켜버리고 감정조절을 잘 못 한다고 자주 혼났었는데, 책을 보고 내용을 파악하는 데는 아주 유용하게 작용했다.

    인터넷 기사는 보기 힘들다. 가독성이 떨어진다. 모니터의 빛이 부자연스럽다. 자꾸 옆에 광고 배너를 클릭하고 싶고, 마우스에 올려놓은 손을 가만히 둘 수 없다. 종이에 적힌 글씨는 다르다. 하얀 종이에 까만 글씨들. 눈동자의 움직임마저 인식하지 못하면서 머릿속으로 글자들이 들어오는 게 참 좋다. 아무런 움직임도 노력도 없이 공짜로 많은 것을 얻는 것 같다. 은근히 느껴지는 종이 냄새는 혹시나 지루할지도 모를 코를 심심하지 않게 해준다.

키보드를 두드리는 것보다 볼펜을 부드럽게 감싸고 원하는 색깔로 손글씨를 쓰는 게 좋은 걸 보면 여전히 촌스러운 사람인가 보다. 책은 아무 계획도, 목표도, 철까지 없던 내가 가끔 느끼던 불안감을 조용히 감싸주는 선생님 같았다. 나에게 우물은 도서관이었고 책이었다.

전공 서적은 싫었다. 중요한 것을 줄 치고, 빨간 표시를 하고, 외우는 건 지루하고 따분하다. 솔직히 외우는 것을 참 못한다. 단순히 외우는 것을 못해서 하기 싫었을 수도 있다. 좋고 싫은 것보다 왜 중요한 것인지 이해할 수 없었다. 아무리 대단한 위인들이라도 동의하지 않는 주장을 억지로 이해하고 싶지 않았다.

이런 성향은 시험 기간에도 변하지 않았다. 친구들은 시험 족보를 구해서 달달 외우면서 도서관 지하 열람실에서 시험 기간을 보냈지만 난 2층의 도서관 서고로 갔다. 족보를 달달 외워야 A를 받을 수 있었는데 그러지 않았다. 꼭 처음부터 읽어야 직성이 풀렸고, 궁금한 것이 생기면 관련 책을 찾아 기본적인 개론부터 역사, 방향, 역할 등 궁금한 부분을 해소해 줄 수 있는 내용을 직접 찾아보는 게 너무나도 행복했다. 진정으로 알아가는 행복을 몸소 깨달았다.

친구들은 왜 하필 시험 기간에 다른 책을 보느냐고 이해할 수 없다고 했지만 뭐, 궁금한 걸 알아가는 것도 친구들에게 이해받아야 하는가 싶다. 마음대로 해도 되는 게 스무 살의 특권 아닌가?

시험 기간이든, 평가하는 교수님이 원하는 정답이 무엇이든, 많은 사람들이 같은 일을 하고 있을 때도 하고 싶은 일에 몰두할 수 있는 능력을 갖춘 사람이라 생각한다. 성적이 잘 나오지 않음이 불안하지 않았다. 성적이 잘 나오지 않음은 시험의 틀에 맞추어 공부하지 않은 당연한 결과일 뿐이다. 살다 보면 불안해하지 않는 능력은 꽤 쓸모 있다. 남들과 조금 다른 방식으로 조금씩, 조용히 내 속에 숨어있는 능력을 찾아간다 생각했다. 이런 것을 능력이라고 한다고 비웃을지도 모른다. 하지만 도서관에서 4년 동안 얻은 지식은 지금까지도 큰 가르침이고, 살아가는 지혜로 남아 인생의 중요한 결정을 하는데 든든한 바탕이 되어 준다. 삶의 방향을 제시해 주었고, 고민이 있을 때마다 위로가 되어 주었다. 살아가는 데 전공 수업 시간에 습득한 지식보다 훨씬 유용하고 중요한 정보들을 주었다고 생각한다. 무엇보다 학교를 다니는 이유였고, 나는 행복했다.

도서관에서 호기심을 배우고, 아는 것에 대한 뿌듯함, 좋아하는 것에 대한 집중력을 배워갔다. 인생 최고의 그리고 최초의 진짜 배움과 깨우침이었다. 대학교의 좋은 성적표 대신 책을 읽는 방법과 독서의 즐거움을 선택했다. 내가 선택한 것이다. 큰 사고를 치기에 너무나도 작았던 간땡이로 시험 기간에 할 수 있는 조용하고도 특별한 일탈 같은 것, 시키는 대로 하지 않는다는 해방감. 그렇게 도서관에서 자유를 느꼈는지도 모른다.

아마 다른 친구들과 똑같이 시험 족보를 달달 외우고 같은 정답의 시험을 보았더라도 대학교 전공은 살리지 못했을 듯하다. 신문방송학은 특성상 수습 기간은 엄청난 박봉과 인내심을 요구하는데, 현실 겁쟁이인 내가 이를 선택하고 인내했을 가능성은 거의 제로에 가깝다. 보고 싶은 책을 직접 펴는 습관은 학교를 졸업하고 나서도 여러 분야에 호기심을 가지게 했다. 도서관에서 제목을 보고 책을 고르고 책을 펴서 머리말을 읽는 것처럼 다른 분야의 공부가 궁금하고 도전은 재미있었고 어렵지 않았다. 그때의 지식을 정확하게 기억하진 못하지만 4년이란 시간 동안 얻은 지식으로 사회에 나왔을 때 인생의 방향성 앞에서 당당하고, 나의 행동을 책임질 수 있는 자신감이 생겼다. 책을 보는 즐거움을 알고 그 지식을 기반으로 진정한 배움의 즐거움을 알게 되었는데, 결국은 내가 승자 아닌가?

돈 벌러 갔다가 얻은 소중한 마음
(소비지향적인 사람에서 생산지향적인 사람으로)

다른 지역에서 대학교를 다녔는데, 엄마는 한 번에 이백만 원씩 용돈을 보내주었다. 친구들은 한 달에 사십만 원 정도 받았으니 그에 비해 엄청나게 큰돈이었다. 언제까지 써야 하는 거냐고 묻는 나에게 엄마는 다 쓰면 어떻게 썼는지를 얘기하고, 다시 용돈을 받아가라고 했다.

겁이 났다. 스무 살 대학생에게 이백만 원은 정말 큰돈이었다. 이 돈을 다 쓰는 건 엄청난 과소비이거나 사고를 치고 합의금을 지급하는 것 같은 느낌이었다. 엄마에게 '다 썼어.'라고 말하는 것 자체가 큰 죄를 짓는 것 같았다. 죄를 짓게 될까 봐 용돈을 쓸 계획을 세웠다. 돈을 쪼개고, 책값과 과와 동아리 활동을 위해 필요한 돈을 따로 빼두었다. 심리적 압박감은 더 절약하게 했지만, 돈이 줄어가는 것을 볼수록 소비지향적인 사람이 된다는 느낌이 들었다. 생산적이고 싶었다.

한 학기가 끝나갈 무렵에는 그 돈이 바닥을 보이고 있었다. 무서웠다. 사회로 나가보기도 전에 엄마은행의 신용불량자가 될 것이라 생각했다. 맞는 말이지, 당시 나의 은행이었던 엄마에게 어디에 어떻게 썼는지를 얘기하고 설득해야 하는 데 자신이 없었다. 며칠을 궁리했다. 결론은 돈을 벌어야겠다고 생각했다. 소비지향적인 사람에서 생산지향적인 사람으로 변신하고자 다짐했다.

그때, 친구가 과외 아르바이트를 하고 있었는데 수입이 괜찮다고 했다. 학교 홈페이지를 뒤져서 학원 아르바이트를 구하고 면접을 보았다. 스물한 살의 어리디어린 여대생이 열아홉 살 고등학생(그 학원은 중고등학생들이 다녔다)이 있는 학원에 선생님이 되어 학생들을 가르치고자 면접을 보다니, 그 면접의 순간은 지금 생각해도 너무나도 귀여워서 헛웃음 난다. 원장 선생님은 뽀송뽀송한 얼굴로 면접에 합격시켜 달라고 생글거리는 스물한 살의 나를 보며 무슨 생각을 하셨을까?

어쨌든 면접에 합격했고, 중학생을 가르치는 국어 선생님이 되었다. 아이들을 가르치는 시간은 재미있고, 보람되었다. 적성과도 잘 맞았다. 내가 아는 것을 아이들이 이해하기 쉽게 풀어서 가르쳐 주는 것은, 아이들을 사랑하기만 하면 자동으로 되는 일이었다. 아이들과 눈을 맞출 수 있는 시간이 감사했고, 아이들의 성장에 행복했다. 어느 순간부터 대학 생활보다 아이들을 가르치는 일에 더 집중하고 있었다. 나의 시험 기간과 아이들의 시험 기간은 겹치곤 했는데, 도서관에서 중학생 국어 교과서를 공부했다. 내 성적은 'C'일지라도 '선생님, 저 백 점 받았어요.' 하는 문자가 그렇게도 기뻤다. 아이들이 성적을 오르는 것이 내 성적이 잘 나오는 것보다 더 중요한 일이었다.

시간이 흐를수록 아이들과의 사이에는 따뜻하고도 끈끈한 무언가가 생겼다. 원장 선생님이 모르는 비밀도 만들고, 그 비밀을 지키자고 손가락 걸고 약속하기도 했다. 믿고 마음을 털어놓는 아이들의 비밀은 꼭 지켜주었다. 고등학교 이후로 없었던 새로운 베프(베스트 프렌드)도 생겼다. 그런 내가 원장 선생님은 불안하셨나 보다. 아이들과 손을 잡고 다니고, 팔짱을 끼고 다닌다며 아이들 속에 섞여서 누가 선생이고 누가 학생인지 모르겠다고 엄청나게 혼난 적도 있다. 그때 대학생이었으니, 솔직히 둘 다 학생 아닌가? 아이들도 선생님이 아니라 언니 같다고 베프 해준다고 했는데….

원장 선생님께 야단을 맞고 교무실에서 울고 있으면 아이들은 책상 위에 바나나 우유나 초콜릿을 사서 책상 위에 올려 두었다. 귀여운 포스트잇에 '베프 언니, 울지 마세요.'라는 메모와 함께. 휴지를 손에 쥐고 훌쩍거리다가도 바나나 우유에 빨대를 꽂고 쪼옥 빨아 먹었다. 혼난 게 억울해서 엉엉 울다가도 아이들이 준 초콜릿이 먹고 싶어서 초콜릿 포장지를 뜯고, 울고, 입에 넣고, 달콤하다고 생각하고 울기를 반복하기도 했다.

아이들과의 의리는 깊어갔지만 '애들에게 과자 받아먹으면 좋습니까? 언제 철들 겁니까?' 하고 원장 선생님께 또 혼났다. 원장 선생님께서 정말 '언제' 철이 들 것이냐고 물었던 것은 아닌 거 같은데, 저 삼십 대 중반인데 아직 철 안 들었고, 철 안 들고도 잘살고 있다고 말씀드리고 싶다. 아이들과 함께 더 자랐고 아이들 덕분에 더 성장했다고 생각한다. 아무것도 아닌 나를 선생님이라고 믿고 따라 주었던 아이들 덕분에 나의 대학 생활은 성장할 수 있는 단단한 시간일 수 있었다. 지금쯤 결혼하고 어쩌면 아이의 엄마 혹은 아빠가 되어있을지도 모를 아이들에게 너무나도 감사하다(결혼하고 아이까지 있다면, 나보다 더 철들고 진짜 어른일지도 모르겠다).

지금이 행복하면,
그 어떤 것도 실패라 말할 수 없다

엄마는 내가 시골 학교에서 시내 학교로 전학 가서 열심히 공부하지 않았고, 치열한 사춘기를 보냈기 때문에 대학교도 겨우 들어갔다고 생각한다. 하지만 엄마가 생각하는 것보다 훨씬 더 긍정적인 사고방식을 형성했고, 지식도 많이 습득했으며, 공부의 재미를 알면서 사회로 나아갈 준비를 마친 사람으로 성장해 있었다. 좋아하는 것을 찾을 준비를 남들보다 조금 더 오래 했다고 생각한다. 그것으로 충분하다고 생각했다.

이걸 엄마가 그때 알았더라면 참 좋았을 텐데… 이미 충분하다고 느꼈던 것까지… 그렇다면 엄마가 속상해하셨던 마음을 조금 더 빨리 안심시켜 드릴 수 있었을 텐데….

어렸을 때부터 꿈이 없던 소녀는 여전히 꿈을 꾸면서 행복하게 살아간다. 꿈이 없이 사는 것도 충분히 괜찮았다. 사는 이유를 모르겠다고 미래를 걱정하는 사람들에게 '지금 행복하면 모두 다 괜찮은 거야. 그러니 지금 행복할 방법을 찾아보자.'라고 꼭 말해주고 싶다.

아침에 일찍 일어나는 사람이 있는 것처럼 늦잠을 즐기는 사람도 있다. 아침에 일찍 일어나는 사람은 일찍 자야 한다. 일찍 일어난 사람들이 계획적인 인생을 산다고 해서 인생은 계획대로 다 되는 것도 아니다. 아침을 조금 일찍 맞을 뿐이다. 계획대로만 살기에는 갑자기 마주칠 기분 좋은 우연과 곳곳에 숨어있을 좋은 사람들이 너무나도 아쉽다. 늘 일찍 일어나던 사람이 하루 정도 늦잠을 자면 불안해져 버리기도 한다. 하루쯤 늦잠을 자는 건 괜찮은 건데….

타인의 눈에는 부지런해 보이는 그들은 늦은 밤의 촉촉한 감성을 알지 못한다. 일찍 일어났으니 밤에는 지친다. 밤하늘이 깜깜할 때, 눈을 뜨자마자 조용한 공기를 맞이하는 기분을 알 수 없다. 밤이 아침일 수 있다는 것을 모르고 살아간다. 아침 햇살이 좋아서 깜깜한 밤에 반짝이는 별의 아름다움을 모를 수도 있다. 늦게 일어나는 사람은 늦은 밤까지 활동할 수 있는 에너지가 있고, 새벽의 감성을 느끼며 살아갈 수 있다.

누구나 가보지 않은 길에 대한 미련이 남는다. 하지만 가지 않은 길을 가보는 방법은 없다. 그때의 그 시간, 그 능력, 그 포부와 다짐, 그때의 나, 그대로 돌아가는 방법은 없기 때문이다. 그러니 지금의 자신에 충실한 게 더 중요하다. 우리는 미련 없이 인정해야 한다. 가지 않은 길을 가는 것보다 갈 수 없음을 인정하는 법을 찾는 게 훨씬 더 쉽다. 심플하게 더 쉬운 것을 하는 게 삶을 훨씬 홀가분하게 해준다. 쉬운 길을 찾으면서 살아가면 조금 더 쉽게 살 수 있다.

지금 하는 생각과 결정이 언젠가는 꿈의 밑바탕이 되어있을 테니까.

삼십 대 중반이 된 지금 나의 꿈은 교양 있는 할머니가 되는 것이다. 하루하루 교양을 쌓아가며, 하루하루 할머니가 되어가겠다.

—

2장 화요일
이쁜 화요일

인사 같은 외모 칭찬은 장점도 있고, 단점도 있더라구요. 꾸밈을 즐기는 여성도, 그렇지않은 여성도 틀린 것이 아니랍니다. 우리가 하나의 인격체로서 존중받기 위해서는 당당함과 내적 아름다움이 필요합니다. 칭찬은 칭찬하는 사람의 인격까지 선해지므로 신중하게 해야 합니다. 겉모습이 이뻐지지 않고 이쁜 사람이 되는 방법은요 어렵지 않아요. 사랑하는 사람에게 사랑받으면 됩니다.

좋은 칭찬에
대한 고찰

　기특하게 잘 견뎌낸 월요일을 까맣게 접어두고, 화요일 아침은 왠지 다른 색으로 하루를 채우고 싶다. 하고 싶은 일은 살짝 뒤로 밀고, 해야 할 일들을 해나가야 하는 보통의 일상이지만 화요일 아침은 꼭 이쁘게 맞이한다.

　'이쁘다'는 단어를 참 좋아한다. 발음부터 참 이쁘다. '이'라고 발음할 때, 입은 웃는 것처럼 입술 끝이 올라가고 눈 밑 애교살까지 움직이게 하여 자연스럽게 웃는 표정을 만들어 준다. 그래서 글을 읽을 때도 '예쁘다'라고 적힌 것도 '이쁘다'라고 읽는 습관이 있다. '이쁘다'가 만들어 주는 자연스러운 미소는 '이쁘다'는 말의 기분좋음을 전해준다. 그런데 '이쁘다'는 단어가 정말 이쁘고 기분 좋기만 한 단어일까?

　'이쁘다'는 듣는 사람을 기분 좋게 하는 칭찬이라 생각하기 쉽지만 어쩌면, 듣는 사람의 감정과 인격을 배려하지 않은 차가운 평가가 될지도 모른다.

엄마 친구의 '너희 딸 정말 이쁘네, 와~ 정말 이쁘게 생겼어.'
친구의 조카를 보며 '와~ 조카 정말 이쁘게 생겼다.'

이쁘니까 이쁘다고 하는 것이다. 우리는 일상 속에서 인사를 대신해서 외모 칭찬을 많이 한다.

시간적 순서로 분석해 보자면 '이쁘다'는 말을 하기 전에 무의식적으로 거치는 몇 번의 단계가 있다. 우선 사람을 보고, 외모를 보고, 특히 얼굴 부분을 본 후 눈, 코, 입, 피부 상태와 이목구비의 조화가 내가 정해놓은 미의 기준에 맞을 때 '이쁘다'고 말하는 것이다. 많은 사람이 간과하지만 단순한 친근감의 표현일지라도 외모 칭찬은 결국 '평가'이다. '이쁘다'는 칭찬은 친근감의 표현과 더불어 '너의 외모를 이미 평가했다.'는 차가운 고백이 될 수도 있다. 고백은 받는 사람에 대한 존중이 필요하다. 사랑 고백도 받는 사람의 마음을 헤아려 조심스럽게 해야 하는데 일방적인 외모 평가에 대한 고백이 쉬울 수 없다.

사회는 칭찬을 듣는 사람보다 하는 사람 기준으로 장점만을 강조하고, 우리는 가끔 칭찬하라는 강요도 받으며 살아간다. 그래서 알게 모르게 느껴지는 칭찬 뒤의 묘한 불쾌한 감정을 제대로 설명할 수 없을 때도 많다.

물론, 칭찬의 좋은 점도 많다. 칭찬의 장점은 칭찬해보면 금방 알수 있다. 칭찬은 관심의 표현이니까. 나에 대한 타인의 애정은 자신감과 용기를 심어준다. 누군가를 칭찬하고 그래서 상대방은 기분이 좋아지고, 기분 좋은 사람을 보고 덩달아 기분 좋아졌던 경험은 누구나 한 번쯤 있을 것이다.

술안주 같은
칭찬은 거절합니다

긍정적인 칭찬을 위해서는 정말, 매우, 아주, 대박, 엄청, 진짜, 너무, 완전히 잘해야 한다. 칭찬도 잘하는 능력이 필요하다. 칭찬으로 '참 잘했어요.'라는 칭찬을 들으려면 정말 참 잘해야 한다.

얼마 전 친구 몇 명과의 술자리가 있었는데, 다른 친구들과의 모임에서 내 얘기가 나왔다고 했다. 친구 중 한 명이 내가 이쁘다고 소개했단다. 어떤 이는 사진을 보자고 했고, 자연스럽게 카톡 프로필 사진에 있는 내 사진을 보며 이쁘고 몸매가 좋다는 사람과 그렇지 않다는 사람이 한참 토론을 했다고 했다. 당시 상황을 얘기를 해주던 친구의 표정은 그 상황이 재미있었고, 꽤 진지했음을 말해주는 듯했다. 얘기를 듣고 어떤 표정을 짓고 어떻게 반응을 해야 할지 몰라 잠시 머뭇거렸다. 우선 나를 모르는 사람이 내가 이쁜지 혹은 그렇지 않은지에 그렇게 관심이 많다는 것에 의아했고, 나의 외모와 몸매에 대해 평가하며 서슴없이 말을 내뱉는 친구의 무례함에 실망했다. 그래도 너를 이쁘고 몸매가 좋다고 말하는 사람이 더 많았다고 하는 가식같던 말은 전혀 기분을 좋게 하진 못했다. 모르는 어딘가에서 나에 대한 평가를 하면서 '내가 이쁜지, 이쁘지 않은지'가 그들 술자리의 안줏거리였다고 생각하니 매우 불쾌했다.

머릿속도 복잡했다. 어디서부터 잘못되었고 어디서부터 불쾌하기 시작했을까. 친구들의 모임과 내 얘기가 나온 것을 문제 삼을 수는 없는데, 화를 내려면 어디서부터 화를 내야 친구가 나의 기분을 이해할 수 있을까.

물론, 카톡의 프로필 사진은 나를 나타내기 위한 사진이고 내가 공개해 놓은 건 맞다. 제일 잘 나온 사진을 골라서 보여주기 위해 공개해 놓은 것도 맞다. 하지만 내가 모르는 어딘가에서 오징어처럼 씹히고 있어도 된다는 허락은 아니다. 그들은 내가 공개한 사진을 보고 생각한대로 내뱉었을 것이다. 친구들과의 편한 대화의 수위를 일일이 따져 물을 수는 없다. 조금 느슨하게 생각해보면 그들도 그렇게 큰 죄를 지은 건 아닌 것 같기도 했고, 또 생각해보면 나를 앉혀놓고 대놓고 기분 나쁘라고 말을 한 것도 아닌데 기분이 나쁘다고 따질 상황이 맞나? 아리송하기도 했다.

한 가지 분명한 사실은 내 기분은 몹시 나빴다는 거다. '에이… 나쁜 의도가 있었던 것도 아닌데 왜 그래?'라고 웃어 말한다면 그 자리에서 예민하고 까칠한 사람이 되어 버린다. 불편하지만 사람들의 인식이 그렇다. 좀 예민해지면 어떤가? 그래서 '지금 기분이 나쁘다고!' 라고 소리쳐도 틀린 것은 아니다. 다만 그렇게까지 에너지를 쏟아서 화를 낼 일인가 싶기도 하고, 순간적인 감정 때문에 친구와 불편해지고 싶진 않았다. 불쾌한 건 분명하고 다시는 이런 비슷한 감정을 반복하고 싶지는 않지만, 입장의 차이가 커서 굳이 모난 사람이 되지 않고자 웃어넘겨야 하는 상황이 답답할 뿐이다.

세상에 진심 없이 좋은 칭찬은 없다. 장난 같고, 장난인 좋은 칭찬은 없다. 장난같은 칭찬은 그냥 장난이다. 좋은 의도의 칭찬을 하기 위해서는 듣는 사람의 상황과 감정을 존중하고 배려해야 한다. 듣는 사람의 상황에 맞게, 그리고 진심을 담아서 해야 좋은 칭찬이다. 내가 혹은 사회가 이미 정해놓은 기준대로 평가하고 판단히여, 히고 싶은 말을 장난처럼 기볍게 히는 것은 걸코 좋은 칭찬일 수 없다.

치열한 경쟁이 만든
불행과 부정적인 감정들

　우리는 외모도 능력이고 스펙이 되는 시대를 살아간다. 전쟁같은 경쟁 속에서 추억을 쌓는 것보다 스펙을 쌓는 게 더 중요해져 버린 요즘. 치열하게 노력하고 마치 노력하지 않음은 당연히 비난의 대상이 되어야 한다는 인식에 한 번 더 지친다. 팍팍한 사회 분위기 속에서 누군가에게 삶은 살아가는 게 아닌 견뎌내는 하루일 것이다. 경쟁에 너무나도 익숙해서 승패를 나누고 비교하고 평가하는 것을 쓸데없이 잘하게 된 듯하다. 살아가는 데는 다른 사람을 평가할 수 있는 능력보다 나 자신을 돌아볼 수 있는 능력이 훨씬 더 중요한데 말이다.

　경쟁과 평가는 타인과 나를 비교하는 나쁜 시너지 효과를 낸다. 타인과 비교하여 나보다 더 행복한지 따져보고 타인의 행복에 경쟁하고 평가도 한다. 무엇을 할 때 진짜 행복한지도 모른 채 겉으로 보기에 나보다 더 행복해 보이는 사람 앞에서는 한없이 작아지고 자괴감에 갇히기도 한다.

　사람은 누구나 행복할 때도 있고 그렇지 않을 때도 있다. 물론 더 오래 더 많이 행복한 사람도 있을 것이고 슬럼프에 빠져 힘겨운 시간을 보내고 있는 사람도 있을 것이다. 삼십 년 하고 몇 년을 살다 보니, 산다는 것은 정말 별의별 일들이 다 생기는 별 모양 퍼즐을 맞추는 것 같다. 시간은 행복 퍼즐, 불행 퍼즐, 웃음 퍼즐, 눈물 퍼즐, 열심 퍼즐, 그리고 아픔 퍼즐, 게으른 퍼즐, 지금은 기억조차 제대로 나지 않는 나만의 퍼즐들로 맞춰져 있다. 이렇게 시간의 퍼즐을 맞춰가는 게 살아가는 것인데, 나의 불행 퍼즐과 남의 행복 퍼즐을 들고 비교하면서 굳이 초라해질 필요는 없다.

사랑받고자 하는 마음의 크기와 사랑받는 크기가 다를 때, 관심받고자 하는 마음의 크기와 관심의 크기가 다를 때, 우리는 외롭고 불행함을 느낀다. 사랑과 관심의 크기가 크더라도 표현이 부족할 때 또 뭔가 허전하고 서운하다. 삼십몇 년의 경험들은 나의 외로움에 집중해달라고 큰 소리로 말하고 다니는 것은 좋은 해결책이 아님을 알게 해주었다. 큰소리를 내는 만큼 힘이 빠지고, 듣는 사람은 귀가 아프고, 또 그만큼 멀어진다. 외롭고 불행할 때, 나의 큰소리와 듣는 사람의 마음은 반비례가 된다. 목소리가 커지는 만큼 내 목소리로 가득 차버린 상대의 마음에는 마음이 들어갈 수 있는 자리가 작아진다. 큰 목소리는 하고 싶은 말의 뜻은 잃고 시끄럽게만 들릴 뿐이다.

나를 사랑하고 말고는 상대의 자유이다. 나의 매력을 이유로 다른 사람의 자유를 침해할 권리는 없다. 나에게 정당한 사랑을 주장

할 수 있는 사람은 나 자신뿐이다. 다른 사람의 사랑을 받는 것보다 진심으로 내가 나에게 사랑받는 것이 훨씬 더 중요하다.

이쯤 되면 사랑을 측정하는 사랑측정계 정도는 개발할 만도 한데 사랑을 측정하는 절대적인 도구는 아직 개발되지 않았다. 얼마나 사랑받고 있는지, 나 자신을 얼마나 사랑하고 있는지, 이 사람이 앞으로 얼마나 나를 사랑해 줄지를 측정할 수만 있어도 기준을 잡고 얼마나 어떻게 마음을 보이면서 살아야 할지 갈피를 잡기 쉬울 텐데…

과학자님, 온도계처럼 사랑도 측정할 수 있게 사랑측정계 하나 만들어 주세요. 제발요.

현대 사회에서
첫인상의 중요성과 우리의 자세

　사람을 처음 만났을 때, 마음이 얼마나 따뜻한지, 이해심이 얼마나 많은지, 얼마나 성실하고 약속은 잘 지키는 사람인지 볼 수 있는 능력이 있다면 참 좋을 텐데, 안타깝게도 우리의 눈은 외모밖에 볼 수 없다. 사람의 따스함을 느끼고 정이 드는 데는 시간의 도움을 받아야 해서 가슴은 늘 눈보다 느리다. 그래서 우리는 눈으로 본 사람의 외모에 따라 첫인상을 기억하고 판단하여 평가하는데 더 익숙하다.

　얼마 전 모임에서 '어떻게 하면 좋은 첫인상을 줄 수 있을까요?'라는 질문을 받았다. 너무 당황했다.

　'첫인상이 꼭 좋아야 하나요? 누군가를 처음 만나는데 진실한 나를 보여주는 것이 가장 중요한데, 방법적인 것까지 연구해야 하나요? 처음부터 머리를 쓰고 부담스럽게 만나야 하는데 과연 좋은 관계인가요?' 나의 대답이었다. 평가에 익숙한 사람들은 처음부터 상대방을 평가하려 하고 또 좋은 이미지로 평가받고자 노력하지만, 면접이 아닌 일상 속에서까지 첫인상이 굳이 좋을 필요는 없지 않을까. 매 일상이 면접같을 것이라고 생각하니 벌써부터 숨이 막히려 한다.

첫인상은 처음 만난 시간 속에서 자연스럽게 만들어진다. 처음 만남은 당연히 어색할 것이고 서로에 대해 잘 알지 못하므로 평가가 필요한 시간이 아니다. 만남의 목적에 최선을 다하고 서로에 대한 배려가 필요한 시간이다. 처음부터 좋은 인상을 주고자 하는 인위적인 노력이 느껴진다면 상대는 가식이라고 생각하고, 진정성을 의심할지도 모른다. 이렇게 되면 이미 좋은 인상을 주기는 힘들지 않을까.

첫 만남에서는 진한 화장으로 이뻐진 얼굴과 비싼 물건으로 만들어진 첫인상보다 더 중요한 것이 있다. 부드러운 말투와 미소, 약속 시간을 잘 지키고 배려로 만들어지는 좋은 분위기가 훨씬 더 중요하다. 처음 만난 사람의 첫인상이 좋았냐, 아니냐는 판단을 하기에 앞서 상대방이 불편해하지 않았는지 살피고, 분위기가 좋았다면 그 자체로 감사하는 마음을 가져야 한다. 첫인상에 착하다는 느낌을 받은 사람에게 '넌 착해서 좋아.'라는 칭찬은 '계속 착하게 굴라.'는 간접적인 압박이 될 수도 있다. 착해서 좋다는 조건부의 관계 속에는 이미 풀기 힘든 오해가 몇 개나 얽혀 있다. 과연 이 관계가 건강할 수 있을까? 어차피 한 번의 만남으로 사람의 전부를 알 수 없다. 최소한 사계절을 지켜보고, 술을 끝까지 먹어보거나, 취미나 특기가 무언지, 어떤 소비 성향을 가졌는지 한 사람을 알아가려면 우리는 많은 시간이 필요하다. 다른 방법은 없다. 빠르고 정확한 방법도 없다.

화장과 꾸밈은
습관과 성격

　좋은 관계를 위해서는 서로의 시간 속에서 함께 부딪치고 알아가는 시간이 우리에게는 꼭 필요하다. 나의 시간으로 초대해서 그 사람에게 마음을 따뜻하게 대접해야 한다. 또 상대의 시간에 초대되어 함께 하는 시간에 익숙해져야 한다. 물론 누군가의 시간에 초대받는 일도 진심과 그만큼의 시간이 필요한 일이다.

　사람의 가장 중요한 부분인 메인 인격을 알기 전에 반짝 보이는 외모는 포크로 한번 콕 찍어 먹는 애피타이저쯤이라 생각한다. 샐러드가 싱싱할수록 입안은 상쾌하고 입맛이 돌아 메인요리를 기대하게 한다. 외모와 이미지를 나타내 줄 화장과 꾸밈 역시 사람의 본질이 아닌 플러스알파 즈음이다.

　갓 대학교를 들어간 스무 살 여대생의 캠퍼스 설렘은 서툰 화장과 이쁜 치마로 표현하기도 한다. 촉촉한 입술과 발그레한 볼에는 생기가 느껴지고, 서툰 어른으로서 새로운 인생에 대한 기대와 설렘을 보여준다. 취업에 성공하여 첫 회사 출근에 단정한 머릿결과 깔끔한 정장은 한 사람이 지금까지 살아온 인생에 대한 이미지이고, 회사에 대한 예의의 표현이다. 이는 신뢰를 줄 수 있다. 첫 출근에 대한 신경씀이 보인다.

화장과 꾸밈은 우리의 생활에 생기를 불어넣는 플러스알파로 만족감을 높여 줄 수 있다. 거울 속의 외모가 마음에 들고 화장과 헤어스타일링이 한껏 잘 된 날은 분명 나 자신이 사랑스럽다. 거울 속에 수줍게 입꼬리를 살짝 올려보고 '오늘 괜찮은 여자인가?' 생각해 본다. 여자에게 '이쁘다'는 삶의 활력소가 되기도 하고 좋은 컨디션을 유지할 수 있는 기분 좋음이다. 여자라면 누구나 한 번쯤 느껴봤을 것이다. 여자라서 행복한 날들….

타인의 시선을 완전히 차치하고 보면 화장과 꾸밈은 사람의 성격이고 습관이다. 난 화장을 하다 보면 자꾸 진해진다. 부족한 부분을 찾으려 들고 채우려 한다. 화장이 가려주는 얼굴의 단점을 꼼꼼히 기억하고 다음에는 더 잘 보완하기 위해 노력한다. 평소 공부를 하거나 업무 추진할 때의 완벽주의 성향이 반영된 화장법이다. 이십 대에는 늘 하이힐을 고집했다. 나의 몸은 상대적으로 하체가 통통해서 다리가 조금이라도 더 날씬해 보이기 위해서 하이힐을 신었다. 하이힐을 신는 날의 옷핏은 제법 마음에 들었다. 낮은 굽을 신은 날은 왠지 자신감이 없고, 음식을 먹으면 하체가 더 통통하게 살이 찌는 느낌이었다. 하이힐은 자신감을 느끼게 해주는 마법의 구두 같은 것, 몸매 콤플렉스를 보완해줄 좋은 대안이었다. 좀 더 날씬하면 운동화를 신고 편하게 다니겠는데, 그러기에는 맛있는 것을 너무 많이 먹었다.

하이힐로 다리가 붓고 몸이 피곤해서 힘들어지면 언제든지 벗어 던지면 된다. 조금 쉬고 나면 다리의 부기는 빠지게 되어있다. 나에게 하이힐은 단점을 남들에게 들키지 않으려는 자존심의 반영이다. 하지만 삼십 대 중반이 되어 자존심의 정의가 바뀐 지금은 꼭 필요한 자리가 아니고서는 운동화도 자주 신고 다닌다.

운동화가 골반과 종아리의 안녕을 지켜주고 편한 것은 맞다. 그런데 선상한 노력으로 다이어트를 성공한 후 자신감 있게 신는 운동화는 더 편하다. 그냥 편한 것 이상의 자신만만한 편안함을 준다. 오늘도 자신만만한 편안함에 익숙해지기 위해 건강한 식단과 운동을 하며 더 사랑스러운 내가 되기 위해 노력한다.

계속 진해지는 화장에 나의 피부가, 높아지는 하이힐에 골반이 걱정되긴 했지만 다른 사람에게 어떻게 보일까? 하는 고민은 별로 안 했다. 화장이 진하다는 것을 인식하면 다음번에는 좀 연하게 시도해보면 된다. 하이힐이 불편하면 신지 않으면 그만이다. 콤플렉스를 들키고 싶지 않은 날이면 또 하이힐을 신으면 되고.

그런데 화장도 성격이고 습관이라 좀처럼 진하게 화장하는 습관은 잘 고쳐지지 않는다. 습관을 고치는 데는 또 다른 노력이 필요하다. 파운데이션 튜브를 짜는 힘 조절마저 습관이니까. 향수를 펌핑하는 횟수마저 습관 중의 하나이니까. 화장해서 이뻐지는 겉모습보다 화장을 하고 있는 나의 습관에 더 집중해보았으면 좋겠다. 나의 시간과 돈을 들여서 화장하고 꾸미는데 남의 시선을 의식하고 눈치를 볼 필요는 없다.

화장은 좀 서툴러도 괜찮다. 우리가 살아가는 게 가끔 서툰 것처럼…. 어차피 살아가는 건 늘 처음이라 모든 아침이 처음이고, 서툰데 화장이 서툰 것쯤은 별일 아니니까. 언제든지 마음만 먹으면 고칠 수 있는 거니까.

날씨 좋은 날, 이쁘게 화장된 날은 참 기분이 좋다. 나는 꾸밈만으로도 하루종일 기분 좋을 수 있는 여자이다. 그런 날은 하이힐을 신고 조심조심 길을 걸으며 콧노래를 흥얼거리기도 한다. 좋은 날씨와 원하는 만큼 습관처럼 한 이쁜 화장은 행복 포인트가 되어 준다. 행복 포인트를 안다는 것은 분명하고도 확실한 인생의 플러스 알파다.

긍정적인 꾸밈이
부정적인 꾸밈으로 바뀌는 순간

청바지에 흰 티를 입은 심플함이 어울리는 사람이 있고, 심플하고 싶은 날이 있다. 심플함이 심심한 듯하면 팔찌나 목걸이, 가방에 포인트를 주기도 한다. 타이트한 검은색 드레스의 섹시함이 어울리는 사람이 있고, 섹시하고 싶은 날이 있다. 섹시하고 싶었던 날도 문득 주위 시선에 대한 부담을 느껴 타이트한 드레스 위에 자켓을 걸치고, 진한 입술화장을 지워보기도 한다. 핑크색 레이스 원피스의 청순함이 어울리는 사람이 있지만 청순하고 싶지 않은 날이 있는데 이를 모두 싸잡아 '이쁘다'는 단어로 단순화시키는 것에 갑갑함을 느낀다.

사람들의 개성은 다양하니, 표현도 다양해야 한다. 우리가 한국말을 잘해야 하는 중요한 이유 중의 하나이다. 각각의 다름을 '이쁘다'는 하나의 기준 잣대를 들이대며 같음으로 묶어 버리니 압박이되고 나아가서는 폭력이라 느끼는 여성도 많다. 다수결로 만들어놓은 아름다움의 기준으로 외모만을 평가해버리면 보이지 않는 강요와 압박이 된다. 어쩌면 정말 좋은 칭찬이었던 '이쁘다'는 말의 뜻이 퇴색해 버린 게 아닌가 조금 씁쓸하기도 하다.

주체적인 아름다움은 행복한 삶의 플러스알파가 될 수 있지만 여기에 압박이 작용하고 타인이 원하는 아름다움을 강요받게 되면 삶의 마이너스로 작용되어 그 이상의 불편함을 느끼게 한다. 내가 원하는 아름다움이 아닌 불특정 다수가 원하는 똑같은 아름다움에 맞추어야 한다는 것에 불안과 혼란을 느낀다. 내가 원하는 기준이 아니라 정해진 기준에 억지로 맞추려 하는 것은 틀렸다는 것이다.

꾸밈 강요에 대처하는
당당한 여성의 자세

'이쁘다'는 기준은 절저하게 내가 되어야 한다. '이쁘다'는 말은 타인에게 평가 받음이 아니라 나의 자신감이 되어야 한다. 가장 '이쁘다'는 말을 많이 들어야 하는 사람은 나 자신이다. 스스로에게 '이쁘다'는 칭찬을 많이 했으면 좋겠다. 다른 사람에게 '이쁘다'라고 말해오던 것을 '나 오늘 참 이쁘다.'라고 스스로 얘기하는 것은 긍정적인 생각을 할 수 있는 좋은 주문이다.

'내가 참 이쁘다.'라고 말하기 위해서는 나의 이쁜 부분을 찾아내야한다. 나에 대해 찬찬히 살펴보고 정확히 잘 알아야 한다. 나에 대해서 가장 잘 아는 사람은 나 자신이므로 나를 가장 잘 칭찬할 수 있는 사람도 나 자신임을 잊지 말았으면 좋겠다. 있는 그대로의 나, 나라는 인격체를 '이쁘다'고 정의하는 것은 살아내는 시간을 살아있는 시간으로 변화시킬 수 있는 시작이자 긍정적인 원동력이 된다.

화장과 꾸밈없이 머리를 질끈 묶고 비싼 옷을 입지 않고도 존재만으로 충분히 빛날 자격이 있다. 당당하다면 짧은 치마에 하이힐을 신고도 이쁘고 청바지에 운동화를 신고도 반짝일 수 있다. 화장하지 않고 꾸미지 않은 모습도 아끼고 사랑해야 할 내 모습 중의 하나이다. 나를 아끼고 사랑해야 어떤 모습일 때도 당당할 수 있다. 나아가 타인에게도 당당함을 인정받을 수 있다.

나에게 '이쁘다'라고 말하는 것은 사실 생각만 해도 쑥스러운 말이긴 하다. 우리나라는 '나의 잘났음'을 말하는 것에 어색해하고 다른 사람이 스스로 잘났음을 말하는 것을 들어주는 데도 참 인색하다. 어렸을 때부터 받은 겸손 교육으로 자신을 낮추라고만 배운 탓인지 아무리 세상이 변했다고 해도 잘난 척하기에는 여전히 불편하다. 나의 이쁜 점을 찾아서 인정하고 말하는 것을 배우지 못한 채, 어른이 되어서 갑자기 자존감을 찾으라는데 그 자존감이라는 거 어디에 숨겨져 있는지 참, 누가 힌트라도 줬으면 좋겠다.

'나 오늘 참 이쁘다.'라고 말했을 때 그 말을 들어주는 주변 사람들도 참 중요하다. '나 오늘 좀 이쁘지?'라고 물었을 때 '그래, 정말 이쁘다.'라고 말해줄 수 있는 사람이 우리의 인생에서 필요하다. 가족이건 친구이건 그냥 아는 사이건 건강한 관계이고, 좋은 인격을 보여줄 사람들이다. 주변에 있는 사람이 좋은 사람인지 아닌지 궁금할 때 한 번쯤 물어보면 좋다. 나를 아끼는 사람은 그렇다고 말하며 이쁨을 짚어 줄 것이고, 그렇지 않은 사람의 표정은 못생긴 주름으로 일그러질 것이다. 화장과 꾸밈이 우리 인생의 플러스알파인 것처럼, 나의 이쁨을 인정해 주는 사람도 인생의 알파플러스가 되어 준다.

우리에게는 누군가가 이쁜지 그렇지 않은지 평가하고 '이쁘다'는 칭찬을 하는 것보다 서로의 행복을 짚어주는 연습이 필요하다. 행복함을 짚어주는 데는 관심과 진심이 필요하다. '표정이 밝아 온몸에 생기가 느껴지고 건강해 보인다.'고 좋은 일이 있는 사람에게 '너 지금 아주 행복해 보인다, 좋아 보인다.'고 말해주는 것. 다른 사람의 행복을 인정하고 표현하는 것. 표정이 굳어 있고 힘들고 지쳐 보이는 사람의 힘듦에 조용히 귀 기울여 주며 진심 어린 걱정을 표현한다면 우리는 좀 더 따뜻하게 채워진 삶을 살아갈 수 있다.

살다 보면 좋은 날이 있고, 나쁜 날도 있다. 얼큰한 국물이 간절하기도 하지만 느끼하고 꾸덕꾸덕한 크림 파스타가 먹고 싶은 날도 있다. 많은 사람 속에서 크게 웃고 싶은 날도 있고 혼자 훌쩍 떠나고 싶은 날도 있다. 이쁘게 꾸미고 싶은 날이 있고 그렇지 않은 날이 있는 것이다. 이쁘게 꾸민 날도 '나'이고 그렇지 않은 날도 내가 사랑해야 하는 '나'이다.

한 사람으로서 화장과 꾸밈보다 하나의 건강한 인격체로서 당당함과 진심이 느껴질 때 더 존중받고 인정받을 수 있다. 멋있는 사람으로 진정 인정받기 위해서는 지식을 쌓고, 밝은 표정을 짓고, 진심을 보이는 것이 더 오래 인정받을 수 있는 좋은 방법일 것이다.

꾸밈을 존중받고 또 꾸밈의 강요에서 벗어나기 위해서는 사회적으로 하지 말아야 할 꾸밈도 지켜야 한다. 사회가 요구하는 꾸밈에 응하는 것과 그렇지 않은 것은 자유이지만 최소한 타인에게 피해를 주지 않는 것 또한 중요하다.

단순히 여자답다, 남자답다는 말을 비난하거나 여성성과 남성성을 부정함이 아닌, 사람을 여성 혹은 남성으로 나누어 보는 시선부터 바꿀 필요가 있다. 누군가를 만나고 알아갈 때 여성인지 남성인지를 생각하기 이전에 하나의 인격체라고 생각하는 것이 시작이다. 우리는 모두 남성이고, 여성이기 전에 한 사람이고 당연히 존중받아야 할 인격체이다. 모든 결정은 여성인 내가 하는 게 아니라 하나의 인격체로서의 내가 하는 것이니까. 여성스럽다, 남자답다는 말은 서로의 사적인 부분까지 허용하며 연애하는 사람들만 얘기하는 것으로 하자.

우리는 여성스러움을 강요받지 않을 권리가 있다. 그리고 여성스러움을 선택할 자유도 있다. 권리와 자유를 올바르게 누리기 위해서는 본인만의 기준이 필요하고, 또 사회가 만들어 놓은 규칙을 준수해야 한다. 여성들에게 꾸밈은 압박과 강요의 대상이 아니다. 꾸밈이라는 만족감과 화장이라는 자유를 자신의 인격과 상황에 맞게 선택할 수 있어서 삶의 플러스알파가 되었으면 좋겠다.

이쁘다는 단어 속에 갇혀 있던 것들
(이모티콘을 칭찬받이로 임명합니다)

성별이 여성인 사람에게 '이쁘다'라는 표현은 최대한 사세한다. 이쁘다는 말이 '사실은 너의 외모를 평가했어.'라고 말하는 것 같아 죄책감이 느껴진다. 더 좋은 표현으로 존중할 수 있는데 '이쁘다'라는 한 마디로 한정해서 일방적으로 결론짓고 그 사람의 본질이 아닌 오로지 외모만을 평가해 버린 것 같아서다.

'이쁘다'라는 표현은 보이지 않는 것, 형체 없는 것에 써야 한다고 생각한다. 예를 들어, 목적이 있는 만남의 마지막을 다정하게 마무리하고 싶을 때, "이쁜 시간 보내세요.", "주말 이쁘게 마무리하세요."라고 인사한다. 형식적인 만남의 마지막 인사에 친근함을 표현하고자 함이다. 아! 헤어진 남자친구에게 약간은 남아있는 미련을 보이고 싶었을 때도 "이쁜 추억 고마웠어."라고 한 적도 있는 거 같다. 한참 후에 알게 되었는데, 그 말에 미련이 남아있다는 것을 눈치챘다고 했다. 너무너무 오글거리기도 했다고.

이쁜 시간을 보낸다는 것, 이쁘게 주말을 마무리한다는 방법에 정해진 것은 없다. 스스로가 원하는 방법으로 사랑하는 사람과 함께 기분 좋게 만들어 갈 수 있다.

핸드폰 연락 중 요즘은 이모티콘으로 대화를 마무리하는 경우도 많다. 이모티콘이 개발되어 감정표현에 소극적인 사람은 굉장히 유리해졌다. 귀여운 캐릭터들이 움직이면서 멘트까지 해준다. 너무너무 깜찍하고 귀엽다. 하고 싶은 말과 표정을 클릭해서 전송하기만 하면 된다. 마음을 담아 상대에게 귀여운 표정도 대신 지어주고 애교도 보여준다. 나이가 들면서 쑥스러워서 하지 못하는 표현이 하나, 둘 늘어나는데 핸드폰 대화 속에서 나의 기분을 대신해 주느라 수고가 많다. 항상 고맙게 생각하고 있다. 감정을 대신해 주는 이모티콘에는 얼마든지 '이쁘다'고 칭찬해도 괜찮다. 이모티콘에 감정을 담고 '이쁘다'는 평가를 들어줄 대상으로도 생각해 볼 수 있다. 이모티콘을 우리의 칭찬받이로 임명하는 것은 어떨까?

사회생활을 하다 보면 기분이 좋으면 웃고, 화가 나면 소리 지르고, 슬프면 울어버릴 수 있는 상황이 잘 없다. 오히려 기분이 좋아도 냉정함을 유지하는 것이 계약에 유리하고, 화가 나도 참아야 하며, 슬퍼서 우는 것은 지는 것이라 여겨진다. 그래서인가? 감정표현은 점점 소극적이 되면서 답답함과 쑥스러움을 해소하고자 이모티콘에 의지하여 기분을 표현하게 되는지도 모르겠다. 삼십 년 넘게 살면서 이 눈치 저 눈치 보며 살다 보니 어느 날, 기분조차 제대로 표현 못하는 멍충이가 되어 있었다. 성숙한 어른인 척 해보려고 이성적 판단만 하다보니 내가 너무 지친다. 지친 마음속에 숨었던 힘들다는 말을 꺼내서 감정적인 표현을 하다보니, 사랑하는 사람들이 지쳐가고 있음이 보였다. 내 감정 때문에 지쳐가는 주변 사람들을 지켜보는 일은 가끔 나를 초라하게 하기도 한다.

사회생활을 하면서 역할과 책임에 익숙해지고 사람과의 관계 속에서 '요리를 잘하는 사람, 글을 잘 쓰는 사람, 성격이 착한 사람, 잘 들어주는 사람' 등으로 특정 지어져 살아감이 문득 벅차게 느껴질 때가 있다. 일상생활도 회사처럼 직급에 대한 책임감과 의무감이 생기는 것 같다. 요리를 잘하는 사람도 잘하는 요리가 몇 개밖에 안 될 수도 있고 글을 잘 쓰는 사람도 시는 잘 쓰지만, 소설을 쓰는 데는 익숙하지 못할 수도 있다. 성격이 착한 사람도 화가 날 때가 분명히 있을 것이며, 잘 들어주는 사람도 한없이 자기 얘기를 하고 싶은 기분이 있을 것이다.

얼굴이 이쁜 사람도 단순히 외모뿐 아니라, 지금까지의 노력으로 만든 다른 무언가를 인정받고 싶은데 단순히 외모로만 얘기될 때는 불편할 수도 있다. 외모로만 평가되고 있음에 지쳐 있던 나는 약간의 반항심으로 '이쁘다'라는 말을 들었을 때, '그럼 내 쌩얼 볼래? 내일 아침에 일어나자마자 만날래?'라고 대들어 보기도 했다. 물론 칭찬으로 한 말임은 잘 알고 있다.

'이쁘다'라는 말은 상대적이고 개인적인 생각일 뿐인데 요즘은 상대방에 대한 개인적인 생각을 너무나도 서슴없이 내뱉는다. 마치 혼잣말을 마이크에 대고 하는 것처럼 인터넷에서 익명에 숨어 악

플을 다는 사람도 많다. 듣는 사람에게는 어떻게 상처로 변해서 박히는지도 모른 채 말이다. 원하지 않는 시험치기를 강요받고 치지도 않은 시험에 점수가 매겨져 성적표를 받는 것처럼, 칭찬은 고래도 춤추게 한다지만 난 고래가 아니다. 고래보다 아이큐가 높고 생각하고 판단할 줄 안다. 고래보다 할 일도 많고 책임도 많다. 가치관대로 결정하고 노력으로 성취하며 살아가는 인격체이다. 무엇보다 갑자기 춤을 추고 싶지도 않다.

부정적으로 생각했던 사람이 칭찬할 때는 거부감마저 든다. 아무리 좋은 칭찬을 들어도 부정적인 그에 대한 인식이 같이 느껴진다. 칭찬 한마디에 좋지 못한 기억을 지울만큼 사람의 감정은 단순하지 않다. 부정적인 감정을 갑자기 긍정으로 바꿀 수는 없다. 사람에 대한 인식을 바꿀 수 있는 것은 말이 아니라, 행동으로 보여줌이고 신뢰이니까. 천천히 견고하게 무너지지 않을 믿음이 쌓일 시간이 필요하다. 관계의 개선을 위한 섣부른 칭찬은 부작용을 낳기 마련이다. 잘 보이기 위한 목적 있는 칭찬도 그러하다. 평소에 친밀한 사람에게 듣는 칭찬은 기분 좋게 받아들이지만 감정이 좋지 못한 사람의 칭찬은 '무슨 숨은 의도가 있나.' 하고 의심하게 된다. 가벼운 분위기에서 하는 과분한 칭찬도 분위기 전환은 될 수 있겠으나 딱 그 정도뿐이다. 거리감이 있는 사이일수록 농담 같은 칭찬은 거절한다. 진중하고 조심스러우면서 깊이 있는 대화가 훨씬 더 중요하다.

진정한 칭찬을 하고 싶다면 평소 자신의 인격까지 그 사람의 기분에 함께 전해진다는 것을 꼭 염두에 두어야 한다. 혹시 칭찬했을 때 상대방이 불쾌해한다면 의도가 나쁘지 않으니 듣는 사람이 오해한 거라 우기기 전에 평소 나의 인격을 돌아봐야 한다. 상대를 배려할 준비가 되어있지 않는 사람은 칭찬할 자격조차 없다. 스스로 타인에게 칭찬할 자격이 있는지에 대해 조용히 생각해 볼 필요가 있다.

심십몇 년 동안 만들어 놓은 인격이 있고 나만의 성향과 그날의 기분이 표정으로 드러날 터이니, 나의 눈, 코, 입과 피부 그리고 화장 여부는 부된 관점으로 관심을 줄여 주었으면 좋겠다. 살면서 외모가 이쁜 사람이기보다 성숙하고 교양 있는 사람이 되고자 하는 나의 바람의 영향도 있는 것 같다.

이쁘다는 말보다
더 불편한 이뻐졌다

'이쁘다'라는 말보다 '이뻐졌다'라는 말은 더욱 오해를 불러일으키기 좋다. 오랜만에 본 친구들의 주요 수다 주제는 '이뻐짐'이다.

'너무 이뻐졌다. 성형했니? 너 여기만 고치면 진짜 이쁠 것 같아. 너 살만 빼면 인기 정말 많을걸? 관리받았니? 맨날 팩하니? 예전엔 별로였는데 그렇게 화장하고 다니니 훨씬 낫다.'

사실 '너무'라는 단어는 '일정한 정도나 한계를 훨씬 넘어선 상태로'라는 뜻으로 대부분 부정적이거나 과할 때 많이 사용한다. 우리는 '너무 이뻐졌다'라는 말을 많이 쓰지만 '아주 많이 이뻐졌다'라는 말은 잘 쓰지 않는다. 이미 무의식적으로 '너무 이뻐졌다'는 말에 부정적인 뜻을 담아 버렸는지도 모르겠다. '이뻐졌다'는 비교의 단어이다. 예전보다 이뻐졌다는 말은 예전에는 이쁘지 않았다는 뜻을 이미 숨겨놓았다. 묘하게 숨어있던 비교의 이미지가 '이뻐졌다'는 말로 전해지면서 묘하게 기분 상하게 한다.

'이뻐짐'은 두세 시간은 거뜬히 떠들 수 있는 일상적인 대화 주제이지만 결코 가볍지만은 않다. '이뻐짐'의 주인공은 여러 사람의 입에 오르내림이 불편하고 대화 주제 자체가 불쾌할 수 있다. 한 사람을 이쁨의 시소에 올려놓고 저울질한다는 건 사람에 대한 기본적인 예의가 아니다.

주목받길 원하는 사람도 있고, 그렇지 않은 사람도 있다. 적극적으로 자신의 고민을 많은 사람에게 얘기하고 함께 생각하고 싶은 사람이 있지만, 나만의 고민으로 간직하고 싶은 사람도 있다. 만약에 후자의 성향의 사람이라면 그 사람에게 이쁨의 시소는 더더욱 불편한 오르내림일 것이다.

듣는 사람이 원하지 않는 칭찬은 비난과 같다. 내가 보여주고 싶은 나와 다른 사람이 보고 있는 내가 일치하지 않으면 불쾌감을 일으킨다. 외모만을 보고 있는 시선 자체가 불편하다.

이쁘다는 표현을
제대로 사용하기

'이쁘다'는 표현을 제대로 사용하려면 '이쁘다'를 들어줄 사람을 정성스럽게 찾아야 한다. '이쁘다'는 칭찬을 듣고 싶은 사람, 칭찬을 들을 준비가 되어있는 사람, 칭찬이 필요한 사람, 칭찬에 힘을 내줄 사람을 찾아내어 칭찬해야 한다. 좋은 의도의 좋은 말인데 그렇게까지 해야 하냐고 묻는 사람이 있을 수도 있다. 그렇다면 그렇게까지 해야 한다고 조언해주고 싶다. 왜냐하면 '이쁘다'는 표현은 내가 하고 싶은 말이기 때문이다.

아무리 좋은 강의도 관심 없는 사람에게는 어려운 말을 늘어놓는 지루한 시간일 수도 있다. 그들도 강의가 좋다는 것은 분명히 안다. 하지만 관심 없는 이들에게는 지루한 것도 분명한 사실이다. 모든 사람이 인정할 것 같은 명언도 아무나 잡고 말하지 않는다. 좋은 말이라고 인정하는 사람을 찾고, 명언이라 인정받음이 먼저이다. 하고 싶은 강의를 위해서는 듣고 싶어 하는 사람을 모으고 그들에게만 하러 다녀야 하는 것처럼, '이쁘다'는 말도 듣는 사람의 입장을 생각해보고 듣는 사람의 컨디션을 살피는 노력이 필요하다. '이쁘다'

는 말을 원하는 사람에게는 얼마든지 '이쁘다'를 퍼부어도 좋다.

'이쁘다'는 칭찬을 원하는 사람인지 그렇지 않은 사람인지 어려울 때는 다른 말로 표현을 하면 된다. 사람의 분위기, 표정, 이미지, 기분을 담은 목소리 톤 등으로 시선을 돌려 한 사람을 따뜻한 마음으로 바라보면 보이는 것이 다르다. 단순히 '이쁘다'는 단어가 아닌 표현하는 방법도 달라진다. 세상에는 '이쁘다'는 말을 대신해 줄 수 있는 말이 참 많다.

"너의 표정이 밝고 좋아 보인다."
"좋은 일 있어 보인다."
"오늘 코디가 참 어울리는구나."
"따뜻한 마음이 느껴진다."
"좋은 느낌으로 옆에 있어 주어서 고맙다."

'이쁘다'는 표현은 이럴 때 쓰면 된다.

"입고 있는 옷이 이쁘다."
"꽃이 참 이쁘다."
"마음이 참 이쁘다."
"우리가 함께 보낸 시간이 참 이쁘다."

'이쁘다'를 긍정의 묘약처럼 생각하고, 진심 없이 단순히 눈앞에 보이는 것만으로 하지 않았으면 좋겠다. 외모만으로 정해진 기준대로 평가받고, 상처를 안고 살아가기에 우리 개개인은 너무나도 소중한 인격체이다.

이쁨에 대한
상대성 이론

　이쁜 사람이 되는 것은 어려운 것이 아니다. 꾸밈과 성형이 필요하지도 않고 시간과 돈이 필요한 것도 아니다. 가장 먼저 필요한 것은 '이쁘다'는 칭찬으로 정의되는 사람보다 '이쁜' 시간을 보낼 수 있는 사람이 되기 위한 노력이다. 무리한 다이어트와 성형, 진한 화장으로 만드는 이쁜 외모가 아닌 이쁜 시간을 보내기 위한 자연스러운 노력이 필요하다.

　이쁜 시간을 보내는데 이쁜 외모와 날씬한 몸매는 플러스알파가 될 수는 있다. 외적으로 이쁘고 싶은 사람은 계속 이뻐지고 싶어도 된다. 다만 이쁜 외모는 자연스러운 이미지와 분위기에서 나오고, 이쁜 몸매는 평소의 생활습관과 식습관, 건강함에서 나온다는 것을 염두에 두어야 한다. 삶의 본질을 이쁜 시간을 보내는데 두고 노력해 보았으면 좋겠다. 더 마른 몸매, 더 큰 눈, 더 높은 코, 더 짙은 입술이 목표가 아니라 자존감을 느끼는 이쁜 시간을 보내는 나를 찾아가는 것이 중요하다.

　외모로만 본다면 누군가에게는 이뻐 보일 것이고 누군가에게는 못생겨 보인다. 또 누군가에게는 눈에 띄지도 않아서 존재감마저 없을 것이다. 어차피 '이쁘다'는 것은 상대적이라 모든 사람이 원하는 '이쁘다'는 기준을 쫓아가려면 눈, 코, 입이 다 찢어지고 턱과 광대뼈가 다 나간다.

예전에 남사친의 연애 상담을 한 적이 있다. 지금 여자 친구와 너무 안 맞고 성격도 더럽고 취향도 달라서 헤어지고 싶단다. 그럼 헤어지면 되지 뭐가 문제냐고 물으니, 여자 친구가 너무 이뻐서 다시는 이렇게 이쁜 사람은 못 만날까 봐 헤어질 수가 없단다.

헐…

내가 보기에 친구의 여자 친구는 눈, 코, 입, 피부상태가 이쁘지 않았다. 외모만을 보고 생각했을 때 많은 사람 속에 있으면 전혀 눈에 띄지 않을 보통의 평범하고 참한 스타일이었다. 대화해본 적이 있는데 사랑스러운 말투와 건강한 생각, 귀여운 웃음을 가진 매력적인 사람이었다. 친구에게 쓸데없는 소리 하지 말고 여자 친구에게 잘해주라고 했다. 친구는 아직 그분을 아주 많이 사랑하는 것임이 분명하다. 아마도 내 생각이 맞았을 것이다.

어차피 상대적인 것에 기준이 없다. 친구가 이쁘다면 그 여자분은 이쁜 거다. 친구의 사랑하는 마음에 다수결이 정해놓은 미의 기준을 대면서 틀렸다, 이쁘지 않다고 말할 자격이 나에게는 없다. 연애에 있어서 '이쁘다'라는 표현은 사랑하고 아끼는 마음의 또 다른 표현일 테니까.

얼마 전 "연애하는 사람처럼 이뻐졌다"는 말을 들은 적이 있다. 친구의 목소리 톤은 밝고, 미소가 있었고 나에 대해 함부로 평가하지 않을 것이란 믿음이 있었다. 담백하고 싱그러운 칭찬같은 표현이었다. 기분이 좋았다. 내 기분이 좋아짐에 친구도 같이 웃어줄 거라는 믿음에 행복했다. 연애를 시작할 때의 설렘과 사랑하는 사람에게 고백받을 때의 발그레한 볼 같은 조심스러움이 느껴지는 이쁜 칭찬이었다. 단순히 눈, 코, 입에 대한 칭찬이 아닌, 표정과 분위기와 말투까지 모든 긴디션이 좋아 보인다는 뜻이었다. 평소에도 믿음과 따뜻한 관심을 느끼게 해주었던 좋은 사람이 해주는 덕담 같은 칭찬이었다. 실제로 그땐 하는 일도 다 잘되고 특별한 걱정이 없는 상황이기도 했다. 표정과 느낌으로 나의 상황과 기분을 알아챌 수 있는 누군가가 있다는 것 자체에 편안함을 느꼈다.

이쁜 사람이 되는 방법은
좋은 사람에게 사랑받는 것이다

어차피 '이쁘다'는 상대적이기 때문에 나를 이쁘게 봐주는 사람을 만나면 된다. 거기서 생기는 믿음으로 이쁜 시간을 보내면 누구나 충분히 이쁜 사람이 될 수 있다. 이쁜 시간은 곧 사랑하는 사람과 행복한 시간을 보낸다는 것이다. 사랑하는 사람과의 행복한 시간의 소중함을 알고 행복에 귀 기울이면 된다.

무엇을 할 때 내가 가장 이쁜지 생각해 볼 필요가 있다. 그게 연애일 수도 있다. 사랑에 빠진 사람은 행동 하나하나가 아주아주 이쁘고 사랑스럽다. 꼭 자신이 얼마나 이쁜지, 얼마나 이쁜 시간을 보내고 있는지 알았으면 좋겠다. 내 모습은 내가 볼 수 없어서 순간순간을 잘 느끼고 나에게 집중해야 한다. 손거울로 표정도 자주 보아야 하고, 전신 거울에도 자주 비추어 보아야 한다. 기억하려고 애쓰고, 순간순간의 표정을 잘 상상해야 한다. 이쁜 모습을 간직하기 위해서는 이렇게나 많은 노력이 필요하다.

내가 보는 나 자신이 많이 이뻤으면 좋겠다. 자신을 일부러라도 이쁘게 보았으면 좋겠다. 설렐 때 얼마나 사랑스러운 표정을 짓는지 제대로 아는 사람은 잘 없을 것이다. 사랑하는 사람을 만나러 갈 때, 연애를 시작할 때, 얼마나 이쁜지 거울 속으로 꼭 확인하고 기억하려 노력한다. 화가 났을 때의 표정, 행복할 때 표정, 슬플 때의 표정, 재미있을 때의 표정, 이런 기분일 때 이런 표정이라고 정확하게 기억해 두어야 한다. 하루에 몇 번을 웃는지 생각해보는 것도 중요하다. 소리를 내서 크게 웃는지, 그냥 미소만 짓는지, 그리고 어떤 웃음에 더 편안함을 느끼는지 제대로 알아야 한다. 설렐 때 입꼬리가 어떻게 올라가는지, 기분이 좋을 때 눈이 어떻게 반달 모양이 되는지, 맛있는 음식을 먹을 때 입꼬리가 어떠한지, 두고두고 생각하면서 이쁨을 스스로 지켰으면 좋겠다.

나의 이쁨 지키미는 나 자신이다. 이쁜 마음이라는 건 정해진 모양이 없어서 잘 상상하고 기억해야 한다. 마음은 거울로도 보이지 않는다. 마음속의 기분이 표정으로 드러나니 그 표정이라도 거울로 확인할 수밖에 없다. 마음에 남아있는 이쁜 시간 속의 이쁜 마음을 잘 기억해야 한다. 하고 싶은 일을 할 때, 사랑하는 사람과 함께 할 때, 살아있음을 느낄 때, 제일 이쁠 가능성이 크다. 타인은 나보다 나의 겉모습을 더 많이 보지만 내가 언제 제일 이쁜지까지는 잘 모른다. 혹시 안다면, 그 사람은 나를 사랑하고 있을지도 모른다.

이쁜 옷을 입었을 때, 다이어트에 성공했을 때, 화장을 화려하게 했을 때 같은 외적인 이쁨보다도 어떤 일에 집중하고 있을 때, 하고 싶은 일을 할 때, 꽃을 선물 받았을 때, 고민할 때, 달콤한 케익을 먹을 때, 갖고 싶은 물건을 샀을 때도 가장 이쁠 수 있는 후보들이다. 어떤 일을 추진하고 집중하고 있을 때, 그 일을 담담하게 해내고 있을 때 분명 충분히 이쁠 텐데, 일에 집중하느라 나 자신이 얼마나 이쁜지를 놓치는 경우가 많다. 자기 전에는 꼭 거울을 보고 오늘 하루 동안 얼마나 이쁘고 대단한 사람이었는지를 되뇌어 보았으면 좋겠다.

연애를 할 때도 그렇다. 화장을 하고 이쁜 옷을 입고 꾸며 놓은 이쁜 모습을 상대에게 보여주기에만 집중하느라 사랑을 시작하는 이쁜 마음을 놓치는 경우가 많다. 상대를 행복하게 해주고 상대에게만 집중해서, 사랑에 집중하고 마음을 다하고 있는 나 자신이 얼마나 이쁜지 모르고 지나가기 쉽다. 이쁘게 쌓아 놓은 투명한 시간 위에 오해와 싸움 같은 불투명한 것들이 더 두텁게 쌓여 버려서 그 시간을 쉽게 잊어버리기도 한다. 상대에게 집중하여 그 사람이 원하는 사람이 되려고 노력하기보다 어떠할 때 행복하고 만족하는지를 잘 인지하고 나다움을 자연스럽게 잘 표현할 필요가 있다. 상대를 배려하며 나의 이쁨에도 집중한다면 더 매력적인 사람으로 인정받고 오래 이쁜 연애를 할 수 있을 것이다.

결국은 내가 행복해야 한다. 행복한 나의 이쁜 모습을 잘 보여줘야 매력적인 사람이 되고, 상대와도 잘 맞춰 나갈 수 있다. 나의 이쁜 모습을 잘 보여주는 것도 상대에 대한 배려이고 매너이다.

― *말투가 이쁜 사람*

- 분위기가 이쁜 사람
- 사랑스러운 사람
- 보고 싶고 옆에 두고 싶은 사람
- 힘들면 생각나는 사람
- 따뜻하게 옆에 있어줄 수 있는 사람
- 자연스럽게 이쁜 사람

'표정이 밝아졌어, 너무 좋아 보여.' 이렇게 진심으로 나의 좋은 모습을 짚어주고 말해주는 사람은 대부분 소중한 사람이다. 주변에서 진심으로 잘되길 바라는 마음으로 행복을 짚어주는 사람이 있는지 잘 생각해보고, 만약 그런 사람이 있다면 너무나도 운이 좋다. 관계에 대해 고민할 시간을 단축할 수 있다. 그 사람은 분명 좋은 사람이다.

진한 파운데이션에 빨간색 립스틱을 바르고 다른 사람들의 시선을 즐기는 나도 좋고, 화장기 없는 얼굴로 고무줄 바지에 슬리퍼를 신고 카페에서 책에 머리를 박고 있는 나도 좋다. 맛있는 음식을 먹고 있는 나도 좋고 이쁜 옷을 입으려고 다이어트를 위한 식단 조절에 운동하는 나도 좋다. '내가 원하는 나'가 되기 위해 노력하는 것도 나를 아끼는 방법 중의 하나이다. 내가 나를 사랑하고 당당한데 세상이 어떻게 뭐라고 할까? 어떤 모습이 진짜 나인지는 상관없다. 그냥 모두 나이다.

여전히 세상이 요구하는 미의 기준이 있고, 그 세상의 기준이 만들어 놓은 보이지도 않고 정확하게 명시되지도 않은 규율 속에서 살아간다. 어차피 우리는 규율과 기준에 완벽하게 자유로울 수 없으니, 규율과 기준 속에서 나를 찾아가는 것이 중요하다.

배가 고프면 밥이 먹고 싶은 것처럼 누군가는 배가 고파도 이뻐지고 싶을 수 있다. 외모가 최고라고 생각하는 사람도 비난하지 말았으면 좋겠다. 정말, 아무리, 찬찬히, 진중하게 생각해 보아도 결국 외모가 최고라는 결론에 도달할 수도 있다. 기본적인 교과서 공부는 꼭 해야 한다고 말하는 사람도 있고, 돈이 최고라 하는 사람도 우리는 그들의 가치관을 인정해 주어야 한다. 다양함을 존중하는 방법이기도 하면서 생각과 이해의 크기를 넓히는 방법이기도 하다.

사회에서 외모로 받은 상처가 반복되고 외모 때문에 아팠던 기억으로 슬럼프에 빠져보았다면 외모가 최고의 가치일 것이다. 그들도 외모적으로 이뻐지기 위해 많은 시간과 노력을 쏟지만 그것만으로 평가될 수 없는 소중한 존재이다. 외모가 최고라고 말하며 많은 시간과 비용을 투자하는 사람들도 외모에 대한 노력만이 그 사람의 전부는 아닐 것이다. 그들도 분명 이뻐지기 외에 꿈을 위한 노력을 하고, 별도의 하고 싶은 것과 해야 할 일이 있고, 나름의 고충이 있다.

다만, 이쁘다는 것은 너무나도 상대적이라 절대적으로 이뻐지는 것보다 이쁘게 봐주는 사람들과의 관계를 만드는 것이 훨씬 더 쉽다고 말해주고 싶다. 이뻐지고 싶을 때는 조금 힘을 빼고 다양한 방면으로 심플하게 생각해보는 것도 좋다.

다 써가는 마스카라처럼 이쁘고 싶다. 쌍꺼풀이 진하고 동그랗지만 작은 눈이 나의 콤플렉스다. 어떻게 보면 만화 속에 나오는 동물의 눈 같기도 하다. 아이라인과 마스카라로 진한 화장을 하고 콤플렉스를 최대한 숨긴다. 그래서 다른 사람보다 더 빨리 마스카라가 닳는다. 그동안 나의 콤플렉스를 가려주느라 수고한 수많은 마스카라들에게 고마움을 표한다. 온몸을 불태워 꾸밈을 완성 시켜주던 마스카라는 시간이 지날수록 힘이 없어져 연하게 나오게 된다. 다 써가는 마스카라로 눈화장을 하면 '오늘 화장 하나도 안 했어.'라는 말이 먹힐 만큼 자연스럽게 된다. 다 써가는 마스카라는 내꺼인 듯 내꺼 아닌 내꺼 같은 속눈썹을 만들어 준다. 그렇게 자연스럽게 이쁘고 싶다.

눈이 동물 캐릭터 같으면 어때? 세상에서 나를 가장 이쁘다고 해주는 사람이 옆에 있고, 사랑하는 친구들이 있다. 사랑하는 사람들을 배려하고 진심으로 대하려고 노력할 줄 안다고 당당하게 말할 수 있다. 난 행복하다.

—

3장 수요일

비 오는 수요일에는 빨간 장미를

비 오는 수요일에 빨간 장미를 선물하던 대학시절 첫 시간을 추억한다. 삼겹살에 소주를 좋아하던 사람과 싫어하던 사람의 대결은 결국 승자도 패자도 없이 끝이 났다. 서툴고 아팠던 첫사랑의 시간을 돌아보며, 사랑을 일고 표현하는 방식에 있어서 미싱숙했던 첫 시간들을 반복아지 않기 위해 사랑의 정의에 대해 생각하고, 성장한 시선으로 좋은 사람과 사랑하는 방법에 대해 고찰해 본다.

비 오는 수요일이면 생각나는
장미 같은 시간들… 그리고 첫사랑

　비는 그저 내릴 뿐인데… 아무 의미 없이. 검은 구름에 갇혀 있던 물방울들이 탈출하듯 아래로 떨어진다. 수직으로 내리면 혹시 다칠까, 위험할까, 비스듬히, 서로를 지켜주듯 조금씩 흩어지며 아래로… 아래로… 의미없는 흩어짐이 있는 비 오는 날이 참 좋다. 그렇게 창밖을 한참을 바라보다 창문에 맺힌 비가 그린 동그라미들이 너무 투명해서 조금은 슬퍼졌다. 창문에 맺혀서 이렇게 투명해 버리면 창밖이 다 보이잖아… 비 오는 날도 구름이 투명하고, 비가 검은색이면 검은 비가 창밖을 다 가려줄 텐데, 그래서 외롭다는 표정쯤은 누구에게도 들키지 않을 수 있을 것 같은데, 가끔은 그렇게 시간을 멈춰 버리고 싶은데, 창에 맺힌 투명한 동그라미들은 아무 말 없이 너무나도 투명하기만 하다.

　비가 좋아서… 그래도 차가운 흩어짐이 좋아서 자꾸만 창밖을 바라본다. 따뜻한 커피 한잔과 함께… 비 오는 창밖과 함께 마시는 흐린 커피의 향기는 달콤하고 센치하다. 투명한 빗속에서 커피향까지 촉촉하게 해주는 흐린 슬픔에는 어쩐지 괜찮고 싶다. 비 오는 창밖과 눈을 맞추고 빗소리와 함께 마시는 커피향까지 촉촉하게 해주는 흐린 슬픔이 또 다른 슬픔에게 묻곤 한다. 시간을 붙들고 거꾸로 흘러가 줄 수 있냐고… 그럴 수 없냐고….

슬플 땐 슬프다고 말할 수 있었는데, 지금도 슬프면 슬프다고 울면서 말할 줄 아는데, 투명한 동그라미 그릴 줄 아는데, 이제는 투명한 동그라미를 그리는 모습은 남들에게 보이지 않으려는 삼십대 중반의 어른이 되어버렸나 보다.

다들 그렇게 산다는 말로 나를 위로하지만, 다들 그렇게 산다는 말만으로 위로받기 싫은 어느 비 오는 수요일의 오후. 살아가는 것은 삶의 의미를 찾기 위함이라는 거창한 무언가보다 가끔은 은은한 커피 한 모금이 필요하다. 창밖의 빗방울들은 내가 센치해지는 것을 이해해주듯이 흩어지고, 오늘 같은 비 오는 수요일 오후에는 가끔 생각나는 사람이 있다.

까만 구름 사이에서 떨어지는 빗방울처럼 철없던 첫 시간 속에서 흩어져버린 그 마음들.

첫 시간의 시작과 설렘,
서로의 다름을 인정하지 않는 자존심 싸움

스무 살, 철없던 첫사랑. 나의 첫 시간들.

그 사람은 비가 오는 수요일에는 항상 빨간 장미꽃 한 송이를 선물했다. 학교 도서관 앞에서, 정문에서, 강의실 앞에서, 강의실 옆 사물함 앞에서… 학교의 곳곳을 빨간 장미꽃을 받아본 적 있는 곳, 그렇지 않은 곳, 장미를 받고 싶은 곳으로 나누어 기억하기도 했다.

하늘색 남방이 잘 어울렸던 그 사람. 나만의 작은 하늘이었던 그 사람. 허리 뒤로 두 손을 숨기고 나를 기다리는 모습은 언제나 발그레한 미소를 짓게 했다. 등 뒤로 숨긴 두 손에는 빨간 장미 한 송이가 있음을 잘 알면서도 그 순간은 참 설레었다. 뒤에 숨긴 게 뭐냐고 괜스레 투닥거리기도 하고 더 사랑스러운 모습으로 받고 싶어 머리카락 한쪽을 귀 뒤로 넘기며 귀엽게 웃어 보이기도 했다.

수요일 아침이면 하늘을 확인해 보고 하늘에 까만 구름이 살짝이라도 드리워져 있으면 심장이 먼저 미소 지었다. 너무 맑고 햇볕이 쨍쨍한 날에는 괜히 실망하기도 하고.

오늘의 장미는 활짝 펴있을까? 꽃봉오리일까?

투명한 포장지에 싸여 있을까? 종이 포장지에 싸여 있을까?

학교 앞 꽃집에 빨간색 장미꽃이 다 팔렸으면 어떻게 하지?

혹시, 장미의 가시가 너무 뾰족해서 그 사람의 손에 상처를 내진 않았을까?

비 오는 수요일 아침은 궁금하고 설레고, 조금은 걱정되고 그랬다. 날 두근거리게 한 것은 까만 구름들이었을까, 비 때문이었을까, 빨간 장미였을까, 아니면, 장미를 들고 나타나던 그 사람이었을까,

빨간 장미 같았던 나의 첫사랑. 그리고 첫 시간들. 그 사람은 첫 시간 속에서 까만 구름과 빨간 장미 그리고 비 오는 수요일을 선물했다. 사랑이 무언지도 잘 모르고 서로를 사랑하고 서로의 첫 시간에 서로를 가두었던 우리, 그 사람은 빨간 장미를 선물하는 파란 하늘 같았다.

스무 살. 에너지는 넘쳤고 싸울 일은 많았다. 어느 것 하나 그냥 넘어가지 않았다. 하는 행동 하나하나에 다 이유가 필요했다. 사소한 행동에도 이유가 맘에 들지 않으면 늘 싸웠다. 마치 대화하듯이 오해하고 특별함 있는 하루를 선물하고자 최선을 다해 싸웠다. 그래도 보고 싶었고, 간절하고, 그리웠다. 대학 시절 유일하게 나의 가슴을 설레게 했던 남자였다.

이렇게 다른데 우린 도대체 어떻게 사랑하게 되었을까?

와, 정말 하늘도 무심하시지. 어떻게 이렇게 다른 사람들이 서로 사랑하게 내버려 두신단 말인가? 하느님은 도대체 하늘에서 뭐하

세요? 일 안 하세요?

아, 몰랐겠지… 하느님도 모르셨겠지… 마음이 시작되기 전에는 미처 몰랐다. 우리가 이렇게 다르고 이렇게 많이 싸울 것이라는 걸, 누군가가 귀띔이라도 해주었다면 진지하게 이 사랑에 대해 생각해봤을 텐데, 아무것도 모르고 이 사람을 마구마구 사랑하게 되어버렸다. 아니다. 아닌 것 같다. 다시 생각해보니 분명히 아니다. 아마 알았다고 해도 그때만큼 사랑하게 되었을 것이다. 처음에는 정말 이 사람에 대해서 알고, 이 사람의 마음을 얻고, 이 사람의 마음속에 들어가는 것 말고는 아무것도 할 수 없었으니까.

싸우면 어때? 울면 어때? 힘들면 어때? 안 맞는 게 뭐 어때서? 이렇게 보고 싶은데… 이렇게 간절한데… 나 아닌 다른 사람이 그 사람 옆에 있다는 것을 생각만 해도 숨 막히고 미쳐 버릴 것 같은데, 이런 게 사랑 아냐? 언제부터인지조차 모르게 이미 이렇게 마구마구 사랑해 버렸는 걸… 그의 마음속에 들어갔다는 확신이 생겼을 때야 겨우 아무것을 할 수 있었으니까. 그게 공부이고, 동아리고, 친구고, 가족이고 간에.

그 사람과 전쟁처럼 싸우고 나면 난 절대 잘못한 것이 없으며, 니가 주는 사과를 받는 일 외에는 아무것도 하지 않을 것이라 다짐하면서 입을 꾸욱 닫았다. 나의 마음을 풀어주라는 시위였다.

전쟁같은
삼겹살에 소주

　진쟁같이 싸우고 나면 그 사람은 어김없이 삼겹살에 소주를 마시자 했다. 그 말이 너무 싫어 내가 제일 좋아하는 삼겹살에 니가 좋아하는 소주를 갖다 붙이지 말라고 소리 질렀다. 우리의 싸움은 늘 도돌이표를 그렸다. 아마, 도돌이표는 음악에 필요한 기호가 아니라 연인들의 싸움을 표현하기 위해 만들어진 기호임이 분명하다.

　삼겹살을 좋아하긴 하지만 소주는 마시지 않는 나, 삼겹살에 소주를 마시는 게 인생 최고의 낙인 그 사람. 지금 생각해보면 나도 참 나지만 너도 참 너다.

　'삼겹살에 소주 한잔하자.'라고 문자를 보내지 않으면 되는 일인데 가만히만 있어도 중간은 갔을 일을 왜 그렇게 예민해져 있는 나를 더더더더더 더욱 화나게 했는지 아직도 가끔 궁금하긴 하다.

　'정말, 진심, 진짜, 진정으로 4년 동안이나 내가 삼겹살에 소주를 싫어하는 걸 몰랐니?'

　"내가 삼겹살에 소주 마시자고 하지 말라 했어? 안 했어?"

이렇게 소리 치고, 승리를 다짐하며 다음 라운드를 준비했다. 사실 삼겹살에 소주가 무조건 싫었던 것은 아니다. 다만 술에 기대어 마음을 풀자는 게 비겁해 보였다. 조금 더 솔직히 얘기하면 취중진담이 아닌 그 사람의 진실한 속마음에 대해 듣고 싶었다. '삼겹살에 소주 마시는 거 별루야.'라고 했던 말을 기억해주길 바랐다. 그렇게 먼저 이해받고 나서 이야기하고 싶었다. 그 사람이 하는 말에 분명 마음이 녹아 버리고, 그 말을 믿고, 또 기대할 텐데, 소주 두세 병에 내일이면 기억하지도 못할 말을 믿고 기대해서 상처받기 싫었다. 술 마시고 하는 말이 진짜 진심이라고 하는 사람도 있지만 진심이고 무엇이고 기억은 해야 할 것 아닌가? 첫 시간 속의 난, 내가 그 사람을 사랑하는 마음이, 그 사람이 나를 사랑하는 마음보다 작고 싶었다. 내가 덜 사랑하고 싶었다. 그래서 그 사람의 마음의 크기를 제대로 알고 싶었다. 그것보다 덜 표현하려고, 마음이 더 커질까 봐 걱정했고 그래서 마음껏 사랑하지 못했다. 이미 더 많이 사랑하고 있으면서 작아지려고 했다. 있는 그대로의 마음을 느껴야 하는데 커져가는 마음을 걱정하느라 바빴다. 진심은 자존심에 가려져 솔직하지 못했다. 마음의 크기와 고백의 크기가 너무나도 달라서 늘 부족하고 불안했던 것 같다.

마음 깊은 곳에 꽁꽁 숨겨 두었던 진심은 적어도 싸우고 울면서 꺼내 보이고 싶지 않았다. 고백은 꼭 내가 아닌 니가 해야 하고 멋있는 고백의 대답쯤으로 아껴 두었던 소중한 마음이었는데, 자꾸 삼겹살과 소주 앞에서 꺼내 놓아야 할 상황이 되는 게 너무나도 속상했고 눈물 나게 싫었다.

아마, 그 사람은 아직도 내 눈물의 의미를 삼겹살과 소주가 싫어서, 혹은 내 분에 못 이겨서쯤으로 알고 있을 것 같기도 하다. 아니면 뭐, 아예 관심도 없거나. 신기하게도 그렇게 싸우면서도 우린 또 만났고 사랑했고 만나면 또 삼겹살을 먹으며 소주병을 따서 소주를 잔에 따르는 순간부터 또 싸웠다.

자존심을 꺾었다면
보였을 것들…

　지금 생각하면 그게 무엇이라고… 소주 뚜껑을 따고 조용히 한잔 따라 주는 게 뭐가 그렇게 힘든 일이라고… 3초면 되는 일인데, 작은 잔에 소주 한잔 채워주며 서운한 점을 진솔하게 얘기했다면 백만 번이 넘는 우리의 싸움이 만 번 정도로 줄어들었을 텐데, 그게 그렇게 죽을 만큼 힘들고 싫었다. 삼겹살에 소주라는 매듭만 잘 풀렸어도 조금 수월하게 예쁜 빨강의 리본을 묶어 두었을 것이다. 조금 더 오래 서로에게 빨강의 리본으로 묶은 선물이 되었을지도 모르겠으나, 우린 삼겹살에 소주 매듭을 풀지 못하고 헤어졌다.

　사랑과 자존심도 구분하지 못했던 첫 시간. 실수 같은 자존심을 스무 살 첫사랑의 특권이고 철없음이라는 핑계로 이해받고 싶다. 첫 시간의 특권에 빠져 철없음이 당당했던 그때는 '삼겹살에 소주 한잔하자.'라는 말은, 하지 말라는 것을 골라서 하려는 그 사람의 고집이라 생각했다. 지금 생각하면 그저 화해의 제스쳐였고, 여자 마음을 잘 모르는 말주변 없던 한 남자의 속이 타고 있다는 뜻이었던 것 같다.

십여 년의 시간은 이 사건을 유치한 추억으로 만들어 주었지만 세상에서 제일 심각했고, 무한한 감정을 에너자이저처럼 쏟아냈던 나의 첫 시간. 그렇게 나에게 삼겹살에 소주는 최악의 조합이었다. 서른 살이 될 때까지도 삼겹살에 소주를 잘 먹지 않았다. 삼겹살과 소주를 마실 때마다 그 사람이 생각났고 기분이 나빴다. 사랑했던 만큼 미워도 했겠지. 첫사랑은 나에게서 삼겹살과 소주란 최고의 조합을 빼앗아 갔다. 서른이 지날 즈음부터 삼겹살에 소주의 참맛을 알게 되었으니, 스무 살부터 서른까지 십 년이 넘게 그 사람에게서 허우적거렸나 보다. 첫 시간을 끝내고 다른 사랑을 시작하고 싶을 때도 '삼겹살에 소주를 마시자.'는 소개팅은 모두 거절했다. 혹시, 그 소개팅을 했다면 좀 더 성숙한 사람을 만날 수 있었을까? 문득 궁금은 하다. 그렇게 삼겹살에 소주는 어쩌면 내 인생에 있었을지도 모를 다른 인연도 빼앗아 갔다.

어디까지가 사랑이고, 어디까지가 자존심이며, 어디까지가 이기심이었을까? 나에게 이해의 능력이 더 있었더라면 첫 시간 속의 삼겹살에 소주를 좋아했을까? 좀 더 많이 그 사람을 이해했다면 삼겹살에 소주를 좋아했을까? 삼겹살에 소주가 싫었던 게 사랑과 이해심이 부족해서였을까?

이렇게 십여 년 전을 추억해보면 난 사랑 앞에 정말 이기적인 사람이었다. 이제서야 미안함으로 발그레해진다. 비 오는 수요일에 빨간 장미를 받아 들던 그 고백의 발그레함처럼….

미안해,
처음이라 실수였어

　사랑은 좋아한다는 이유로 나의 시간에 한 사람을 가두어 버리는 것.

　마음대로 나의 시간 속에 한 사람을 끌어들이고 가두어 놓았으니 그 사람은 얼마나 답답했을까? 그 사람에게 도대체 어떤 말이 듣고 싶었을까? 어떻게 해야 마음이 풀렸을까?

　너무 무책임한 말이지만, 첫 시간에게 미안하지만 나도 잘 모르겠다. '나 너무 기분 나빠. 나도 내 기분이 왜 이렇게 나쁜지 모르겠으니 니가 알아서 그 이유를 찾아냈으면 좋겠어. 내가 원하는 방식으로 내가 듣고 싶은 말을 잘 골라서 어서 내 마음을 풀어봐.'라고 간접적으로 소리치고 그러지 않으면 당장 울어버릴 것이라고 협박하던 첫 시간의 나. 그 협박의 약발만큼이 나에 대한 사랑의 크기라 생각했다. 그 사람은 나라는 시간에 갇혀 미안하다는 말을 강요받은 죄수처럼 답답했을 것 같다. 그럼에도 불구하고 삼겹살과 소주를 희생시키며 대화하고 싶어 했다. 나의 첫 시간은 그렇게 많이 싸우고, 많이 울고, 많이 웃으며 많은 감정을 쏟아냈다. 감정 그대로 배려 없이 전달하고, 이해받기를 원하고, 강요함을 사랑이라 포장하며 착각하던 첫 시간들. 사랑은 철저하게 이성이 아닌 감정이라 생각하고, 그 에너지를 모두 감정으로 쏟던 시간들. 사랑은 원래 힘들고 아픈 것만은 아닌데, 마치 힘들고 아프고 화나야 사랑이라 믿던 나의 첫 시간.

그렇게 화를 내고 싸우고 울면 당연히 힘들지….

조금은 어른이 된 지금 생각해보면 정말 생각만으로도 힘들고 지친다. 그 와중에도 사랑이란 낭만적이고 아름답다고 생각했던 걸 보면 스무 살 첫 시간의 내가 순수하긴 했나 보다. 빨강이기만 하던 시간 속에 하얀 순수함을 잘 섞기만 했어도 우리의 첫 시간은 핑크빛이 될 수 있었을 텐데, 끝내 핑크빛 리본을 예쁘게 같이 묶지 못했다. 넘쳤던 빨강 속에서 하얀 순수함은 자존심에 가려져 제대로 섞이지 못했다. 그래서 더욱 아쉬운 나의 첫 시간들.

인생의 첫 빨강의 시간이었고, 처음 두근거렸고, 처음 설레었고, 처음 아파서 마지막까지 투명한 눈물로 울게만 했던 스무 살, 첫 시간들이었다.

마지막 순간에 할 수 있는 것은 우는 것뿐이었는데, 그래서 정말 온 힘을 쏟아가며 울었는데도 그 사람은 돌아오지 않았다. 빨강의 마음은 끝났다. 첫 시간의 마지막은 사람의 마음은 눈물로 돌릴 수 없다는 것을 알게 해줬다. 첫 시간은 아무리 울어도 돌아오지 않는다.

첫 시간을 이루기 위해서는 마음과 이해, 배려, 진심 그리고 핑크의 예쁜 표현도 필요했을 것이다. 사랑이 있긴 한데 이해하지 않고 배려받으려고만 하면서 진심은 꽁꽁 숨기기만 하니, 어떻게 완성될 수 있을까?

여러 색깔이 이미 섞여버린 세상 속에서 의지만으로 안 되는 것은 많다. 적당히 부족한 결과와도 타협하고 그 속에서 또 다른 무언가를 노력한다. 이렇게 부족한 결과와 적당한 노력으로 만들어가는 보통으로 살아가는 과정이다. 오늘도 살며 생각하며 그렇게 살아간다.

처음이 너무 불안하고 힘들어서, 다음 연애는 사랑을 알려줄 사람과 하고 싶었다. 연애를 잘하고 여자의 마음을 잘 아는 사람과 사랑하고 싶었다. 세상에는 정말 쉬운 게 없는지, 연애를 잘하고 나의 마음을 잘 아는 사람은 바람둥이거나 사기꾼이라더라. 애석하게도 서툴지 않은 사람과의 사랑도 힘든 건 똑같았다.

빨강의 사랑이 힘들게 한 것이 아니다. 사랑이 무언지 몰라 불안하고 힘들었던 첫 시간을 탓하고 싶지 않다. 그렇게 많은 에너지를 쏟아 얼마나 힘들게 만든 추억인데 정말 소중하게 오래오래 간직할 것이다. 너무 어렸고 부족했다고 인정하고, 그에 비해 과분한 사랑을 받았다고 생각하면 소중한 추억으로 남겨지는 신기한 마법을 부릴 수 있는 것. 첫 시간이란 그런 것 같다. 괜히 그 사람을 별로인 옛날 추억으로 만들어 기억하며 4년이란 시간을 아무것도 아닌 것으로 만들어 버릴 필요는 없다.

기억을 미화하는 건 내 마음이다. 어차피 내 시간 속의 추억이니까. 그때의 시간을 그리고 그 시간 속의 그 사람을 누구나에게 있는 평범하지만, 조금은 특별한 첫사랑이라 추억한다.

사랑의
정의

　평생을 사랑이라는 것을 하면서 살고 싶으니, 사랑에 대해서 제대로 알아야겠다. 사랑의 정의가 무엇이라고 두 세줄 정도로 간략하게 정리하고 싶은데 언제나 완성하지 못했다. 사랑이 무언지 곰곰이 생각할 때는 누군가에게 깊이 빠져 있거나, 감정적이고 열정적인 상태여서 사랑에 대해서 이성적으로 생각하지 못했다. 머리로 이성적인 판단을 하기도 전에 이미 몸이 먼저 반응하여 두근거리고, 설레는 것, 보고 싶은 것, 달콤한 것이라 느껴 버려 진지한 이성적 생각이 불가능하다.

　연애를 많이 해보라는 조언도 많이 들었다. 세상에는 다양한 사람이 있으니 여러 사람들을 겪어보면 더 좋은 사람을 보는 눈이 생긴다고 한다. 분명 이 방법으로 더 좋은 사람을 만나고 선택한 사람도 많겠지만 난 조금은 반대다. 나에게 사랑은 늘 상처를 마구마구 남기고 헤어졌다. 좋은 추억도 많지만 아픈 상처도 많다. 아마 상처보다 좋은 마음이 더 컸더라면 헤어지지 않았을 것이다. 꼭 하지 않아도 되는 나쁜 기억과 나를 아프게 했던 추억까지 쌓아가면서 살 필요는 없다. 많은 사람과 많은 연애를 한다는 것은 많은 상처를 남긴다는 뜻도 되니까. 사랑 앞에 연약한 사람에게 한없이 불리하다. 어차피 한 사람과 만나서 평생 살고자 하는 마음이 있다면 좋은 사람을 만나서 그 사람에게 조용히 스며들고 서로에게 맞춰가는 연습이 필요하다. 세상을 사랑이 중심이 아니라, 인생을 중심으로 보면 사랑은 사랑한만큼 상처도 주던데, 상처에 대신 아파해 줄 것도 아니면서 연애를 많이 해보라고는 하지 않았으면 좋겠다.

연애를 하지 않을 때는 사랑에 대한 고민의 필요성 자체를 못 느꼈다. 일에만 집중했고 공부했다. 사랑이 다 무슨 소용이냐 일단 나부터 사회에서 인정받고 보자는 마음으로 사랑 따윈 인생에서 필요 없다고 자만하기도 했다. 그게 멋있는 현대 여성이라 착각하며 살았다. 돌이켜보면 이렇게 극단적으로 살았나 싶기도 하다. 여전히 두 가지 일을 한꺼번에 잘못한다.

지난 시간 속에서 항상 누군가를 사랑하고, 사랑했고, 사랑했음을 기억한다. 이번엔 진짜 사랑일까? 하는 의구심을 가지면서… 불안하면서도 행복하면서도.

머릿속 이성으로 드는 의심은 가슴 속의 감정으로 적당히 채워줬다. 감정을 주체할 수 없을 때 더 이상 의심하지 말라고 머릿속 이성에 까만 선글라스를 씌워 버렸다. 사랑에 대한 답을 생각하기 전에 이미 설레고, 심장은 두근거려 버려서 사랑이라는 확신을 갖기 전에 사랑한다고 말해 버리기도 했다. 이렇게 조금씩의 어긋남은 사랑에 대한 완전한 만족감을 주지 못했다.

지금까지의 몇 번의 연애로 겨우 사랑은 혼자서 할 수 없으며 누군가와 함께 하는 것까지 알아냈다. 시간은 수많은 눈물과 후회를 담보로 내가 사랑하는 사람과 나를 사랑하는 사람, 그리고 나에게 맞는 사람은 일치하지 않는다는 것까지 알게 해주었다.

여전히 사랑에 대한 정의를 내리지 못했다. 본질이 무언지 생각하고 분석하는 것을 좋아하지만, 사랑이란 단어 앞에서는 항상 점점점이 된다.

한 가지 확실한 건 삶의 시간 속에서 사랑의 정의는 상황에 따라 변한다는 것이다. 어렸을 때는 가족에게서 느꼈던 편안함이, 조금 크고 나서는 친구에게서 느꼈던 우정이, 성인이 되고 나서는 멋있는 남자에게서 느끼는 설렘이 그리고 결혼을 한 지금은 집에 오면 느끼는 안정감이 사랑이다. 처음에는 하얀색이었던 편안함은 노랑이 되고 초록이 되고, 파랑이 되어 빨강과 보라로 변신했다가, 결국은 밝은 회색이 되어 주었다. 어렸을 때는 가족에게 사랑한다고 말을 하고, 학교를 다니며 친구에게 사랑한다 하고, 그 후 연애를 할 때는 연인에게 사랑한다고, 결혼을 하고 나서는 또 다른 가족인 남편에게 사랑한다고 말한다. 찬찬히 생각해보면 나를 사랑해줬던 사람에게 사랑한다 말했다.

사랑 앞에서 주체적인 사람이라 생각하고 살았는데, 나에게 사랑은 주는 것보다 받는 게 더 중요했나 보다. 마음을 모두 쏟았다고 생각했던 사랑도 왜 내가 사랑하는 것보다 덜 사랑하냐는 보챔의 시간이었다. 정말 주는 사랑도 좋았다면 아마도 주는 것만으로도 행복해서 부족하거나 불안함을 느끼지 않았을 것이다. 주는 사랑만으로 충분히 행복할 만큼의 인격은 아닌가 보다. 사랑을 하고 배려하면서 내가 행복한 게 가장 중요한데, 우린 가끔 이런 중요한 것을 잊고 살아간다.

주변에서 친구가 사랑을 시작했을 때, 사랑의 시작을 축하해 주는 것보다 뭐하는 사람인지 결혼할 만한 사람이냐고 묻던 것을 생각하면 조금은 씁쓸해지기도 한다. 시작하는 연인의 마음은 빨강인 듯 보랏빛이고 보랏빛인 듯 푸르른 금빛이라 그 자체로 침 아름다울 텐데… 그런 마음의 색깔을 볼 수 있다는 것이 인생에서 가장 빛나는 순간일지도 모른다.

몰랐어. 그래서 안 하니 더 모르겠더라.
사랑한다는 말은…

    사랑한다는 말을 참 못했다. 좀 더 솔직히 말하면 안 했다. 모르는 것을 아는 척은 안 한다. 사랑이 뭔지 잘 몰랐으니까, 모르니까 안 하고 못 한 거다. 몇 번의 연애를 반복하고도 사랑이 무언지도 모르는 헛똑똑이였나보다. 엄마, 아빠가 나를 사랑한다고는 확신했지만 엄마, 아빠가 희생하고 헌신하는 만큼 보답할 자신이 없었다. 제대로 사랑을 줘본 적이 없어서 '사랑하고 있는 나'를 어색해하느라 나를 사랑하는 사람의 마음을 제대로 헤아릴 틈이 없었나 보다. 어색함에 익숙해질 줄 모르는 바보라서 받는 사랑에 더 익숙한가 보다.

    연애했던 남자들은 대부분 먼저 사랑한다고 말했다. 고백에 늘 머뭇거렸다. 사랑한다는 말에 어떻게 마음을 담아야 하고 진심의 무게가 얼마나 될지 가늠하지 못했다. 사랑한다는 말이 굳이 필요한가 고민되다가도, 그래도 표현해야 사랑이지라며 사랑한다는 고백은 머릿속을 복잡하게 헤집었다. 그런 나를 귀엽게 봐줬던 남자도 있었고 왜 표현하지 않냐고 다그치는 사람도 있었다. 사랑한다는 고백은 그렇게 짜릿하지도 황홀하지도 그렇다고 매번 설레지도 않았다. 고백은 말 그대로 고백일 뿐이지 확신일 수는 없었다. 고백은 늘 물음표를 안겨주었다. 사랑한다는 말이 무슨 뜻인지 감조차 잡지 못했다. 사랑한다고 말하는 이 남자는 지금 어떤 마음일까? 어떤 마음을 담아 사랑한다고 하는 걸까?

나의 머뭇거림을 귀엽게 봐줬던 남자는 더 크게 사랑하고 다그치는 남자는 더 작게 사랑한다고 생각했는데, 지금 생각해보면 단순히 그 남자들의 성향인 것 같다. 귀엽게 봐주었던 남자는 자기의 마음이 더 중요해서 나의 마음은 그렇게 궁금하지 않았을 수도 있고, 다그쳤던 사람은 성격이 급했던 것일지도 모른다.

내 눈에 멋있어 보이는 남자를 알게 됐고 밥을 먹고 영화를 봤다. 만나러 가는 길이 설레기도 하고 손을 잡으면 심장이 두근거렸다. 같이 있기만 해도 좋아서 매일매일 보고 싶다. 그런데 이게 사랑이라고 배운 적은 없다. 세상에 있는 모든 언어들을 동원해 설명한다면 지금 어떤 감정인지 타인이 어느 정도는 알 수는 있겠으나, 똑같은 감정을 느낄 수 있는 사람은 없을 것이다. 어차피 사람은 감정을 느끼는 방법과 정도가 다르고 말로 표현하는 것은 한계가 있다. 그렇다고 또 사랑은 마음으로 느끼는 것이라고만 하기에는 너무나도 많은 뜻을 품고 있다.

내 사랑이 늘 불안했던 이유
(몰랐다, 모른다, 모를 것이다)

사랑한다는 말… 어렵다 못해 신비롭다. 당시의 연인에게는 이렇게 복잡한 감정 상태를 설명하는 것보다 경상도 여자라 표현하는데 익숙하지 않다는 말이 훨씬 상황을 지나가기에 좋았다. 사랑한다는 말을 들었을 때 나도 그렇다고 말하고 싶기도 말하기 싫기도 하다. 항상 마음이 두 개였다. 세 개일 때도 있었다. 사랑한다고 말하고 싶다가도 갑자기 사랑한다고 하기 싫다. 분명 방금 그 사람 때문에 행복해서 크게 웃었는데, 또 갑자기 알 수 없는 불안감에 눈물이 나기도 했다. 설레고 떨리고 자꾸 생각이 나서 하던 일을 망치기도 하고, 그래도 기분은 왜 좋았으며, 어제 미치도록 보고 싶었던 사람이 갑자기 오늘 만나서 말투가 마음에 들지 않는다는 이상한 이유로 싫어지기도 했다. 상처 주는 말을 하고 후회하고, 어디에 숨어있었는지 모를 자존심이 튀어나와 후회한다는 것을 숨기려 더 화를 내기도 했다.

나의 사랑은 첫 시간의 싸움에 익숙하고 너무 치열해서 빨강의 싸움 없는 회색의 평온함은 사랑이 아닌가 의심되었다. 깨끗한 회색의 마음은 무조건 우정이라 착각해 버리기도 하고, 그렇게 또 빨강 앞에서 마음을 다치는 실수를 반복해 왔다.

항상 빨강이고 싶었던 연애는 그래서 불안했던 것 같다. 빨강의 시간 속에 불안하고 불안하고 불안했다. 첫 시간의 사랑이 너무나도 진하게 빨강이고 불안해서 평온하고 이해심 많은 다음의 연애는 사랑이 아니라고 느끼기도 했다. 나도 모르게 그렇게 불안한 시간에 길들여져 사랑이란 이름으로 또 다른 누군가를 불안하고 힘들게 했는지도 모르겠다.

첫 시간 이후의 연애가 불안했던 이유는 결국 빨강의 마음 앞에서 나 자신이 불안해서이다. 사랑이 무언지도 몰랐고 어떻게 연애해야 하는 것인지도 몰랐으니까. 지금 생각해도 헛웃음 나온다. 사랑이 무언지도 모르는데 마음을 쏟는 방법을 도대체 어떻게 안다는 말인가? 어떻게 마음을 잘 표현할 수 있다는 말인가?

그렇게 쏟아져 버린 마음을 추스르는 데는 정말 많은 눈물과 상처가 필요했다.

사랑이 나의 시간 속에 상대를 가두어 두는 것이라면, 그 시간 속에 가두었던 사람을 가만히 풀어주고, 그 사람의 시간 속으로 조용히 들어가는 게 진짜 사랑이 아닐까?

첫 시간 속의 그 사람과 헤어질 때는 정말 하늘이 무너질 것 같았다. 파랑의 하늘이 무너져서 투명한 유리처럼 깨져서 흩어지고, 흩어진 조각에 찔려 마음속에서 빨강 피가 날 것 같았다. 시간이

멈출까 봐 내일이 오지 않을까 봐 겁이 나서 울고 또 울었다. 몇 번의 사랑과 이별을 경험한 지금은 헤어짐이 그렇게까지 겁나지 않는다. 헤어짐이 있어도 아쉽기는 하지만 시간은 멈추지 않고 내일은 오고, 모레쯤에는 일상으로 돌아오는 것이 얼마나 중요한지 잘 알고 있다.

몇 번의 사랑과 이별의 반복은 시간을 오로지 사랑하는 사람만이 아닌 일상생활에도 내어주는 법을 알게 해주었다. 첫 시간이 너무나 힘들었고, 그 다음, 그 다다음, 그 다다다음, 그 다다다다음의 연애도 늘 힘들었다. 너무나도 진하고 탁한 빨강에 지쳐갔다. 여전히 빨강의 사랑 앞에서 작아지는 나는, 내가 생각하는 빨강에 대해 완벽하게 알지 못한다.

좋은 사람과
좋은 사랑을 하는 법

　주는 사랑을 할 만한 그릇이 되시 못하기에 착한 사람, 좋은 사람에게 사랑받고 싶었다. 주는 사랑을 할 수 있게 더 좋은 사람이 될 수도 있지만, 연애만큼은 사랑받고 싶다. 사랑에 빠져 버리면 다 퍼주는 나의 성격은 최고의 능력을 발휘한다. 사랑 앞에 명청한 호구가 되어버리기 쉬우니 사랑은 받는 게 내 인생 전체로 봤을 때도 그게 옳다.

　내가 생각하는 좋은 사람은 신뢰할 수 있는 사람이었다. 한 사람을 믿을 수 있다는 것, 거짓일지도 모른다는 생각이 들어도 진심을 찾아보고 싶은 사람, 믿을 수 있는 사람에게 사랑받고 싶었다. 믿을 수 있는 사람을 사랑하고 있다는 것은 기적과도 같은 일이라 하지만, 사랑보다는 신뢰가 더 쉬웠다. 신뢰할 수 있는 사람이 착한 사람, 좋은 사람일 것이라는 기대를 하며 믿을 수 있는 사람을 만나기로 했다.

　착한 사람을 만난다는 것은 놀이공원에서 깔끔한 정장을 차려입은 사람을 찾는 것 같다. 모두 정신없이 놀고 있는 틈에서 약간은 어색하게 어울리지 못하는 것 같은 사람. 놀이 기구를 재밌게 같이 타주진 않아도 맛있는 아이스크림을 사주고 기분 좋게 같이 먹어줄 것 같은 사람. 신나게 놀이기구를 타고 있는 나를 바라보며 손 흔들어주는 모습이 자연스러운 사람. 착하면 너무나도 쉽게 호구를 만들어 버리는 현실에서 주변 사람들을 챙기면서, 당당한 호구로 따뜻하게 살아가고 있는 사람이 어딘가에 있을 것 같다. 나를 착하게 대해주는 사람을 만나고 그 사람이 나를 사랑하고 내가 그 사람을 사랑할 확률은 얼마나 될까? 내 욕심을 인정받으려 하고 혼자 있는 시간을 존중받고 싶어 하면서, 나에게는 착하게 대해 달라는 건 이기적인 게 아닌가 생각하며 다가올 인연에 살짝 미안해지기도 했다.

학교 다닐 때 흥부놀부전에서 흥부는 착한 사람 놀부는 나쁜 사람이라고 배웠는데, 어른이 되고 보니 흥부는 나태하고 계획없이 살아 실패한 사람, 놀부는 열심히 살아서 부자가 되었고 나눠줄 자산이 있는 사람이라고 다시 배워야 한단다. 세상이 변하니, 착한 사람도 변하나 보다.

여러 사람에게 인기 많은 사람이 좋은 사람인가? 인기 많은 사람은 바쁘기만 하고 다른 사람과도 마음을 나누어야 할 것 같아서 그렇게 매력적으로 느끼지 못했다. 이렇게 조금씩 내가 원하는 사람, 나에게 맞는 사람을 찾아갔다. 어차피 사람마다 기준은 다르고 그 기준에 다 맞추려 하다 보니 나의 가치관이 너덜너덜해져가고 있었다.

원래부터 나는 나눠주는 걸 좋아하고 공감능력이 좋다. 순하다는 말을 자주 듣는데 그럼 착한 사람인가? 가끔 거짓말을 하기도 하고, 다른 사람의 얘기를 들을 때 몰래 지루해하기도 한다. 순한 성격이지만 그래도 고집은 세니 또 아닌가 싶기도 하다. 나의 도덕적 가치관으로 착하다는 말은 듣기는 좀 부족한 듯하다. 어차피 나에게 좋은 사람이 타인에게는 나쁜 사람일 수도 있고, 누군가에게 착한 사람이 또 다른 사람에게는 오지랖, 혹은 선을 넘는 사람이 될 수도 있다. 모든 사람의 기준에 좋은 사람, 착한 사람이 될 수는 없다. 나의 기준에 맞게 착한 사람이 되어서 좋은 사람으로 내 앞에 나타나라고 강요할 수 없는 것이다.

그래도 사람에게 진심은 통한다고 믿으며 살아간다. 진심으로 누군가를 믿고 싶다. 누군가를 믿으려면 그 사람도 나를 믿게 하는 노력이 필요하다. 상대를 믿고 진심으로 대하는 마음. 아껴주고 배려함을 보여줄 수 있는 진심을 보여주고 싶다.

결국은 내가 좋은 사람이 되어야 한다. 믿을 수 있고, 신뢰할 수 있는 사람이어야 한다. 좋은 사람을 만나기 위해 직접 착한 사람이 되어보려 했다. 좋은 사람을 사랑하기 위한 출발점은 나 자신이었다. 나의 기준에 맞춰서 내가 좋아하는 나, 착한 내가 되어 나의 시간 속에 들어오는 사람에 감사함을 느끼고 좋은 사람, 착한 사람으로 보듬고 싶다. 생각보다 괜찮았다. 특별한 노력이 들지도 않았다. 어차피 엄마는 나를 양보에 익숙한 사람으로 키워줬고, 양보하고 그들에게 웃어주면 되었다. 부드러운 말투와 친절함을 가지고 타인을 대하고 따뜻한 행동을 바탕으로 생각하고 이해하면 나부터 착한 생각을 가지게 되었다.

착하게 살려 노력하다 보니 고맙게 생각하는 사람과는 계속 잘 지내고, 착하기 위한 노력을 이용하려는 사람은 금방 티가 났다. 착하고 친절하려는 노력을 알아주는 사람과는 자연스럽게 진심을 나누게 되었다. 정신 똑바로 차리고 착하게 사는 것은 사람들과의 관계를 따뜻하게 해주었다. 그들과 만든 시간은 더욱 따뜻해져 갔다. 착함을 이용하려는 사람들은 점점 나를 무시하고 더욱 차가워 졌다. 그들과는 자연스럽게 멀어져 갔다. 덕분에 곁에 남은 사람은 모두 착한 사람이다. 그들에게 진심을 보이며 여전히 따뜻하게 지내고 있으니, '나도 착한 사람이겠지?' 하고 가끔 생각해 본다.

좋은 사람이 되기 위해서는 일상적인 노력도 필요하다. 다양한 책을 읽고 다양한 생각을 해본다. 친절한 말투와 상대를 위한 배려는 기본이다. 좋은 사람 속에서 좋은 생각을 하고 살면, 금방 좋은 습관이 생긴다. 이게 얼마나 감사한 일인지는 한 살 한 살 먹어가며 더욱 절실하게 느끼게 되었다. 기본적인 좋은 생각과 포용적인 마음, 지적능력이 어느 정도 형성되었을 때 대화가 되고 나의 성숙에 긍정적인 영향력을 주는 사람을 좋은 사람이라 정의했다.

좋은 사람, 착한 사람과의 좋은 관계 속에서 비로소 좋은 나란 사람이 보인다. 좋은 사람을 만나면 그 사람의 좋은 점들을 배울 수 있다. 그렇게 좋은 사람과 보낸 시간은 좋은 시간으로 기억되고 그 속에 있는 점점 더 좋은 내가 완성되어 간다. 좋은 사람과 좋은 나에 대해 얘기하고 싶다.

　사랑이란, 좋은 사람과 좋은 나에 대해 이야기하고 싶은 것.

　그래도 비가 오는 게 좋고, 빨간 장미를 보면 설레며 여전히 수요일에는 가끔 그 사람이 생각나는 걸 보면 분명한 첫사랑이고, 첫 시간에 가둬 두었던 사람인가 보다. 사실 첫사랑 그리고 첫 시간은 이제 아무런 의미가 없지만, 어차피 지나버린 추억이라 무의미하다고 단정 지어 버리기에는 조금은 시글프기도 하다.

　그래도 첫사랑인데….

　사랑이란, 아프지만 설렘에 욕심나는 것, 그럼에도 불구하고 이해하려 하는 것, 욕심과 이해의 중간 그 어디쯤에서 함께하고자 하는 것. 혼자가 아닌 꼭 너와 함께.

　이젠 나에게는 비 오는 수요일의 빨간 장미 이벤트는 없지만 비 오는 수요일에 빨간 우산을 들고 데리러 오는 사람, 손을 잡고 함께 집으로 오는 좋은 사람의 손을 평생 놓지 않을 것이다.

4장 목요일
미안해요의 주인공

엄마의 헌신적인 사랑을, 엄마와 같은 길을 가며 늦게 깨닫는 딸의 마음

퇴근처럼 익숙한
잔소리 같은 엄마

적당히 피곤하고, 지금이 금요일 저녁이길 간절히 바라는 퇴근 길. 손으로는 운전을 하고 머리로는 빨리 집에 가서 쉬고 싶다는 생각만으로도 버거운 차 안의 공기 속으로 전화벨이 울린다. 엄마다. 핸드폰 블루투스를 깜빡했다. 깜빡하는 것도 고집인가, 항상 핸드폰을 손에 쥐고 있으면서도 항상 잊는다. 귀찮다. '아, 엄마는 꼭 왜 이럴 때 전화를 해. 분명 별일 아닐 텐데.' 잠시 생각하는데 전화가 끊긴다. 잘됐다. 다시 운전에 집중하려는데 다시 전화가 울린다. 늘 그렇듯 아무렇게나 목소리를 내면서 전화를 받는다.

"엄마, 왜?"

나의 수신은 질문이다. 왜 전화했냐고 묻는다. 분명 따지는 건 아니다. 지금 운전을 하고 있기 때문에 용건만 간단히 하려는 것뿐이다. 그럼에도 불구하고 엄마는 나의 아무렇게나 목소리를 보듬어 주는 말투와 엄마의 보들보들한 품처럼 따뜻한 목소리로 다가오며 얘기한다. 우리 엄마는 목소리로도 사람을 안을 수 있는 신비한 능력을 가진 사람이다.

"현주야 뭐해?"
"퇴근. 운전 중이야. 왜?"
"밥은 먹었어?"

퇴근길에 밥을 먹었냐니, 참,

"나 다이어트. 왜?"
"엄마가 떡 했는데 좀 보내줄까?"

다이어트 한다는데 먹을 것을, 그것도 무려 떡을 보내준다니, 참,

"아니"
"그럼 김치 아직 있어?"
"냉장고에 냄새나"
"요즘 날씨 추우니까 옷 따뜻하게 입고 다녀. 감기 조심하고."

다이어트를 하는 동안에는 흰쌀을 먹지 않는다. 삼십몇 년 동안 꾸준히 그랬다. 엄마가 해주는 밥을 먹고 산 시간만 해도 삼십 년이 넘는데 엄마는 아직도 그걸 모르나 보다. 나한테 그렇게 관심이

없나 싶기도 하고 '하, 그래. 엄마는 늘 잔소리하니까. 엄마가 생각하고 싶은대로 생각하고 말하니까. 엄마가 할 일은 잔소리뿐이니까.' 하는 생각을 하면서 참고 이해해주기로 한다. 왜 엄마는 다이어트 한다는 딸에게 밥을 많이 먹으라고 하고, 내가 싫어하는 떡을 그렇게 보내주려고 할까.

엄청난 효녀는 아니지만 그래도 엄마한테 잘해야겠다고 올해 들어서만 열 번은 넘게 다짐한 거 같은데 그 다짐은 찬장에서 한꺼번에 쏟아져버리는 유리잔처럼 빠르게 깨져 버린다. 다이어트 그만하고 밥이랑 반찬 골고루 먹어야 된단다. '엄마, 나도 영양분을 골고루 섭취해야 하는 거 알아. 맛있는 거 잔뜩 먹고 포만감에 배 두드리면서 자고 싶다고, 근데 그러면 다이어트가 안돼, 먹어도 살 안 찌는 체질로 낳아주지 그랬어?' 생각할수록 분하다. 먹으면 먹는 그대로 살찌는 정직한 몸으로 낳아 줬으면서 예쁜 옷 좀 입고 살겠다는데 도와주지는 못할망정, 이렇게 피곤한 퇴근길에 또 엄마는 다이어트 반대용 잔소리 공격을 하고 있다. 내가 너무 말라서 금방 쓰러질 것 같단다. 엄마의 눈은 오목렌즈로 되어있어서 나의 살들이 제대로 보이지 않음이 분명하다.

열아홉 소녀의 고등학교 졸업. 작고 어린 어른의 시작.

대학교 입학을 앞두고 친구들이랑 헤어진다는 건 정말 세상에서 제일 슬픈 일이었다. 독립과 자유, 기숙사, 스무 살, 여대생이 된다는 것은 마법같은 새로운 세상을 펼쳐 줄 거라 생각했다. 기대와 설렘이 조금은 두렵기도 할 만큼 열아홉 살 소녀에게 처음 있는 제대로 된 헤어짐. 그리고 새로운 시작이었다. 고등학교 졸업 후 친구들과 영원한 우정을 다짐하는 자리가 많았다. 서로 다른 지역으로 대학교를 가도 우리의 우정은 당연히 계속되어야 한다고 약속했다. 어른이 된 것처럼 당당하게 커피도 마시고 짧은 치마도 입었다. 화장도 진하게 해보고 비싼 가방도 사서 다른 사람들이 잘 볼 수 있게 들고 다녔다.

밖으로 나갈 생각만 했다. 새로운 세상이 궁금했고, 머릿속은 온통 집을 떠날 생각뿐이었다. 지금 집에서 함께 살고 있는 사람이 누군지, 나를 기다리고 있는 가족은 무슨 생각을 하고 있는지 생각하지 못했다. 엄마는 당연히 집에 있어 주었으니까. 엄마는 당연했으니까. 엄마의 자리는 우리집이고 부엌이잖아. (엄마 미안해)

친구들과 수다 주제는 지금까지 학교생활과 앞으로 어떻게 살 것인지, 연애는 어떤 사람과 하고, 결혼은 언제쯤, 아기들은 몇쯤 낳을지 시시콜콜한 얘기들이었는데 항상 마지막은 엄마였다. 왜인지는 모르겠다. 여자 친구들끼리 만나서 대화하면 더욱 그랬다. 엄마에게 짜증을 냈다는 둥, 내가 한 잘못을 엄마가 몰라야 한다는 둥, 엄마가 주는 용돈이 부족해서 알바를 해야 한다는 둥, 친구들 얘기를 아무리 들어봐도 엄마 속을 썩이지 않는 착한 딸은 아닌 거 같은데, 그래도 딸들에게 엄마는 늘 애틋하다.

당연히 같이 있어 주는 것들은 소중함을 알기 힘들다. 알기 힘든 것들을 굳이 알아내서 소중함을 느낄 만큼 철들지도 못했다. 공기처럼 보이지 않아서 사랑하는 만큼 티 나지도 않는다. 그래도 딸은 엄마에게 감사하고 사랑은 하나 보다. 양심은 있는지 우리 수다의 마지막에는 항상 눈물이 났다. 이렇게 이기적이고 못된 딸들이지만 엄마를 사랑한다는 최소한의 양심의 눈물이다.

분명, 다른 엄마들인데 이 세상 딸들의 엄마는 다 같은 사람인 거 같다. 엄마들은 똑같은 잔소리, 똑같은 느낌으로 딸의 옆에 있다.

새로운 시작 앞에서
준비 없던 나의 못된 핑계들

십여 년 동안 학교에서 배운 것들을 단 하루, 수능으로 평가 받는 것에 조금 억울하고 아이러니하다고 생각했지만 뭐 어떤가. 이젠 더 이상 교과서 공부를 안 해도 되니 억울함 정도야 금방 잊어준다. 보통의 고3들처럼 수능을 쳤으니 대학을 가긴 가야 했는데, 가고 싶은 대학과 과가 없었다. 고등학교까지는 저절로 왔잖아, 중학교에서 고등학교를 정해줬고, 엄마가 사주고 입혀준 교복을 입고 학교를 다녔다. 적당히 투덜거리면서 엄마에게 용돈을 받아서 아침에 버스를 타면 학교에 갔고 친구들과 놀 수 있었다.

수능을 치고, 이제는 나이가 '1'이 아니라 '2'로 시작된다며 갑자기 이렇게 많은 대학 중에서 가고 싶은 곳을 직접 선택해야 했다. 너무 막막했다. 집에서 가까운 곳으로 가야 하나? 수학과 과학을 더 이상 배우고 싶지는 않다. 그러면 적당하게 경영학과? 국문과? 정말 1차원적으로 진로를 고민했다. 멍한 눈빛으로 주위를 둘러보니 친구들은 다 가고 싶은 학교, 가고 싶은 과, 하고 싶은 공부에 대해서 서슴없이 말했다. 간호사가 되겠다는 친구도 있었고, 비서가 되겠다는 친구도 있었다. 간호사가 되겠다는 친구랑 얘기하면 간호사가 되고 싶었고, 비서가 되겠다는 친구랑 얘기하면 나도 비서가 되고 싶었다. 무조건 서울을 가서 더 큰 세계에서 진짜 인생을 시작하겠다는 친구도 있었다. 혼자 서울을 간다는 것은 무서웠다. (그때도 난 소심했나 보다.) 다들 하고 싶은 게 있고 계획이 있었다. 몇 개의 선택지에서 고민하는 듯했다.

나만 모르는 것 같았다. 잘하는 것은 뭔지, 심지어 하고 싶은 게 뭔지도 몰랐다. 어떤 학교에 가서 어떤 공부를 하면서 새롭게 인생을 설계해야 할지 몰라 앞이 깜깜했다. 내 인생이 진짜 시작하는 중요한 시점이고, 진짜 인생의 목표와 방향을 정하는 일인데, 아무런 계획도 확신도 없었다.

평소 엄마는 대학교를 가서 공부하고 졸업해서 결혼자금을 모으고 결혼을 잘하면 된다고 했다. 여자의 인생에서 결혼이 참 중요한 거라고 했다. 그래도 대학은 꼭 가야 하고 그래야 사회에서 무시 받지 않고 잘 살 수 있다고 했다. 착하고 성실하게 살다 보면, 아빠처럼 성실하고 책임감 있는 사람을 만나서 결혼할 수 있을 것이라고 했다. 엄마의 진로 상담은 이게 다였다.

엄마를 원망했다. 두루뭉술하게 대학을 가서 졸업하고 돈을 벌라고 할 것이 아니라, 어느 지역의 어떤 학교가 유명하고 어떤 직업이 미래를 보장해 주는지 제대로 알려줬었어야지. 비싼 학원도 못 보내줬으면서 그 역할을 엄마가 해줘야 하는 거 아냐? 내가 잘하

는 것, 나에게 맞는 직업, 더 잘 살 수 있는 방법을 알려주고 진로
에 대해서 올바른 결정을 할 수 있도록 상담해 줬어야지.

비싼 학원 보내 달라고 계속 조르지도 않았잖아. 언니도 학원을
다녀야 하고, 동생도 과외를 해야 하니, 나보고는 양보할 수 있냐고
물었잖아, 다 양보했잖아. 그래도 내가 울먹이면서 한 번 더 얘기하
면 하고 싶다고 어떻게 다 하고 사냐며, 양보할 수 있는 사람이 양
보하는 거라며, 참을 만큼 참았다고, 겨우 고등학생이었던 내가 뭘
안다고?

엄마의 스무 살,
딸의 스무 살

조금 철이 들어 지금 생각해 보니, 엄마가 말했던 대학교를 가고 대학생활을 즐기고, 취업을 해서 돈을 버는 것은 엄마가 원했던 소박한 엄마의 삶이지 않았나 싶다. 엄마도 해본 적 없어서, 정확히 어떤 건지는 잘 모르지만 딸은 알고 살았으면 하는 것. 청소나 빨래를 하면서 TV에서 나온 대학교 캠퍼스와 대학 생활을 보면서 엄마가 몰랐던 기대를 딸의 시간으로 채워주고 싶은 엄마의 마음이 아닐까 한다. 엄마가 해보았다면 어떤 선택이 옳은지, 경험이 얼마나 소중한지, 한 사람의 미래에 대학이 얼마나 중요한 일인지 말해 줄 수 있었겠지만, 엄마도 해보지 못해서 가르쳐주지 못했고, 그래서 더 안타까워했을지도 모른다는 생각을 해본다.

엄마의 보살핌 속에서 평범하게 대학을 다니던 내 생활을 엄마는 혹시 부러워하고 있진 않았을까.

스무 살 어린 나이에 아빠와 결혼해서 언니와 나, 동생을 차례로 품었고 낳아준 우리 엄마. 스무 살에 찍은 내 사진을 꺼내 보면 아직 젖살마저 통통한 누가 보아도 학생 같다. 몸은 이제 성장을 멈추긴 했지만 새로운 생명을 키워낼 만큼의 준비가 제대로 되어있진 않았을 것이다. 아침마다 내가 무엇을 입을지 고르는 시간이 그렇게 행복한데, 바둥거리는 갓난아기의 기저귀를 갈아줄 무거운 책임감은 엄두도 나지 않는다.

스무 살, 나의 가장 큰 고민은 친구들이랑 먹을 점심 메뉴를 선택하는 것, 날씨가 너무 좋으면 수업을 빼고 놀러 가는 것, 핸드폰을 바꾸고 싶은데 무슨 색깔을 결정할지, 주말에 엠티는 어디로 갈지, 같은 과에 관심 가는 남자친구가 있는데 A가 나은지 B가 나은지 정도였다.

스무 살 엄마는 아빠를 만나 결혼을 하고 아이를 가지고 아이들을 세상 밖으로 키워낸다는 게 어떤 희생이 필요한지나 알고 우리 셋을 가졌을까? 남자아이를 낳기 위해서 나를 가졌다는데 피부에 핏기를 머금고 세상에 나온 딸인 나를 가슴에 안으며 엄마는 무슨 생각을 했을까? 혹시 내가 밉지는 않았을까? 내가 아쉽지는 않았을까? 엄마는 스무 살에 엄마가 된다는 것이 엄마의 인생을 어떻게 바꾸어 버릴지 알고 우리 셋을 품었을까?

삼십 대 중반이 된 나는 아직도 하고 싶은 일도, 하기 싫은 일도 너무나 많은데 스무 살의 엄마는 하고 싶은 것과 하기 싫은 게 무엇인지 생각할 틈이 있었을까? 지금 엄마는 그때 하고 싶었던 게 무엇이었는지 기억이나 할까?

자꾸만 스무 살 엄마가 하고 싶었던 일이 적어도 우리 셋을 낳고 키우는 일은 아니라는 확신이 들면서 왜 이렇게 눈물이 나는지 모르겠다.

엄마의 꿈을 밟으며
작은 발로 세상 속으로

첫걸음마를 하는 딸의 발이 너무도 작고 보드라워서, 엄마는 기꺼이 엄마의 꿈을 바닥에 깔아주고 딸이 아장아장 밟고 지나갈 수 있는 길을 만들어 주었다. 엄마의 꿈같던 길은 포근하고도 단단해서, 딸은 발목에 힘을 주고, 제대로 서기만 하면 된다. 넘어져도 된다. 엄마의 손길과 걱정 어린 눈빛이 언제나 지켜주고 있을 테니까. 아기는 발밑에 깔려있는 게 꿈인지 길인지도 모르고 천진난만하게 걸음마에만 집중하며 한발 한발 나아갔고 자라났다. 그 작은 발로 걸어 나가기에 세상은 너무 넓고 험난하다는 것을 잘 알기에 엄마는 엄마의 꿈을 담보로 그 걸음걸음을 지켜주었다.

엄마가 먼저 살아보니, 너무 힘들어서 엄마는 딸을 지켜준단다. 딸도 살아보니, 가끔 힘들 때도 있으니까 잘 지켜 달란다. 딸이 자란 만큼 엄마는 늙었지만 딸의 눈에는 엄마의 늙음이 보이지 않았다. 엄마는 당연히 늘 엄마다.

보드랍고 작았던 딸의 발은 이제 단단해지고 엄마랑 똑같이 커졌지만 엄마는 딸에게 깔아주었던 꿈을 다시 찾을 수 없다. 아니,

찾을 수 있다고 해도 엄마는 찾지 않을 것이다. 딸의 발이 아무리 단단해져도 엄마는 첫걸음마를 보는 마음으로 평생을 품고 있을 것이니까. 그리고 이미 다 지나가 버려서, 다시 돌아갈 수 없으니까. 이미 다 지나가 버렸으니까.

초등학교 때 엄마가 학교에 오는 게 좋았다. 우리 엄마가 친구들 엄마 중에 제일 세련되고 날씬했다. 지금 생각하니 당연하다. 엄만 젊었으니까. 예쁜 엄마의 손을 잡고 교실을 돌아다니면서 우리 엄마라고 자랑하고 우쭐했다. 초등학교 6학년 때 엄마는 지금의 나보다 더 어렸다. 젊고 예쁜 엄마와 손잡고 다니면, 사람들은 가끔 나랑 엄마를 이모와 조카 사이냐고 묻기도 했다. 엄마가 학교에 오는 게 좋아서 엄마에게 자주 학교에 오라고 졸랐다. 엄마는 많이 곤란해했다. 언니와 나, 동생이 하나의 초등학교에 다니고 있을 때도 엄마 몸은 하나였고 우리는 셋이었다.

엄마는 내가 당신처럼 어린 나이에 결혼해서 아이를 낳고 키워내야 하는 당신같은 삶보다 평범하게 살길 바랐다. 엄마에게는 엄마의 삶이 평범했을 텐데, 남들처럼 평범하게 살라고 했다. 대학교 가서 공부도 하고 추억도 쌓고, 졸업하고 직장생활 해서 돈도 모으고, 하고 싶은 것을 다해 보고 나서 결혼하는 게 인생의 순서라 가끔 얘기했다.

그러면서도 엄마는 우리를 낳고 키울 수 있어서 너무 행복했다고, 우리가 엄마 인생의 전부라 말했다. 그땐 그 말이 별거 아니었다. 어린 마음이 보는 인생의 전부는 좁디좁았으니까. '인생의 전부' 라는 말이 담고 있는 무게가 얼만큼인지 몰랐으니까. 수업시간표에 있던 공부와 친구가 하루의 전부였던 딸은 인생의 전부가 얼만큼인 지 알지 못했다. 당신은 그렇게 살아서 행복하다면서, 딸은 당신처 럼 살지 않았으면 하는 마음에는 그 어떤 말로도 표현하지 못할 소 중한 희생이 숨어있다.

다시는 없을 엄마의 인생… 이미 우리에게 다 써버린 엄마의 인 생…

엄마의 스무 살. 인생의 가장 빛날 수 있는 시간에 우리 셋이 먹 고, 자고, 싸고, 울며 사람 구실 할 수 있도록 뒷바라지했음을 엄마 는 가끔이라도 후회하지 않았을까. 엄마도 결혼을 하고 우리가 생 기면서 한 사람, 한 여성으로서의 삶에서 갑자기 엄마라는 맞지 않 는 옷을 더듬더듬 입었을 텐데, 솔직히 엄마가 후회할까 봐, 또 그 렇게 말할까 봐 무섭다. 잔인하게도 혹시 모를 엄마의 후회에 내가 해줄 수 있는 게 아무것도 없다.

다행인지 엄마는 단 한 번도 후회한다고 하지 않았다. 여전히 딸 은 진짜 후회하지 않음인지, 솔직하지 않음인지 모른다.

엄마 이마의 주름이 유난히도 까맣게 보였던 날에는 '넌 니가 공 짜로 큰 줄 안다?'는 한마디를 듣지 말라는 것처럼 조용히 말하던 엄마. 그래서 듣지 않았던 철없던 딸. '학교도 가야 하고, 공부도 해 야 하고, 내가 큰다고 얼마나 힘들었는지 아냐.'고 생각했었다. 그렇 게 스무 살 엄마는 철저히 철들어야 했고 딸은 삼십 대 중반이 된 지금도 여전히 엄마 덕분에 철없이 살아간다.

　엄마도 가끔 생각해 보았을 것이다. 만약 아빠랑 일찍 결혼하지 않았다면, 언니가 너무 빨리 태어나지 않았다면, 우리가 셋이나 태어나지 않았다면 엄마의 인생은 많이 달라졌겠지? 그랬다면 엄마의 인생이 어떻게 달라졌을까, 생각해보고 싶은데, 도저히 엄마의 꿈이 뭔지 잘 모르겠다. 엄마는 친구들을 만나면 무슨 얘기를 했을까? 술도 영화도 커피도 즐기지 않는데 진짜 우리 셋이 엄마 인생의 전부였을까? 그렇다면 내가 작정하고 했던 못된 말들에 엄마의 인생은 얼마나 흔들렸을까?

　'나 학원 보내줄 거야? 과외는 안돼? 친구들은 한단 말이야. 집에 돈가스 있어? 블라우스 단추 달아났어? 침대 커버 바꿔 놨어? 바빠. 오늘 늦어. 전화하지 마.'
　매일 무엇을 해줄지만 물어보았지 엄마가 하고 싶은 건 뭐냐고 물어본 적 없었다. 당신의 방식대로 키워줬으면서, 당신은 행복하다면서, 당신처럼 살지 않았으면 좋겠다고 말하던 엄마를 그때는 이해하지 못했다.

닫힌 딸의 방문을 노크하는
울퉁하고 불퉁한 손이 닮았다

엄마를 보고 엄마가 가르쳐 주는 대로 컸는데 어떻게 엄마랑 다르게 살아… 사람이 가정교육이 얼마나 중요한데, 엄마가 키운 대로 이미 커버렸는걸… 더군다나 이렇게 엄마랑 똑같이 생겼는데….

손이 닮았다. 마디가 굵고 길쭉하지 못한 손은 내 콤플렉스였다. 남들에게 손을 보여주면 못난 점을 보이는 거 같아 괜히 주먹을 쥐는 습관이 있다. 내 손은 엄마의 손과 참 많이 닮았다. 엄마랑 손을 잡고 걸을 때 엄마는 행복하다고 했지만, 나는 엄마 손이 못 생겨서 내 손이 못생긴 거 같다는 생각을 하고 있었다. 내 손에서 좀 더 뼈마디가 울퉁하게 튀어나오고 손가락 사이가 불퉁하게 주름져서 굳은살이 박혀 있으면 딱 엄마 손이다. 내가 좀 더 고생을 하고 자랐으면 엄마의 손과 똑같을 텐데, 엄마는 내 손등이 곱고 보들보들하다는 말을 들을 수 있게 나를 키워주었다. 초등학교 때 기억하는 엄마의 손은 지금의 내 손보다 훨씬 더 주름이 있었고, 뼈마디가 뚱뚱했으며 살의 색깔이 훨씬 더 진하고 거무스름했다. 그래도 엄마는 지금의 나보다 더 어렸다.

다른 사람에게는 친절하고 배려 깊은 사람이고자 하지만 엄마에게 살가운 딸은 아니었다. 생각해 보면 엄마는 참 억울할 듯하다. 친절하고 착하고 지혜롭게 살라고 가르쳐났더니 막상 엄마에게는 그런 친절함은 잘 보여주지 않는다. 퇴근하고 집에 오면 쉬고 싶은 게 당연하고 밖에서 스트레스를 받고 왔으니 집에서는 제대로 쉬고 싶다는 게 나의 핑계였다. 약속 없이 바로 집으로 가는 날이면 엄마는 얘기를 하고 싶다고 내 방문을 노크하곤 했다. 그럴 때마다 침대에 누워서 피곤한 척 자는 척 했다. 맨날 보는 가족끼리 무슨 할 얘기가 있나 생각했다. 회사 일 얘기, 영화 얘기, 공연 얘기를 하면 엄만 무슨 말인지 알기나 아냐고…. 엄마는 모르면 가만히 있으라고, 이렇게 뾰족한 얼음같은 말로 엄마와의 대화가 끝나는 일이 많았다. 늘 대화를 끝내는 쪽은 나였다.

친구들을 보면 재미있는 이야기들이 줄줄 생각나고 흘러나오는데 엄마를 보면 입을 닫고 자연스럽게 머릿속이 비워진다. 친구들에게는 에너지를 쏟아내고 엄마에게서 쉬고 싶었나 보다. 뻔뻔하게 엄마의 허락도 없이 내 마음대로 엄마에게서는 쉬기만 했다. 물론 엄만 언제나 괜찮다고 했다. 남자친구가 생겼을 때의 설렘과 고민을 엄마에게는 그렇게 숨기고 싶었다. 엄마는 딸의 연애를 보면서, 엄마의 연애를 추억해 봤을 텐데… 나는 나의 연애에만 집중했다.

엄마가 해주는 음식이 맛있다고 생각하면서도 입에서는 맛있게 잘 먹었다는 말보다 엄마 때문에 살찐다고, 다이어트해야 한다는 말이 더 술술 나왔다.

엄마는 내가 우울한 표정을 지을 때마다 김치국수 1인분을 끓여주었다. 결혼을 하고 살림을 하면서 김치국수 1인분을 끓이는 게 얼마나 힘이 드는지를 알게 되었다. 육수를 내고 채소를 다듬고, 계란을 풀어 지단을 만들고, 김치 통에서 김치를 조금만 꺼내고 한 그릇에 담아내고 나면 몇 인분을 하는 것만큼 손이 많이 간다. 양 조절도 그렇게 힘들다. 설거지는 5인분을 한 것과 똑같이 나온다. 엄마의 김치국수는 항상 같은 맛이었다. 그렇게 만들어진 김치국수 한 그릇에 스트레스를 풀고, 김치국수를 먹는 나를 엄마는 옆에 앉아서 지켜보았다. 혹시 남기는 날에는 남은 것을 엄마가 먹었다.

사랑한다는 말을 밥 달라는 가족 나라의 딸 어투로 내 맘대로 만들어 사용했는데, 엄마에게는 항상 먹혔다.

보호자가 된 딸과
작아진 엄마

어느 날, 회사 업무 중에 엄마에게 전화가 걸려왔다. 딸의 회사 일에 혹시 방해가 될까 봐 전화를 잘하지 않는 엄마였다. 그날도 어김없이 바쁜 척하며 왜 전화했냐고 퉁명스럽게 물었다.

"현주야, 미안한데 오늘 연차 쓸 수 있어?"
"왜?"
"엄마가 산부인과 수술을 해야 하는데 아빠가 오기가 좀 그래서…. 엄마가 혼자 하려 했는데 보호자가 있어야 한대."
"………."

갑자기 화가 치밀어 올랐다. 눈물이 쏟아져 나오고 가슴이 미어졌다. 나에게 그렇게 분노하는 감정이 있었던가 싶을 정도로 엄마의 한마디 한마디에 다 화났다.

"엄마가 거길 왜 혼자 가? 엄마 가족 없어? 자식 없어?"

화났음을 알아차리라고 최선을 다해서 소리를 질렀다. 전화기 너머로 나에게 미안해 하면서 기죽어 있을 엄마 모습에 화가 났다. 왜 말의 시작이 미안하다야? 너무 이해가 안 됐다. 못돼 먹은 욱하는 성격이 나올 타이밍이 아닌 거 같기도 한데, 성질머리 하곤 참… 나도 이제 다 컸고 성인이다. 누가 보아도 어른이다. 주민등록증에 운전면허증에, 어른임을 증명해주는 증서는 많이 있다. 이 와중에도 내가 어른이라는 걸 엄마만 모른다. 성인은 누군가의 보호자가 될 수 있고, 엄마의 수술인데 겨우 연차 하루 쓰는 게 도대체 뭐가 대수라고, 도대체 뭐가 미안해? 미안하다는 말 이럴 때 쓰는 거 맞아? 엄만 미안하다는 말뜻도 몰라?

수술해야 할 정도면 분명 통증이 있었을 것이고 검사를 했다는 것이다. 엄마는 병원 가서 검사를 받았다는 말도 없었고 한 번도 아프다 하지도 않았다. 늘 출근길 아침을 챙겨 주었고, 먹는 날도 있었고, 무시하는 날도, 먹는 시늉만 하는 날도 있었다. 매일 엄마의 얼굴을 봤는데도, 엄마가 아픈지도 몰랐다. 문밖의 노크 소리에 그냥 엄마가 서 있는지만 알았다. 아픈 엄마가 서 있는지는 몰랐다. 이건 분명 작정하고 나를 속인 거다.

산부인과 문제라면 우리를 열 달이란 시간 동안 뱃속에 품고 낳으면서 생긴 문제일지도 모른다. 언니도 있고 동생도 있으니 최소 삼십 개월 동안 엄마의 몸속의 생명체가 엄마 몸의 영양분을 쪽쪽 빨아먹었다는 건데, 너무 어렸을 때 일이라 기억하지도 못하고 살아간다. 내 몸을 이루고 있는 뼈와 장기들에 아직 엄마가 준 영양분들이 남아 있을지도 모른다.

처음이었다. 엄마가 약한 사람이라고 생각해 본 적이. 마트에서 수박과 우유, 쥬스를 사도 척척 들고 집으로 오던 엄마였다. 한번에 죄책감과 미안함, 그리고 분노, 이 세상에 있는 모든 감정들이 다 섞여 정말 몸속 모든 세포에 심어져 있었을 눈물이 한 번에 터져 나오는데, 또 화가 났다. 간접적 가해자 주제에 그렇게 화났다. 얼른 병원에 가서 엄마를 보면 왜 이렇게 나를 화나게 하냐고 막 따질 것이다. 가방도 던질 것이고, 나를 왜 이렇게 나쁜 딸을 만드냐고 소리 지를 것이다. 지금은 단순히 짜증이 난 게 아니다. 정말 크게 화가 난거다. 엄마에게 따질 수 있는 모든 말을 다 생각했다. 그런데 왜 그렇게 눈물은 쏟아지던지….

엄마에게 화난 감정을 퍼붓기 위해 당장 회사에 상황을 말씀드리고 최대한 빨리, 화난 감정을 유지하며, 그리고 눈물을 닦아내며 병원으로 달려갔다. 엄마에게 미안한 감정이 있다는 것과 울었다는 것은 절대 들키지 않고 엄마한테 화만 내려고 했다. 그런데 눈물 범벅된 눈은 제대로 뜨지도 못했고, 얼굴은 이미 숨길 수 없을 만큼 엉망이 되어있었다.

병실에서 본 엄마는 수술복을 입고 체구가 작은 늙은 환자가 되어 침대에 잠들어 있었다. 엄마를 본 순간 오는 동안 엄마에게 퍼부으려고 했던 화난 말들은 다 잊어버렸다. 머릿속이 깨끗하게 모조리 다 잃어버렸다.

'우리 엄마가 이렇게 자그마한 사람이었나….'

 얼마 전에 엄마랑 나란히 걷다가 나보다 키가 작아진 엄마를 보며 놀렸던 게 생각났다.

 "엄마 왜 이렇게 쪼그매졌어?"
 "엄마 늙어서 그래. 뼈도 늙어서 키가 줄어든데, 엄마 5㎝나 줄었어."
 "푸히히히, 엄마 꼬맹이래요."

 그땐 엄마 꼬맹이가 재밌어서 같이 웃었다. 꼬맹이가 어떻게 엄마야, 라고 생각하면서 엄마가 나의 늙은 동생 같다는 생각도 했다.
 엄마는 수술실로 들어가고 난, 의사 선생님과 간단히 면담하고 수술동의서에 사인했다. 사인을 어떻게 해야 할지 몰라 최대한 정직하게 엄마가 지어준 내 이름 세 글자를 썼다. 평생 내 이름이 평범해서 싫었는데 수술동의서를 쓸 때는 더욱 싫었다. 내 이름이 특별했으면 좀 더 특별하게 엄마의 보호자가 될 수 있을 거 같다는 생각이 들었다. 그래도 이 순간만은 엄마의 딸이고, 나는 엄마의 보호자이다.
 큰 수술은 아니고 이러이러한 부작용이 있을 수도 있다고 의사는 설명했다.
 '그렇게 어려운 말 몰라요. 선생님 믿어요. 우리 엄마 안 아프게 해주세요. 수술도 안 아프게 수술하고 나서도 안 아프게 해주세요. 제가 잘 할게요. 아까 엄마한테 화났던 거 그냥 큰소리 한번 쳐본 거예요. 욱해서 그런 거예요. 한 번만 봐주세요. 우리 엄마 안 아프게 해주세요. 제발요…'

그렇게 의사 선생님에게 빌고 또 빌었다. 할 수 있는 건 이것뿐이었다.

수술은 잘 끝났고 엄마는 인상을 쓰면서 침대에 밀려 나왔다. 엄만 수술 전보다 더 체구가 작아진 환자가 되어 누워있었다. 통증이 남아있는지 가끔 신음하며 미간을 찌푸렸다. 엄마의 주름진 미간을 보며 한참을 울었다. 잠에서 깬 엄마는 나에게 또 바쁜데 오게 해서 미안하다고 했다. 또 화가 나기 시작했다. 그리고 곧 속상함으로 바뀌었다. '엄마는 미안하다는 말 언제 쓰는지 몰라?' 하고 따지고 싶었지만, 겨우겨우 참았다.

그렇게 소리치면, 이번에는 진짜 내가 화났다고 생각할까 봐 덜컥 겁이 났다. 내가 화를 내서 엄마가 수술 침대에서 일어나지 못할까 봐 무서웠다. 평생 그렇게 자책하면서 살아야 할 것 같았다.

아직 엄마에게 아무것도 해준 게 없는데….

'엄마, 엄마의 굳은살 배기고 힘없는 발이 편히 걸을 수 있게 내가 이제 엄마에게 길을 깔아줄게. 엄마의 꽃신이 되어줄게. 이제는 내가 지켜줄게. 엄마는 낫기만 해. 제발.'

작은 엄마 앞에서 철든 어른이 되겠다고 다짐했다.

핑크 한복을 입은
팬더의 눈물

　내가 결혼할 때 엄마는 참 많이 울었다. 분명히 참으려 노력하는 건 같았다. 언니 결혼식 다음, 두 번째로 한복을 곱게 차려입고, 미용실에서 머리와 화장을 하고 식장으로 왔다. 무심한 둘째 딸은 언니의 결혼식에서 엄마가 울었는지 아닌지 정확히 기억나지 않는다. 사실, 언니 결혼식 날은 왜인지는 모르겠지만 내가 너무 많이 울어서 내 감정을 주체하기도 버거웠다.

　엄마는 주름진 슬픈 반달 눈으로 웃으면서 손님들에게 인사했다. 그날 엄마는 참 예뻤다. 맞아, 우리 엄마 참 예뻐. 정말, 엄마가 예쁘다는 것을 잊고 살았다. 아마 엄마도 그랬을 것이다. 엄마도 엄마가 예쁜 여자라는 것을 잊고 살아왔을 것이다. 결혼식 날 초등학생이 된 느낌이었는데, 엄마가 진한 화장과 한복 속에 세월의 흔적을 잘 숨겨서인 것 같다. 엄마는 내 결혼식 날, 초등학교 기억 속의 엄마처럼 젊어 보였다.

　그런 엄마를 보면서 나도 많이 울었다. 참, 사람은 왜 눈물 나는 눈을 바라보면 덩달아 같이 눈물이 나는 건지… 결혼식 내내 엄마

는 나와 눈 한번 마주치지 않았고, 폐백 할 때도 가자미 눈으로 천
장만 쳐다봤다. 핑크색 한복을 입은 팬더가 되어 아빠 옆에 세상을
다 잃은 표정으로 앉아 있었다. 덕분에 나도 눈물을 뚝뚝 흘리는
사연 많은 신부가 되어버렸다.

삼십 대 초반의 나이, 사랑하던 남자가 있었고 본격적인 결혼 준
비를 위해 상견례를 했다. 상견례 자리에서 엄마는 나에게 까불지
말라고 신신당부를 했다. 쓸데없는 말은 하지 말고, 소리 내서 크게
입을 벌리고 웃지 말라고 했다. 스타킹이 멀쩡한지 확인을 하고 손
톱이 단정한지, 치마 길이는 적당한지 혹시 미워 보이는 구석이 없
는지 확인했다.

이미 인터넷 검색을 통해서 상견례 예의를 열 번도 넘게 검색해
봤다. 격식 있는 자리에서 어떻게 해야 하는지 학교에서도 많이 배
웠다. 결혼을 허락받는 것도 아니고, 결혼을 할 것이니 서로 인사하
는 자린데, 뭐 그렇게 호들갑인지 엄마의 다그침이 귀찮았다. 식당
에는 우리 가족이 먼저 도착했고 엄마도 아빠도 다행이라고 했다.

약속시간이 조금 지난 시간에 남자친구와 가족이 도착해서 조용
히 상견례는 시작되었다. 상견례 내내 엄마는 마치 죄인이 된 것처
럼 고개를 숙이면서 준비해야 할 것들을 시엄마에게 물었다. 최대
한 간단히 하자고 했지만, 엄마가 좀 더 구체적으로 예시를 들며 보
내 드릴까 여쭈어보니 몇 개는 좋다고 하셨다. 엄마는 자꾸 고개를
숙이며 살림을 가르치지 않았다는 둥, 할 줄 아는 음식이 아무것도

없다는 둥, 자기 방 청소도 잘못하지만 부족할 딸을 예쁘게 봐 달라고 시어머니에게 나를 부탁했다.

난 회사도 멀쩡히 다니고 있고, 일도 잘한다. 현명하다, 똑똑하다는 얘기도 많이 듣고 심지어 나보다 남자친구가 먼저 원해서 하는 결혼이다. 음식을 잘하는 것은 아니지만 인터넷 검색만 해도 레시피는 넘쳐나고, 요리는 같이하자고 이미 얘기 끝났다. 지금은 조선시대도 아니고 엄마가 도대체 무엇을 잘못했길래 저렇게 낮은 자세로 나를 부탁하고 있는지 이해할 수 없었다. 엄마의 고개숙임이 나의 가치를 깎아내리고 있다는 생각도 했다. 자존심이 상했다.

왜 저렇게 결혼하는 사람을 시집가는 여자로 만들려 하는 건지, '엄마는 시대의 흐름도 모르나?' 야속했다.

엄마가 먼저 살아봤잖아.
그래서 뭐?

　내 수준 이상으로 잘난 척할 필요는 없지만, 그렇다고 또 한없이 나를 낮출 이유는 없다고 생각한다. 결혼은 새로운 시작인데, 처음부터 잘하는 사람이 어디 있나. 하나하나 맞춰가면서 평생 서로의 부족한 점을 채워주기로 약속하는 것이 결혼이다. 세상에 완벽한 사람은 없고, 부족함까지도 사랑해줄 사람을 만났고 사랑했다. 나도 남자친구의 부족함을 채워주기로 약속하면서 결혼을 결심했으니, 서로 이해하고 존중하면서 살면 되는 거 아닌가.

　상견례를 마치고 집으로 돌아오는 차 안에서 엄마는 아무 말이 없었다. 집에 도착해서 식탁에 앉고는 긴장이 풀렸는지 겨우 웃었다. 예비 시어른들이 좋으신 분들이라 다행이라고 했다. 좋은 어른에게 나를 부탁할 수 있어서 너무너무 다행이라고 했다.

　참, 정말 어이가 없는 엄마다. 아니, 엄마가 그렇게 눈치를 보면서 고개를 숙이는데 그 앞에서 나쁘게 대할 사람이 어디 있어? 엄마의 허리와 목은 이미 무릎과 바닥 사이에 있었는데, 맘먹고 시비를 걸려 해도 그것마저 불가능해 보였다. 그렇게 자존심을 후벼파던 두 시간이었는데, 상견례 자리에서 음식 한 숟가락도 제대로 삼키지 못하던 경직된 표정은 온데간데없이 환하게 웃었다. 아까 그렇게 머리를 조아리던 같은 엄마가 맞나 싶었다.

엄마가 조금 여유를 찾은 거 같아서 내가 따졌다. 왜 그렇게 나를 낮추냐고, 내가 뭐가 그렇게 부족하냐고, 나 하나도 안 부족하다고 엄마에게 말했더니, 그래도 그런 거 아니란다. 아무리 그래도 어른들 눈에는 미워 보일 수 있단다. 아직 시엄마를 잘 몰라서 더 조심해야 한단다. 좋은 어른인 것 같으니 나만 잘하면 된단다. 무조건 시엄마 말 잘 듣고 잘 따르란다.

나왔다. 엄마 특유의 고집. 저 표정. 더 이상 나의 말은 듣지 않고 엄마가 할 말만 할 것임을 암시하는 저 표정. 무조건 내가 틀리고 엄마가 맞다는 저 표정. 몇 마디를 더 하면 엄마의 잔소리 폭격이 시작될 것이다. 난 이런 상황을 안다. 내가 포기하는 게 더 빠르다. 힘 빼도 소용없다. 엄마의 고개 숙임 때문에 시작부터 진 거 같은 느낌이라 싫었는데, 그래도 엄마가 이제 웃으니 조금은 괜찮은 거 같았다.

그렇게 난 시어머니에게 부탁되었다. 딸의 혹시 모를 부족함에 대한 염려를 자존심을 뭉개뜨려 엄마가 채워주었다. 내 눈에는 보이지 않는 혹시 모를 구시대적 부족함을 솔직히 알고 싶지 않다. 엄마는 옛날 사람으로 걱정을 하며, 먼저 살아본 어른에게 보일지도 모를 딸의 모자람을 가져가려는 고개숙임을 반복했을 것이다. 희한하게도 그렇게 자존심 상하고 싫었던 상견례 때 엄마의 고개

숙임이 결혼 생활을 하면서 가끔 생각나고, 점점 연민으로 바뀌어 갔다. 지금은 그 상황을 생각하기만 해도 눈물이 고인다. 엄마는 고개를 숙여 자존심을 내려놓고 혹시 삐져나와 보일지도 모르는 딸을 부족함을 감춰 주셨다.

　시대가 빠르게 변한다고 하지만 엄마는 변하지 않는다. 엄마는 시대의 변화 따위에는 관심 없다. 엄마는 딸이 사랑받으면서 행복하게 살기만 하면 된단다.

힘든 건 엄마꺼,
좋은 건 내꺼

　엄마는 나에게 청소와 빨래 같은 집안일을 시키지 않았다. 당연하다고 생각하고 살았다. 청소, 빨래, 설거지, 요리, 가족을 기다리는 일은 엄마가 할 일, 내가 할 일은 학교를 가고 친구들과 즐겁게 사는 일.

　"엄마, 오늘 학교에서 친구들이랑 너무 재미있었는데 내가 행복하니까 엄마도 좋지?" 정말 세상에서 제일 이기적인 질문이다. 세상에서 제일 철없는 질문이다. 정말 말도 안 되는 질문이다.

　아침에 일어나서 엄마가 해주는 아침밥을 쿨하게 패스하고 아이스 아메리카노를 마시며 출근하는 게 커리어우먼이라 생각했다. 나는 커리어우먼이 될 거다. 그러니까 엄마가 해주는 아침밥은 먹지 않는 거다. 일이 중요했고 친구가 중요했다. 가끔 엄마가 같이 시간을 보내자고 했는데, 귀찮은 일이었고 엄마는 강요하지 않았다. 회사에서 일하고 친구들이랑 추억을 쌓는 동안 엄마는 집에서 가족을 기다려주었다. 가끔 엄마에게 전화해보면 엄마는 늘, 혼자서 집이라고 했고 집에 가면 방은 깨끗이 청소되어 있었다.

결혼하기 전 속옷과 양말조차 빨고 개어 본 적 없다. 당연히 엄마가 해줬다. 엄마 있는 딸의 특권쯤이라 생각했던 것 같다. 엄마는 허리를 숙여 무릎을 꿇고 바닥을 손으로 직접 닦으면서 나중에 결혼하면 많이 할 것이니 지금은 하지 마란다. 그래서 안 했다. 철 없는 딸은 '나중에 결혼하면 많이 할 것'이라는 말은 안 듣고, '하지 마라'는 말만 들었다. 다른 말은 잘 안 들으면서 그런 말은 참 잘도 들었다. 어쩌다 마트에 같이 장을 보아도 무거운 건 항상 젊은 내가 아닌 늙은 엄마가 들었다. 엄마 무릎에 누워서 '살림 다 해주는 남자랑 결혼할 거야…'라고 생각하면서 따뜻하게 이불을 덮고 달콤한 낮잠을 잤다.

결혼하고 음식물 쓰레기를 처음 버려보았다. 청소, 빨래, 설거지…. 정말 이렇게 힘든 건지 몰랐다. 매일 매일이 엄마가 보고 싶었다. 설거지하고 아무리 손을 씻어도 고무장갑 냄새가 빠지지 않음에 너무 속상해서 이불을 뒤집어쓰고 한참을 운 적도 있다.

그땐 엄마를 원망했다. 엄마는 나에게 살림이 어렵다는 걸 가르쳐 주지 않아서 결혼 생활을 이렇게나 힘들게 할까. 이렇게 힘든 줄 알았더라면 결혼에 대해 더 신중하게 선택했을 텐데… 엄마가 미웠지만 엄마한테 도망가고 싶었다. 엄마에게 따져야 한다. 엄마한테 짜증내러 가고 싶다. 하지만 이내 엄마에게 도망가는 건 엄마를 속상하게 하는 일이라 생각했다. 침대에서 훌쩍거리는 나를 본 남편은 내 머리를 콩 쥐어박으며, 어이없어했다. 울지도 말고, 살림하지도 말라고 했다. 엄마의 남자 버전 같았다. 다행이다. 엄마의 남자

버젼이 이 세상에 살고 있어서.

결혼을 하고 어른이 되어보니, 내가 해야 할 것들이 얼마나 많은지 알게 되었다. 결혼생활과 살림에 대해 아무것도 모르는 나를 보고 황당해하던 사람들을 보며 엄마의 수고가 떠올랐다. 자꾸 엄마의 뒷모습이 떠오른다. 싱크대에서 설거지하던 뒷모습, 가스렌지 앞에서 요리하던 뒷모습, 빨래를 개던 뒷모습, 왜 이렇게 엄마의 뒷모습만 생각이 나지… 엄마는 나를 이렇게 곱게 키우기 위해서 얼마나 많은 설거지를 하고 청소를 했으며 빨래를 했을까. 엄마는 얼마나 많은 시간을 뒷모습으로 살았을까… 그 뒷모습이 평생이었을까….

숨은
희생 찾기

결혼 생활에 익숙해져 가면서 자연스럽게 알게 되었다. 엄마가 나에게 힘듦을 가르치지 않기 위해 얼마나 많은 희생을 하였는지…. 엄마가 겪고 있는 매일의 힘듦과 외로움을 최대한 늦게 알게 하기 위해서 엄마는 하루하루를 힘듦을 외로움으로, 외로움을 힘듦으로 채웠을 것이다.

'힘든 건 엄마의 것. 쉽고 좋은 건 딸의 것'이라는 말도 안 되는 공식이 통하는 모녀지간. 그래도 좋은 것을 하는 딸이 짜증을 내는 답답한 고구마 같은 사이. 엄마와 딸은 이렇게 말도 안 되는 사이로 삼십 년이 넘게 같은 집에서 살아왔다.

2녀 1남, 언니와 동생, 중간이었던 나. 엄마는 항상 나에게 양보하라고 가르쳤다. 언니와는 내가 동생이기 때문에 양보하라고 했고, 동생에게는 누나면 동생에게 양보하라고 했다. 어렸을 때 기억이 정확하게 나는 건 별로 없지만 항상 언니와 동생에게 양보했던 것 같다. 맛있는 간식도, 학교 준비물도, 입고 싶었던 옷도 내 순서는 항상 두 번째였다. 양보에 익숙하게 자라서인가 늘 2등이 되는 것에 익숙하다. 승부욕도 별로 없고 꼭 갖고야 말겠다는 물건도 목표도 잘 없다. 아직도 나 자신만 생각하는 것을 잘 못한다. 내 것을 가지는 것보다 양보할 때 행복하고, 나의 양보로 기뻐하는 상대를 보면서 더 행복했다. 조금 불편해도 다른 사람을 위한 선택을 하는데 익숙한 사람으로 자라버렸다. 엄마가 이렇게 키운거다. 부당한 상황이 생겨도 정말 죽을 것 같지 않으면 늘 참아왔고, 그래서 당장 죽는 상황은 없다는 것을 잘 알게 되었다. 친구들이 그런 내가 답답하다고 보살이라는 별명을 지어줬는데, 사실 엄마의 작품이다. 이건 조금 비밀이기도 한데, 가끔 나도 나 자신이 답답할 때도 있다.

갖고 싶기도 하면서 이미 양보해 놓고, 속상하기도 했다. 그럼 다시 갖고 싶다고 말해도 되는데 그 말을 내뱉지 못한다. 양보하고 혼자서 울었다. 그러면서 마음을 혼자 추스르는 건 잘한다. 잘하는 것은 계속 잘하고, 못하는 것은 계속 안 하면서 살아와서 이제 뭐, 다른 사람이 내 것에 욕심내는 일이나 내 것을 뺏기는 일 정도에는 울지도 않는다.

왜 내가 갖고 싶은 것, 하고 싶은 것 하나 제대로 못 챙기는 멍충이일까… 그럴 때마다 엄마를 원망했다. 엄마는 왜 양보만 가르치고 가끔은 이기적이어도 된다는 건 안 가르쳐줬지. 한동안 버터가 엄청 들어간 느끼하고 달콤한 빵에 꽂혀서 살이 엄청 많이 찐 적이 있다. 그때도 엄마를 원망했다. 엄마는 왜 담백하고 영양가 많은 음식이 아닌 이런 자극적이고 살찌는 음식을 좋아하는 식성을 가지게 낳았을까?

다 엄마 때문이야. 전부 다 엄마 때문이다. 아무리 말도 안 되는 이유로 떼를 써도 엄마는 조용히 딸의 원망받이, 짜증받이가 되어 주었다.

이제는 조금은 안다. 어린 나에게 욕심보다 양보를 먼저 가르치면서 아팠던 엄마의 마음을… 그렇게 엄마는 나에게 양보를 가르치며, 엄마의 인생 전부를 우리에게 양보하고 있었던 것이다. 어린 꼬마에게 내 것을 가지는 것보다 양보를 먼저 가르쳤을 엄마의 마음을 조금은 알 수 있을 것 같다.

내가 양보하는 게 우리 셋이 커가는 데 있어 가장 현실적인 선택지였을 것이다. 지금도 가끔은 내 것을 양보하고 나면 뭔가 모를 따뜻함과 포근함이 느껴지는데, 그게 어렸을 때 엄마가 나를 안아줬던 느낌이었던 것 같다. 가끔은 내 것을 빼앗기고 나면 '아, 드디어 잘 마무리되었다.'는 느낌이 들기도 한다.

엄마는 한 번 양보할 때마다 두 번 안아주었다. 엄마가 안아주는 게 그렇게 좋았나 보다. 나를 두 번 안아주던 엄마는 누가 안아줬을까. 내가 살림에 지쳐 엄마에게 도망가고 싶었던 것처럼, 엄마도 딸에게 지쳤을 때 엄마에게 도망가고 싶었을까.

평생 엄마의
껍데기가 되어줄게

엄마는 늘 해준 게 없어서 미안하다 하지만, 규칙적인 생활을 해야 한다는 것을 가르쳐줬다. 일찍 자고 일찍 일어나고 반찬은 골고루 먹으라 했다. 약속시간 십 분 전에 꼭 도착하고, 무슨 일이 있어도 약속은 지키는 것이라 했다. 지갑 속에는 오만 원 정도의 현금은 비상금으로 가지고 다니고 친구에게 한 번 얻어먹으면 한 번은 대접해야 한다고도 말했다. 지우개는 칼로 자르면 안 되고 화장지는 아껴 써야 하는 것이라고.

당연히 아는 것이라 생각하고 살지만 다 엄마가 알려준 것들이다. 그리고 미안하다 했다. 당신이 소화가 잘 안 되면 딸의 소화 기관도 좋지 않을 것이라 걱정했다. 나이가 들어 뼈도 늙었다며 골밀도 수치가 낮아졌다고 딸도 나중에 그럴 가능성이 있으니 조심하라 염려했다. 그렇게 낳아줘서 미안하다 했다.

'세상에 낳아줘서 미안하다.'는 말이 과연 있기나 하는지 잘 모르겠다. 엄마나라 가족 어투가 아니면 도저히 앞뒤가 맞지 않는 말이다. 미안하다는 말에 영 인색한 나이기도 하지만 엄마의 미안하다는 늘 어렵고 아프다. 엄마의 미안하다는 말을 되새기면서, 조금은 철 들어야겠다고 다짐해 본다.

어느 날인가 엄마가 차려준 저녁을 먹다가 그날따라 된장찌개는 너무 맛있는데, 나는 엄마에게 해준 게 없는 거 같아서 갑자기 머쓱해졌다. 엄마나라에서 여전히 사랑한다는 표현을 안 하고 사는 딸이 돈으로라도 해결하려고 엄마에게 물었다.

"엄마, 머 갖고 싶은 거 없어?"
"너희들 있잖아."
"그런 대답 말고."
"엄마 인제 쭈구렁 할머니인데 뭐가 갖고 싶겠니. 너 딸 낳으면 키워줘야 하니까 손목에 힘이나 있으면 됐지. 너 같은 딸 하나만 낳아주라."

나처럼 못됐고 이기적인 딸을 키워놓고, 아직도 뒷바라지하면서 또 딸을 낳아달란다. 참, 진짜 말이 안 통하는 엄마다. 세상에 당연한 것은 없는데 엄마의 사랑은 당연한가 보다. 사실 안 당연한데 주는 엄마도 아까운지도 억울한지도 모르고 받는 딸도 날름날름 받아먹기를 잘해서 엄마와 딸의 당연한 관계는 의심하는 사람이 없는지도 모른다. '엄마니까. 그리고 딸이니까.'라는 말로 모든 것이 설명된다. 이렇게 아무것도 모르는 우리 엄마, 딸만 보느라 세상이 얼마나 빨라지고, 커지고, 다양해지는지도 모르고 딸에게만 갇혀서 사는 우리 엄마. 이제 내가 평생 지켜줄 것이다. 엄마가 더 이상 다치지 않게, 희생하지 않아도 되도록 엄마의 껍데기가 되어서 엄마를 안고 세상 속으로 나올 것이다.

엄마, 그렇게 살아줘서 정말 고마워.
나 철없는 딸로 키워줘서 고마워. 사랑해.

P.S 아빠, 사…사…사…ㄹ… 존경합니다.

—

5장 금요일
그래서 진짜 친했냐?

순수한 어린 시절에 사귀었던 친구와 사회생활을 하며 만난 새로운 인간관계에 대해 고찰한다. 인간관계에서 가장 중요한 것은 나 자신이 중심을 잡는 것이며, 나에게 필요한 인간관계를 형성해 나갈 것을 제시한다. 건강한 인간관계를 위해서는 마음의 문단속을 잘하고 스스로 단단해질 필요가 있다는 메시지를 주고자 한다.

월급주니까 봐준다
난 쿨하니까

　평범한 직장인으로서 늘 경건한 마음으로 금요일을 기다린다. 겸허한 마음으로 두 손을 고이 모으고 금요일 밤을 받아들인다. 월요일부터 의무같은 시간을 보냈던 몸과 마음을 서서히 녹인다. 비슷한 일상이 반복되었다면 불타는 밤을 보내고 싶은 금요일 밤. 평일의 보통 같았던 다섯 밤은 금요일 밤을 신나고 싶게 한다. 회사에서 점심을 먹고 금요일 오후가 되면, 나도 모르게 콧노래가 나오고 정확히 설명할 수 없는 몸의 중심 어딘가에서 에너지가 슬슬 생기기 시작한다. 왜냐면 금요일이니까. 우리의 진짜 금요일은 퇴근하고 나서부터 시작한다.

　평일은 늘 내일이 있는 것처럼 살아왔다. 우리에게 내일은 있다. 아침 일찍 출근이 있고 나를 기다리는 업무도 있다. 겨우 한 장 밖에 안되는 근로계약서라는 A4용지에 평일 8시간이 저당 잡혀 있고 하루 중 잠을 자는 시간보다 더 많은 무려 8시간을 근로계약을 이행하는 데 쓴다. 다들 그렇게 사니까. 그리고 월급님을 주시니까 이 정도 시간은 회사에 양보하기로 한다.

근로계약은 성실히 이행하였사오니, 계약에서 이제 해방되어 자유의 몸이 된 금요일 저녁부터는 나다운 모습으로 돌아가 책임감을 벗고 의무감도 벗어 던지고 마음껏 크게 웃어도 되는 시간을 허락해 주시옵소서.

금요일 저녁은 침대에서 두꺼운 이불 속에 콕 숨고 싶을 때도 있고, 혼자 조용한 카페에서 책을 읽거나 생각을 정리하고 싶을 때도 있다. 스트레스를 많이 받았을 때는 친구들을 만나서 맥주 한 잔에 수다를 담고 많은 사람들 속에 섞여서 진짜 나의 모습으로 돌아간다.

사람들에게 '넌 참 하고 싶은 것도 많다. 종잡을 수가 없다. 도무지 어떤 사람인지 모르겠다.'는 말을 많이 들었다. 처음 이런 말을 들었을 때는 '내가 잘못 살고 있나?' 생각했다.

책을 좋아하는 사람은 주말에도 조용히 공부만 해야 하고, 술을 좋아하는 사람은 늘 술을 마시고 있을 것이라는 타인의 시선들. 결혼한 여자는 주말에 밀린 빨래와 청소를 해야 하지 않냐고 한다. 참 재밌다. 그들은 우리 집에 살림이 밀려 있다는 걸 어떻게 알까? 살림은 밀려 있을 때도 있지만 그렇지 않을 때도 있다. 난 살림을 잘하지도 못하고, 좋아하지도 않는다. 가끔 지인들을 만나면 결혼 5년 차지만 여전히 살림은 초보라고 솔직하게 말하곤 했는데, 대부분이 '주부가 어떻게 살림을 못 할 수 있어?' 하는 반응을 보였다. 그럴 때면 나도 모르게 학창시절 '공부를 못 한다'고 있는 그대로 말했을 때 느껴졌던 부끄러움에 얼굴이 빨개지기도 했다.

결혼이라는 기준과 별도로 보통의 평범한 직장인이고, 직장인에게는 쉴 수 있는 시간이자 무조건 소중한 주말인데, 주말을 그렇게 밀린 살림을 쳐내면서 보내고 싶진 않다. 타인의 시선을 신경 쓰면서 '나는 어떤 사람인가'에 대해 수없이 되뇌어 보았지만 결국 이런 모습이 모두 나이다. 책도, 공부도, 혼자 있는 것도, 함께 있는 것도 즐기는 사람. 가끔은 조용하게, 또 가끔은 화려하게, 가끔은 슬프게, 또 가끔은 신나게 나만의 퍼즐을 채우고 있는 모든 시간 속에서 모두 다 '나다운 나'이다. 내 인생을 꼭 다른 사람이 종잡을 수 있는 사람이 되어서 살 필요는 없으니까.

타인의 시선보다는 상황에 맞게 내 감정을 받아들이고 감정에 귀 기울여 풀어가는 사람, 내 감정을 존중하는 사람이 되고자 한다. 있어 보이게 포장했지만 뭐, 단순하게 '기분파'라고 해도 좋다. 이렇게 내 감정을 들여다보고 사는 것도 가끔 버거운데 타인의 시선, 편견과도 맞서야 하니 참 세상사는 게 피곤하다.

어린 시절의
순수했던 우정

　나의 성격이 몇 개나 되어서 내 친구들의 성향은 아주아주 다양하다. 조용히 책을 보는 것을 즐기고 감성적인 사람도 있고, 재테크에 밝고 부지런히 사는 사람도 있으며, 술을 좋아하고 늘 시끄럽고, 미래와 저축에는 전혀 관심 없이 즐기면서 사는 사람, 아직 연애에 목을 매고 진짜 사랑을 찾아 헤매는 친구도 있다. 나 역시 각각의 다른 친구들의 성향도 취미, 이미지, 나이, 성격도 다름을 존중하고 그들에게 맞춰줄 수 있는 4D같은 성숙한 사람으로 살고자 노력한다. 고민과 기분, 하고 싶은 말, 듣고 싶은 말에 따라서 다른 친구들을 만난다. 내 기분에 맞는 성향의 사람들을 만나면 굳이 나의 상황을 설명하지 않아도 되어서 편하다. 책이 보고 싶은 날은 책을 좋아하는 사람을 만나거나 그 모임에 나가면 되고, 술이 마시고 싶으면 술을 좋아하던 친구를 찾는다. 서로의 성향을 잘 알고 있다는 것은 내 속의 불쾌한 감정을 설명하고 이해시킬 시간을 절약할 수 있는 똑똑한 방법 중의 하나다.

　아마 내 친구들이 모두 한자리에 모인다면 공통 관심사가 너무나도 달라서 멀뚱멀뚱 시간을 보낼 것 같다. 생각만 해도 공기 색깔부터 어색하다. 참 재밌는 상상이다.

누구나 그렇듯, 어렸을 때부터 친구를 참 좋아했다. 학교를 마치고, 피자를 먹기로 한 날이면 하루종일 행복할 수 있었다. 피자를 먹기로 한 순간부터 아는 맛을 상상하며 설레었다. 지금 생각해보면 정말 엄청난 능력이다. 피자 하나에 하루종일 행복함을 느낄 수 있는 능력. 피자 한 판이면, 피자 같은 시간표를 행복할 시간으로 가득 채울 수 있었다.

순수했으니까 가능했던 거겠지.

아마 당시의 순수한 내가 좋아서, 그 시절의 순수함이 좋아서, 그때 함께했던 친구도 좋아했다고 기억하는지도 모른다. 아이스크림과 과자가 너무나도 맛있고 앞뒤가 맞지 않는 수다만으로도 크게 웃을 수 있었던 그 시간은 언제나 맑고 깨끗하게 흘렀다. 기억 속 친구들은 하나같이 목소리가 크고, 잘 웃고, 먹는 것을 좋아했다. 친구는 나의 거울이라 했으니 나 또한 목소리가 크고, 잘 웃고, 먹는 것을 좋아하는 평범한 소녀였고 그 시절 누군가의 친구였다.

사실 순수한 시절과 순수한 관계라고 무조건 좋은 것은 아니다. 우리가 어른이 되어가는 과정에서 삶의 가치를 이루는 데는 순수함보다는 현명함과 성실함, 그리고 책임감과 창의성, 적응력도 필요하다. 가끔 순수했던 어린 시절을 예쁘게 기억하고, 추억의 한때를 그리워하지만 결국 우리는 어른이 되어버린 게 아쉬워서 철들기 이전의 미성숙했던 시간에 대한 연민까지 추억하는지도 모르겠다.

순수한 시절에는 시간을 함께 보낸다는 것 자체가 우정이다. 한 공간에 모여 있으니 같은 반 '친구'가 되는 거였다. 우정의 크기를 잘 몰라 함께한 시간의 크기대로 우정이라 생각하기도 했다. 교실이라는 같은 공간 속에서 같은 것을 배우고 같이 공부하며 친구들과 같은 시간을 보낸다. 그렇게 같은 공간과 같은 시간을 보내는 사람을 당연히 친구려니 하며 친구가 무언지도 모른 채 가까워지고 친하다고 생각했다. 등교와 하교를 같이 하고 화장실을 같이 가면 좋은 친구였다. 맛있는 것을 같이 나눠 먹고 선생님께 같이 혼나면 바로 베스트 프렌드가 된다.

이렇게 단순한 구분이 먹혔던 것은 순수한 마음의 문이 열려 있었기 때문이다. 잠그는 방법을 몰라 열쇠는 가까이 있는 사람의 손에 쉽게 쥐어졌다. 비밀번호는 변하지 않았다. 항상 열려 있던 투명하고 얇은 마음의 문은 다른 마음이 들어와도 쉽게 받아들였고, 대화했으며, 짧은 순간에도 같이 웃을 수 있었다. 마음은 항상 열려 있어서 노크만 하면 언제든 다른 마음이 잘 들어올 수 있었다.

쉽게 열린 마음이라 또 사소한 다툼으로도 다치고, 연약하고 투명해서 다른 색깔로 쉽게 물들었다. 투명하고 얇았기 때문에 색깔이 바뀐 마음은 마음을 쉽게 내보내 버리기도 했다. 그렇게 상처받기도 했다. 투명한 상처는 금방 아물어 다른 마음을 다시 잘 받아들였다. 시간은 순수했던 투명하고 얇았던 마음의 문을 점점 두껍게 만들었다. 상처가 반복되면서 투명했던 상처에는 점점 생채기가 남았고 멍들어가면서 검정 딱지가 앉았다.

　그 시절, 상처의 흔적이 남아있는 마음의 문 앞에 서 있던 친구들과 대화하기도 하고 고민을 상담하기도 했지만, 이제는 옆에 있는 사람이라고 무조건 마음을 꺼내 보이지 않는다. 아무 뜻 없는 대답과 감정에 대한 공감보다 이성적인 충고와 완벽한 해결책을 제시해 주거나 현실적으로 잘 마무리되었을 때 비로소 안심한다.

그래서 좋은 위로를 받지
못하면서 살아가는 것일까?

나에 대해 완전히 터놓고 얘기하는 사람이 있을까… 없다.

나에 대해 완전히 터놓고 얘기해도 될까… 안 된다.

세상에서 가장 싫어하는 게 거짓말이지만 소중한 사람들에게 가끔은 투명한 거짓말을 하면서 살아간다. 나쁜 의도가 있는 거짓말은 아닌, 좋은 의도가 다분한 정말 조금만 거짓일뿐인 말이라는 그럴듯한 핑계를 담은 자체 편집이라고 할까. 어쨌든 나를 위해서도, 상대를 위해서도, 내 편이라고 믿고 있는 사람들에게도 온전히 나를 다 보여주진 않는다.

아마 머릿속과 가슴 깊은 곳에 있는 모든 말들을 거짓 없이 알고 싶어 하고 이해하려 드는 사람도 없을 듯하다. 끝을 보여준 사람과 다시 시작조차 엄두가 나지 않는다. 그만큼 겁쟁이일 수도 있고 관계에 있어 게으름뱅이가 된 것일 수도 있겠지.

감정을 거짓인 말 없이 있는 그대로 내보이면 감정을 쏟아낸 만큼 많은 사람들이 상처받을지도 모른다. 친구들, 가족들과 하는 얘기는 보통 감정적인 것들이니, 나를 다 보여주지 않는 건 주변 사람들이 내 곁에서 지치지 않게 하기 위한 배려 중의 하나이다. 말하지 않음에 거짓인 말을 적당히 섞어 대화하는 경우가 많다. 소중한 사람을 배려하고 지키기 위함이라 믿는다.

안 보여주는 것일까… 못 보여주는 것일까… 가벼운 위로의 말로는 진짜 위로가 되지 못한다는 것을 알기에 두꺼워진 마음의 문 앞에서 서성일 뿐이다. 어쩌면 그래서 소중한 사람을 더 만들지 못하는 인간관계는 반강제적으로 단순해지는지도 모르겠다. 결국은 안 보여주고 싶어서 못 보여주는 것이다. 더 이상 순수한 색깔이 아닌 마음의 문은 두껍고 까맣게 진해져서 무슨 색깔이 섞여 있는지 제대로 볼 수 없다. 친구도 가족도 그 누구도 심지어 나조차도 쉽게 내 마음을 잘 들여다볼 수 없다.

그래서 좋은 위로를 받지 못하면서 살아가는 것일까?

나의 고민을 들은 누군가에게 '내 생각은 그렇지 않은데? 난 그렇게 생각하지 않는데? 너의 생각이 틀린 것 같은데?'라며 공감받지 못하고, 이해받지 못한 마음은 오히려 가슴을 더 답답하게 한다. 마음이 맞지 않는 사람과 대화를 하는 시간이 세상에서 제일 아깝다. 세상에서 제일 좋아하는 커피를 그런 사람들과 마실 순 없지.

내 고민 상담을 하는데, 나의 문제점을 딱 꼬집어 내는 것이 또 왜 그렇게 자존심을 상하게 하는지, 나의 단점은 내가 사랑하는 사람에게만 보여주고 내가 사랑하는 사람만 말할 수 있다. 가끔 흩어지는 관계 속에서 진짜 자존심을 지키며 살아가는 방법이다. '널 사랑하지 않으니 나에 대해 함부로 말하지 마!'라며 두꺼운 마음의 문을 꽝! 닫는다.

마음이 항상 열려 있었을 때는 몰랐다. 아니, 마음이 열려 있는지도 모를 땐 사람들과 관계의 시작이 어렵지 않았다. 마음의 문이 투명하고 얇은 것, 그래서 순수하다 할 수 있는 것은 참 감사한 일이었다. 삼십 대 중반이 되어있는 지금은 위험한 일이 될 수도 있지만 말이다.

사회생활을 하면 마음에는 보호막이 필요함을 깨닫게 된다. 이젠 어느 정도 보호막을 칠 수 있는 능력도 생겼다. 타인으로 인해 쉽게 다치지는 않지만, 가끔은 다시 마음을 여는 방법을 잊기도 한다. 살아온 만큼 몇 번이나 '꽝'하고 세게 닫혔던 그 횟수만큼 두꺼워지고 불투명한 색깔의 문은 그 두께가 어느 정도 되는지도 잘 가늠조차 하지 못한다.

언제부터인가 이미 두껍게 닫혀 있어서 신경 써서 닫을 필요도 없게 된 검정의 두꺼운 문. 살면서 더 탁한 검은색을 만들고 문은 두꺼워질수록 어떤 사람이 갑자기 인생에 끼어들어 송두리째 흔들어 놓는 일은 없어졌다. 지금까지 배운 지식들과 살아온 경험은 이성적인 판단을 가능하게 하고, 다른 사람들이 하는 말을 바로 믿지 않고 합리적인 의심을 하게 했다. 상처들이 만들어 준 이성적인 판단은 안정적으로 살아갈 수 있게 해준다. 그래서 참 다행이긴 하다.

가끔은 검정이고 두꺼운 그 문 앞에서 생각이 많아지는 것이 조금은 두렵다. 좁은 머릿속에서, 작은 가슴 속에서 갇혀 있던 생각과 걱정들은 답답하다며 힘들다고 한다. 어떤 때는 그런 생각들이 교묘히 섞여 일상에 조금 변화를 주기도 하지만, 그래도 시간이 해결해주지 않을까 기대하며 잊은 척 지내보기도 한다.

오래된 사람에 대한 미련,
물건과 추억에 대한 미련

우정에는 남녀가 중요하지 않고 사랑보다 우정이 더 소중하다고 믿었다. 그래서 친구들에게 받은 상처가 바보처럼 컸나 보다. 줄 수 있어서 행복했던 시간들이었지만, 중학교 때부터 비슷한 성격으로 같이 있는 시간이 너무나도 즐거웠던 한 친구는 지금 1년에 한 번의 카톡 인사도 어색한 사이로 남겨져 버렸다.

남자친구가 생기면 잠수를 타던 친구, 헤어지면 울면서 다시 전화 왔고 늘 반가웠다. 친구가 힘들 때 가장 먼저 생각나는 사람이 나라서 행복했다. 그럴 때 옆에 있어 주고 기다려주는 게 우정이라고 생각했다. '사랑한다'는 말은 잘 못해도 '우정한다'는 말은 잘했다. 우정하는 건 아무것도 바라는 게 없는 거라 생각했고 마음을 다했다. 남자친구랑 헤어졌을 때가 세상에서 제일 슬픈 일이지. 친구에게 진짜 친구가 되어 주고 싶었다. 연애한다고 연락 없었어도 언제나 전화하면 전화 받고 밥 사주고 술 사주고, 위로 선물 사주는 그 순간만큼은 최고로 좋은 진짜 친구였을 것이다.

그럴 수 있었던 것이 정말 아무것도 바라는 게 없었다. 친구가 그만 울고 좋은 사람을 만나서 안정적으로 연애하고 진심으로 행복하길 바랐다. 친구는 나의 간절한 바람대로 좋은 사람을 만나서 결혼했고 아주아주 잘 산다. 중학교 때부터 친했으니 이십 년이 가까운 시간을 알고 지낸 가장 친한 친구였다. 친구는 결혼 후 서울에서 자리 잡았고 우리의 우정의 거리는 멀어졌다. 절대 먼저 연락을 하지 않는 그 친구는 내가 먼저 전화하면 아주아주 반갑다며 오랜만이라며 서울로 놀러 오라고 한다. 친구를 똑 닮은 예쁜 딸이 있는 친구에게는 20년 전 우리가 먹던 아이스크림 집을 가보자는 말이 부담스럽겠지? 하는 생각에 여기로 놀러 오라는 말은 못 한다. 언제나 '그래, 서울로 놀러 가면 연락할게.'란 말로 우리의 대화는 끝맺음 된다. 전화를 끊고 나면 조금은 허무하다. '놀러 가면 연락할게.'는 약속이 아니다. 전화를 끊기 위한 형식적인 마지막 인사일 뿐이다.

우리의 우정은 이렇게 끝맺음해야 하는 것일까?

친구의 인생과 내가 생각한 우정을 결부시켜 잘잘못을 따지고 싶지는 않다. 다만, 이 친구 덕분에 우정도 끝인지 아닌지 헷갈릴 수 있다는 것과 우정이란 더 소중한 것이 생기면 자연스럽게 밀려난다는 것을 알게 되었다. 사람은 무조건 오래된 것이 좋다던 가치관도 바뀌었다.

늘 잘 버리지 못했다. 여전히 그렇다. 유효기간이 지난 OTP카드도 못 버려서 새로운 OTP카드와 함께 둔다. 다 쓴 샴푸와 린스 통을 일렬로 세워놓고 샤워하면서 가끔 세어본다. 언젠가는 버려야지 생각하는데 잘 안된다. 편지 쓸 만큼 순수한 마음도 없으면서 책장에는 편지지가 꽂혀 있다. 그렇게 사람도 잘 놓지 못한다. 그 사람의 좋은 점만 되뇌고 추억 속에 나를 가두어 좋았던 기억에 빠진다. 미련이 많아서 미련하게 살아가나 보다.

사람에게는 미련을 남기는 게 좋았다. 미련을 남겨두어야 다시 돌아올 것 같다. 돌아온 사람의 차가운 마음도 따뜻하게 받아주고 싶다. 내 미련의 이유이다. 어쩌면 나의 미련이 그 사람과의 추억을 더욱 소중하게 해줄지도 모른다. 추억을 아름답게 만들 수 있는데 내가 미련해지는 것쯤은 아무렇지도 않다.

취미가 맞는 친구, 돈이 많은 친구, 가치관이 비슷한 친구는 새로 사귈 수 있지만, 오래된 친구는 새로 사귈 수 없다. 인생에서 중학교 친구는 더이상 없다. 그래서 그 친구는 무조건 소중했다. 무조건 지키고 싶었다. 인정한다. 미련한 미련이다.

우린 멀어진 것일까? 여전히 가장 좋은 친구일까?

이렇게 고민하고 있는 자체에도 그 친구에게 미안한 마음이 먼저 드는 나는 추억 앞에 한없이 연약한 사람인가 보다.

내 미련이 이유,
어른인 척 말하는 인간관계

추억은 아무런 힘이 없지만 늘 그 자리에 그대로 있어 주는데, 그 자체로도 참 감사한 일인데… 순수한 우정이 가능했던 건, 마음의 문이 투명하고 얇았기 때문이다. 같은 시간을 살며 같은 학교, 같은 반 친구들 모두 순수한 마음이라 서로를 생각하는 마음도 순수했고 우리의 생각은 고만고만했다. 시간은 우리를 한 살 한 살 나이 먹게 했고 어쩌면 지금은 어른인지도 모른다.

어른들에게 요구되는 암묵적인 규율, 해야 할 일들에 익숙해지는 것이 잘사는 것이라고 한다. 잘살아 보기 위해 꿈을 꾸기보다 어른스럽게 살아가려 노력하고 어른인 척도 한다. 한 친구가 그러더라. '나이 서른여섯에 순수하면 그게 인간이냐'고….

사회생활을 하면서 돈을 벌게 되면서 할 수 있는 것들이 많아졌다. 권리와 자유를 누리며 그에 합당한 책임감도 따른다. 책임감은 나를 지키기 위한 인간관계의 타이트한 기준을 제시하게 한다. 더 재밌고 행복해지는 법보다 사람과의 관계 속에서 실수하지 않는 법이 더 중요해졌다. 억지로 다가가려 하지 않고 관계의 플러스

보다 제로 혹은 마이너스가 서로에게도 관계 유지에도 더 좋다는 생각도 한다. 나도 실수하지 않을 것이니, 너도 나에게 실수하지 말고 피해를 주지 않았으면 하고 단호하게 선을 그어 버리는 것, 어른인 척 살아남기 위한 미련한 나의 인간관계 유지법이다. 사회에서 지켜야 할 규범과 실수하지 않는 법만 잘 지켜도 살아가는 데 있어 약속시간 같은 기준이 생긴다. 나의 기준이 타인에게 가끔 불쾌감을 주더라도 나의 결정이고, 판단이며, 인격임을 잘 이해시키면 사과할 일보다 존중받을 일이 더 많아진다.

　결국은 마음의 문단속을 하는 것은 아무에게도 열쇠를 쥐여주지 않고, 비밀번호도 나만 아는 것. 아예 지문등록을 해버리는 것.

따뜻한 사과와
차가운 사과

    살면서 눈치코치가 생기고 실수하지 않는 법을 지키고 살아서 실수로 인해 사과를 하는 일은 잘 없다. '사과를 하지 말자.'가 아닌 '사과할 일은 만들지 말자.'는 내 신조는 사회생활과 인간관계에 상처받지 않을 수 있게 많은 도움을 준다.

    사과가 필요한 상황과 사과받는 일의 반복은 열쇠를 더욱 꼬옥 쥐게 만든다. 다른 사람들은 싸울수록 정이 든다며 애증이라는 관계도 있다는데 단호하게 나에게는 없다. 싸울수록 정든다는 말은 나에게 시비 거는 것에 대한 정당성을 부여하는 것 같아 불편하다.

    사과할 일을 만들지 않는 게 좋다.

    나는 물론이고, 주위 사람도 그랬으면 좋겠다. 어쨌든 일은 일어났고, 상대가 사과하면 받는 게 사람의 도리라고 하지만 사과받는 일은 늘 어렵고 힘들다. 사과를 받는다는 건 마음이 풀린다는 건데, 마음이 풀리는 시간을 기다리는데 너무 힘들다. 마음이 상하는 데까지 시간이 오래 걸리는 나는 마음이 풀어지는 데까지는 더 많은 시간이 필요하다. 미련한 데다가 게을러서 마음도 느린가 보다. 생각해보니 실수인지도 모르고 실수를 반복했거나, 사과하는 사람 입장에서는 최악인 것 같긴 하다.

상처가 클수록 사과를 하는 사람보다 받는 사람이 더 힘들다. 마음이 풀리는 데는 그 사람의 진심 어린 미안함과 감정을 추스르는 시간을 기다려주는 것도 필요하다. 사과하는 시점과 방법도 사과를 받는 사람이 원하는 때, 원하는 방법으로 해야 한다. 화가 난 상태에서는 진심이 잘 안 보인다. 강요하고 설득한다고 진심이 보이지는 않는다. 같은 사람에게서 같은 상황이 반복될수록 시간은 더 많이 필요하다. 그만큼 마음의 문단속을 하나 보다. 마음의 문단속을 하는 건 어른이 되어가는 지금도 여전히 어려운 일이라 계속 나를 힘들게 하지만, 마음을 활짝 열어놓고 상처받는 것보다는 덜 아프다는 것을 잘 안다.

누군가의 마음을 상하게 했을 때 진정으로 미안하다는 생각이 들고 진심으로 하는 게 사과이다. 잘못을 인정하지 않고 순수하지 못한 사과를 받았을 때 마음이 풀릴 리 없다. 사과는 상대의 마음이 부드러워져서 분위기가 말랑말랑해질 때까지 하는 것이다. 사과를 받는 사람이 진정으로 자연스럽게 웃어주었을 때, 사과는 비로소 끝이 난다. 끝을 내는 쪽은 사과를 받는 쪽이다. 상처를 준 사람이 마음대로 끝낼 수 있다고 착각하지 않아야 한다.

사회 속에서 만나는
친구와 관계에 대한 고찰

학교라는 울타리에서 만난 사람과 사회라는 조직에서 만난 사람은 서로 다를 수밖에 없다. 사회에서는 같은 취미나 공통 관심사를 가진 사람만 만나도 너무 반갑다. 하지만 같은 취미에 대한 공통점이 끝나면 또다시 다른 공통점을 찾아야 한다. 서로의 안부를 물어야 하고, 일부러 시간을 내서 만나야 한다.

'인연이 되면 만나겠지. 인연이 아니었겠지.' 하는 생각으로 가끔 위로하기도 하는데, 눈에 보이지도 않는 인연까지 생각하면서 노력하지 않을 핑계를 찾는 것 같다.

현실적인 관계를 지키기 위해서는 노력이 필요하다. 세상의 모든 관계에 공짜는 없다. 인간관계로 힘들어하는 사람을 많이 본다. 그들은 진짜 친구라고 생각하는 사람 몇 명, 힘들고 소주 한잔하고 싶을 때 바로 뛰어나와 줄 사람 몇 명, 무료한 시간에 커피를 마시며 수다를 떨어줄 수 있는 사람 몇 명이 없다며 힘들어한다. 어떤 때는 진지하게 고민 상담을 하고 싶어 하고, 또 어떤 때는 아무 생각 없이 떠들고 싶단다. 어떤 때는 진중한 사람을, 또 어떤 때는 자신의 말에 무조건적인 동의를 해주는 사람을 원한단다.

　수학을 싫어해서 그런가. 내 주위 사람을 하나하나 세어보는 일
이 참 어렵다. 친구가 나를 생각하는 마음의 크기와 내가 친구가
필요한 상황, 서로의 자리에서 책임과 해야 할 일을 모두 감안하면
서 꼽아 보아야 한다. 인간관계로 힘든 것보다 이런 카운팅이 더 복
잡하게 느껴진다. 인간관계를 수치화해서 분석하기에 앞서 나를 기
준으로 나에게 필요한 만큼의 진정성 있는 인간관계를 만들어 갔으
면 좋겠다. 인간관계는 살아가는데 단순히 플러스알파가 되는 것일
뿐, 삶의 기준은 언제나 '관계 속에서의 나'가 된다. 그리고 언제든
지 '관계 밖으로 나오는 나'가 상상되도록 관계를 유지시켜야 한다.

　많은 사람들이 인간관계에 대해서 생각할 때, 주변의 사람들과
그들이 나에게 미치는 영향을 생각한다. 그러나 인생에서 인간관계
의 주인공은 나이고, 친구와 지인들은 조력자일 뿐이다. 그렇게 타
인에 흔들리지 않으려면 나 자신이 단단해야 하고 나만의 기준이
필요하다. 인간관계의 주인공으로 내가 중심을 잡아야 한다. 친절
한 모습을 보일지 거리감을 둘지 마음의 정도를 정하고, 상대가 나
에게 어떤 사람인지도 스스로 판단한다.

　관계의 적절성을 판단하고, 너무 많이 다른 사람에게는 굳이 다
가가려 하지 않는다. 서로 다름을 인정하지 않는 그들을 설득하는
데 에너지와 시간을 쓰지 않는다. 관계에 쓸 에너지를 정해놓고, 조
금씩 불어 넣는다. 정해놓은 에너지 이상을 요구하면 어김없이 부
담스럽다. 기대하는 에너지에 미치지 못하면 이내 실망한다. 그렇게

부담스러운 시간이 쌓이면 결국 멀어지게 되는데, 생각보다 쉬워서 허무할 때도 있다.

물론 모든 관계가 친구로까지 나아가야 하는 것은 아니다. 무조건 친해져서 곁에 둘 것이라는 생각은 애초에 없다. 단순한 카톡 연락만으로도 싫은 감정이 쏟아진다. 이렇게 싫은 감정을 쏟는 것도 아까워함을 헤아려 삭제, 차단의 기능도 개발되어 있다.

사회에서 만나면 같은 취미를 가진 사람은 잘 지낼 것이라는 선입견이 있다. 위험한 생각이다. 취미가 같은 사람과는 딱 취미가 같은 만큼 친해지기 쉬울 뿐이다. 취미는 한 사람 중에 얼마나 차지할까? 한 사람은 취미생활 외에도 나머지는 가족과 일, 꿈, 소비성향, 먹는 것, 성격, 인격 등으로 이루어진다. 취미가 비슷한 사람들끼리 만났다고 '친해지자. 우리는 취미가 같으니까 잘 맞을 거야.'라는 억지는 쓰지 말았으면 좋겠다. 취미가 같은 사람은 오직 취미만 같고 그 외의 것들은 모두 다른 서로 다른 인격체이다.

글 쓰는 게 꿈이고 글 쓸 때 제일 행복하지만, 이유 없이 글이 쓰기 싫을 때도 있다. 생각의 끝을 찬찬히 헤집어봐야 그 이유를 찾을 수 있다. 이유를 찾아내기 위해서는 나에게만 집중할 수 있는 시간이 필요하다. 마음속 깊은 곳 어딘가에는 글을 쓰기 싫은 이유를 담은 한 줄이 꽁꽁 숨어있다. 이렇게 찬찬히 꺼내 보아야 하는 상황을 모든 사람에게 이해시켜야 한다고 생각하면 벌써부터 피곤하다. 머리로는 알겠지만 말로 표현할 수 없는 감정도 있다. 생각나는 대로 다 쏟아내야만 정리되고 마지막에야 '그랬구나.'라고 겨우 생각될 때도 있는데, 어떻게 말로 다 조리있게 설명한다는 말인가. 이럴 때는 제발 관심을 끊고 그냥 무시해 주었으면 좋겠다.

인간관계가 어렵다는
사람에게 해주고 싶은 말

　누군가는 사람과의 관계에 힘들어하는 사람에게 대화를 해보라는 조언을 많이 한다. 대화, 그래, 참 좋다. 사람의 생각을 전달하고 서로를 이해시킬 수 있는 수단, 대화는 서로를 공감하기 위해 꼭 거쳐야 하는 과정이다. 대화의 중요성을 모르는 사람은 없을 것이다.

　과연, 이론적인 개념만으로 감정이 다른 사람을 얼마나 따뜻하게 안아줄 수 있을까? 누군가에게는 다툼이 대화일 것이고, 침묵도 대화이다. 침묵으로 대답하는 사람과 다툼으로 대화하는 사람의 대화의 끝은 더 큰 침묵과 더 큰 다툼만을 남긴다. 대화하는 방법을 바꾸어야 하는 대화가 또 필요하다.

　과연, 대화를 시도해보지 않고, 대화를 위한 아무런 노력도 해보지 않고 고민을 할까? 충분히 대화를 시도해 보고, 노력해 보고, 여러 방법을 다해 대화해보려 하였으나, 시원한 해결책을 찾지 못해서 고민하고 힘들었을 것이다.

　대화를 시도하기 전에 더 중요한 포인트는 진심을 보여줌이다. 진심의 마음을 보이려면 최선을 다해서 자신의 마음을 표현해야 한다. 자신의 말과 행동으로 오해한 부분을 진심으로 이해시켜 주어야 한다. 자존심 뒤에 숨겨 두었던 마음이 무엇인지, 큰 목소리와 화난 감정 뒤에 있던 진짜 하고 싶은 말이 무엇인지 생각하고, 솔직하게 말해야 한다. 물론 상대가 그 진심을 보려고 할 때까지다. 감정을 누그러트려야 하고, 혹시 몰랐던 오해에 대한 책임을 지는 시간이 필요하다.

'원래 표현을 잘 못 하는 사람이야'라는 말로 설득하려는 사람도 있다. 매우 이기적인 말이다. 세상에 필요한 이해의 여러 과정들을 무시한 채 원래 잘하는 것, 원래 못 하는 것은 없다. 이기적인 사람이 당신과의 관계 회복에 더 이상 노력하지 않겠다는 말을 '원래'라는 단어로 설득하려 하는 것이다. '원래' 그런 사람이라는 말로는 진정한 마음을 전할 수 없다. 원래 그런 사람은 상대를 원래 말을 못 알아먹는 사람으로 만든다.

목소리가 큰 사람은 지금만 이긴다. 그랬으면 좋겠다. 나보다 에너지를 많이 쏟았으니, 그 에너지만큼 이기는 것이다. 오래 보면 진짜 이겨야 할 사람이 이긴다. 그랬으면 좋겠다. 조금씩 진심을 모아서 조용히 전해주고, 천천히 마음에 스며들었으면 좋겠다. 시간이 걸려도 기다려주고 기다림에 감사함과 사랑스러움을 담고 싶다. 큰 목소리도 따뜻한 기다림으로 안아주며, 큰 목소리가 작아지고 미안해할 시간을 조용히 기다려주고 싶다. 그 시간을 기다려주면 비로소 진짜 이기는 시간이 온다. 진짜 이기는 과정까지 포근하고 사랑스럽고 싶다.

대화와 표현에는 연습이 필요하다. 그리고 진심이 가장 먼저 필요하다. 누군가와 만나고 알아가고 나에 대해 보여주는 과정에서 상대는 어떻게 표현하는 사람이고 어떻게 위로받길 원하는 사람인지 아는 것도 매우 중요하다. 평소 좋을 때보다 힘들 때 이 기술이 더욱 필요하다. 위로는 내 방식대로 하는 게 아니라 상대에게 필요한 대로 하는 것이니까. 내 말투, 내가 살아온 대로 말하고 표현하는 것만 고집하면 관계의 걸림돌을 안아 들고 인간관계를 시작하는 것과 같다.

진심을 모두 보여도 대화가 통하지 않는 사람에게는 너무 힘 빼지 말자. 그런 사람은 나와 진심이 다른 사람이다. 우리 개개인이 다르듯이 진심도 다를 수 있다. 다른 사람의 진심을 인정해 주는 것도 관계에서 중요하다. 대화가 통하지 않는 사람과 대화를 단절시키는 것이 아니라, 대화하지 않으려는 그의 진심을 받아들이는 것이다. 무슨 수로 그 사람의 인격과 모든 것이 담긴 진심을 바꿀 수 있겠는가. 그 사람은 어떻게 위로해 주어도 통하지 않을 것이다. 그런 사람들에게는 어쭙잖은 위로보다 시간이 더 필요한지도 모른다.

그래서 고맙다는 표현을 참 좋아한다. 미안하다는 말보다 더 값진 고맙다는 말. 부모가 자식에게 '해준 게 없어서 미안하구나.'라는 말은 눈물 나지만, 자식이 부모에게 '모든 것을 다 해줘서 고마워.'란 말은 눈물 담긴 웃음이 난다. 고맙다는 표현을 잘하는 사람이 옆에 있으면 내가 상대에게 얼마나 중요한 사람인지, 잘 배려해 왔는지 쉽게 알 수 있다. 사소한 행동이라도 고맙다는 표현을 하면 그 이상의 소소한 행복과 관계 속의 존재감을 안겨 준다. 미안하다는 말이 상처를 보듬어 준다면, 고맙다는 말은 보듬은 마음에 대한 확신을 주고 그 확신이 더 오랫동안 유지될 수 있게 도와준다. 고마운 마음을 베푸는 것도, 고맙다고 표현하는 것도 모두 사람의 인격이다. 누군가의 인격에 대해 생각해봐야 할 때, 사람의 됨됨이뿐만 아니라 표현까지가 인격임을 생각해봐야 한다. 미안함과 고마움을 느끼는 것도 인격이고, 표현함으로써 상대를 존중해 주는 것도 우리가 살아가는 데 꼭 필요한 인격이다.

사람의 관계는 일방적일 수 없다. 한쪽에서 베풂기만 하고, 다른 한쪽은 받기만 한다면 그 관계는 쉽게 기울어 결국은 침몰해 버린다. 고마움을 주는 사람의 친절도 필요하지만, 고마움을 받는 사람의 마음과 표현까지도 관계에서는 매우 중요하다. 그렇게 우리는 고마운 일들, 미안한 일들을 쌓아가면서 친구라는 이름으로 대화한다.

내가 친구라고
말하는 사람들

오후 세 시쯤, "밥 먹을래?"라고 했을 때 아무것도 묻지 않고 "그래"라고 대답해 줄 수 있는 사람. 오후 하고도 세 시라는 시간에 친구는 밥을 먹었을 수도 있고 배가 고프지 않을 수도 있다. 지금까지 밥도 안 먹고 뭐 했냐고 다그치고, 뭘 먹기에는 애매한 시간이라고 거절할 수도 있다.

혼자서도 밥을 잘 먹고, 한 끼 정도는 굶어도 괜찮다고 생각하는 내가, 평소 목소리는 '솔'톤을 유지하던 내가 '레'톤의 목소리로 세 시에 밥 먹자 하는 게 별일이라는 것을 금방 알아채 줄 수 있는 사람을 '친구'라 한다. 힘없는 목소리에 아무것도 묻지 않으며 같이 밥 먹어줄 수 있는 사람. 지금 주위에 몇 명이나 있을까?

하나, 둘 그리고 셋….

침묵을 '혼자 있고 싶어.'라는 말로 이해하고 무던히 안아 줄 수 있는 사람. 혹시 걱정되면 "혼자 있고 싶니?"라는 말로 조심히 물어보는 사람. 이런 사람에게는 쉽게 마음을 연다. 대답 없음을 끄덕임으로 알아주는 사람이 나에게는 친구이다. 처음에는 오해도 있었다. 정말 감사하게도 대답 없음을 이해해주는 사람이 있다. 진심으로 감사하고 또 미안하게 생각한다. 대답 없음이 절대 무시함이 아님을 나의 친구들은 안다. 감정의 끝이 눈물과 연결되어 있을 때 "응"이라는 대답 자체가 무엇보다 힘든 것임을 눈치채 준다. 참고 참았던 슬픔이 "응"이라고 말하는 순간 눈물로 터져 나올까 봐 겁이 나서 정말 슬플 때는 대답을 잘 못 한다. "응" 한마디가 그렇게 힘드냐고 따져 드는 사람과는 마음을 나누지 못한다. 대답 좀 하라는 사람의 다그침만으로도 상처받고 아프다. 친구들은 그런 마음 상태를 알아준다. 그리고 믿는다. 있는 그대로의 나를 인정해주는 사람을 친구라고 담는다.

회사와 결혼 생활에 대한 회의감이 갑자기 몰려와 멘탈이 터졌을 때가 있었다. 머리를 식히러 혼자 호텔에 쉬러 갔는데 '밥 먹을까?' 하는 친구 연락을 받았다. 친구도 혹시, 무슨 일이 있을지도 모른다. 답답한 마음을 들어줄 누군가가 필요해서 연락했을지도 모른다. 아마 그랬을 것이다. 한참을 망설이다가 친구에게 **"지금 혼자 호텔이야."**라고 대답했다. 몇 분 후 친구는
'그 호텔 조식 맛있으니까 꼭 먹고 와.'
문자만으로도 기분을 알아채 준 고마운 마음이었다. 무슨 일인지 모르겠지만 말하기 싫다면 묻지 않겠다, 말하고 싶을 때까지 기다릴게, 다만 술 마시지 말고 일찍 자고 일찍 일어나서 내일 아침밥은 꼭 챙겨 먹으라는 뜻의 대답이었다. 조식 꼭 먹으라는 말이 무

조건 너의 편이라는 따뜻한 포옹 같았다. 그날 밤의 대화는 멘탈이 깨질 때마다 생각나는, 따뜻하게 보듬어 주는 엄마 품 같은 한마디가 되어 주었다. 나를 알아주는 누군가가 있다는 것만으로도 다음 날 조식을 먹고, 기분 좋게 호텔을 나올 수 있었다. 친구가 시킨 대로 조식을 꼭꼭꼭 챙겨 먹었다. 접시에 샐러드와 빵, 소시지, 죽을 담아서 아주아주 맛있게 먹었다.

사회생활을 하면서 만나는 사람들을 친구라 해야 할지, 아는 사람이라 해야 할지, 업무차 만난 사람으로 단정 지어야 할지에 대해 고민해 본다. 살아가면서 친구보다 일이 중요할 때도 있다. 다양한 사람의 다양한 생각에 인생이 성숙해질 수도 있으니, 사회생활 속에서 인간관계의 범위를 확장 시킬 필요가 있다. 우리는 살면서 나를 잘 아는 친구가 필요할 때도 있고, 나를 잘 알지 못 하는 그냥 아는 사람이 필요할 때도 있으니까. 나를 잘 아는 친구를 만나면 말하지 않아도 잘 알아줘서 고맙긴 하지만, 또 치부를 다 알고 있는 거 같아서 엄마, 아빠처럼 잔소리를 하는 것 같다. 아무리 철이 들고 어른이 되어도 잔소리는 엄마, 아빠로 충분하다. 나를 잘 알지 못하는 그냥 아는 사람을 만나면, 다른 결의 대화를 할 수 있고 약간의 허세도 통한다. 조금씩 관계가 발전됨을 느꼈을 때 더 다양하게 시간들을 채워갈 수 있다.

우리는 친구들과 함께 자랐지만, 사회생활을 하면서는 꼭 어렸을 때처럼 친구가 필요한 것은 아니다. 단순히 같이 놀 사람이 아니라,

공감하고, 고민하며, 충고하면서 함께 성장할 사람이 필요하다. 나이를 먹고, 어른이 되고, 인생이 업그레이드되는 만큼 친구에 대한 정의도 업그레이드시켜야 한다.

성숙한 어른 되어보겠다고 마음 정도는 쿨하게 닫아버렸지만, 그래도 좋은 사람을 만날 수 있는 기회를 놓치면서 살고 싶진 않다. 단순히 해야 할 일만 반복하면서 살면 아마 멘탈은 사막이 되어 쩍쩍 갈라져 버릴 것이다. 사회생활을 하면서 인생의 또 다른 조력자가 생긴다는 것은 감사한 일이다. 학교의 테두리에서 벗어나서 새로운 조직에 들어가고 다양한 사회활동 속에서 친구라 부를 수 있는 사람을 만난다는 것은 우리의 일상 속에 찾을 수 있는 행운으로 다가온다. 재미있는 시간을 함께 보내고, 편해지고, 그래서 단단해지고, 자연스럽게 고민을 얘기하기도 한다. 마음을 터놓고 숨겨두었던 단점을 보이기도 하면서 친구라는 이름으로 가까워진다. 마음을 나누는 시간이 업그레이드될수록 아는 언니, 아는 동생, 아는 오빠가 생기고 이들도 친구라 말한다. 나 또한 누군가에겐 그냥 아는 사람, 아는 언니, 그리고 친구일 것이다.

물론 '그냥 아는 사람'과 '친구'는 다르다. '아는 사람'이란 말은 잘하지만 '아는 친구'라는 단어는 잘 쓰지 않는다. 어렸을 때 '같은 반 친구'란 표현을 썼지만 '회사 친구'란 표현은 잘 쓰진 않는다.

나이가 다른 사람들은 서로 다른 시대를 살아왔고, 살아온 경험치가 다르기 때문에 생각이 많이 다르다. 20대의 취업문제가 40대에게 그저 추억같은 고민거리일 것이고, 40대의 자녀와 경제적인 문제는 20대에게는 먼 미래라 가늠조차 되지 않을 것이다. 사회생활 속에서는 다양한 시대의 사람들을 이해하고 넓은 시야를 위해 나이와 세상의 크기를 서로 다르게 인지하는 친구가 필요하다. 서로 다른 시대를 살아온 서로 다른 경험으로 우리는 같은 시대를 살아내고 있으니까. 서로의 다름을 인정하고 그들의 눈높이에서 생각해 볼 센스로 배려하며 마음을 나누어 보아야 서로에게 소중한 친구가 되어줄 수 있다.

먼저 마음을 열고 상대에게 깨끗한 마음을 보여야 깨끗한 눈으로 상대의 마음을 잘 볼 수 있다. 그래야 나이가 어린 사람에게서도 배울 점이 보인다. 나이가 많은 사람은 무조건 '꼰대'라는 선입견을 버리고 다가가야 연륜과 지혜를 배우며 그들의 친구가 될 수 있다. 마음을 먼저 보인다는 것은 절대 손해보는 것이 아니다. 상대에게 나와 친해질 기회를 주는 것이다.

'라떼는 말이야.'라는 말을 하지 않고서도 대화할 수 있는 만큼 어른이 되고 싶다. '내가 했던 경험이 최고야.'라는 말을 빼고서도 좋은 고민 상담을 해줄 수 있을 만큼 어른이 되고 싶다. 하고 싶은 말을 아끼고, 대화하고 나서는 안아줬다고 느낄 수 있게 내 곁의 누군가에게 좋은 언니가 되어주고 싶다.

인간관계와 친구에 대해 고민하기 전에
나에 대해서 알아야 할 것들

사실 친구가 생기기 이전에 가장 중요한 건 자신에게 어떠한 친구가 필요한지 제대로 아는 것이다. 사람들은 주변에 있는 사람이 어떤 성격, 어떤 성향이라는 말은 자주 하지만 내가 어떤 사람과 잘 맞는지 나에게 필요한 사람은 어떤 사람인지에 대해서는 잘 생각하지 못한다. 지금 인생을 조언해줄 선배 같은 사람이 필요한지, 심심한 시간을 같이 보내줄 사람이 필요한지, 취미생활을 함께해줄 사람이 필요한지 알아야 한다. 혹은 지켜줄 사람이 필요할 수도 있고 마음을 쏟을 사람이 필요할 수도 있다.

한 사람에게서 이 모든 것을 함께하려고 한다면, 아마 그 친구는 벅찰지도 모른다. 친구의 한계에 서운할 수도 있다. 친구 없이 혼자 있을 시간이 필요한 사람일 수도 있다. 단 한 명의 친구와 진하고 깊은 우정을 나눌 때 편안함을 느낄 수도 있고, 서너 명의 소규모 친구들의 모임이 익숙한 사람이 있는 반면, 많은 사람에게 관심을 받고 싶을 수도 있다.

사랑받고 싶은 것인지, 사랑스러운 사람이 되고 싶은지는 헷갈리지 않았으면 좋겠다. 주체가 다르다. 사랑받고 싶은 건 타인의 마음을 움직여야 하고, 사랑스러운 사람이 되고자 함은 자신의 마음을 움직여야 한다. 모든 사람의 관심과 사랑을 받는 것이 곧 자신이 사랑스러운 사람이라 할 수는 없다. 사랑받는 것도 참 좋긴 한데, 더 나아가 사랑스러운 사람이 되도록 노력했으면 좋겠다. 관심받는 이유는 돈, 외모, 취미생활 등일 수 있지만 사랑스럽다는 것은 내 속에서 진심으로 아름답다는 것이니까.

우리는 가끔 단체 생활을 무조건 잘해야 하고 그 속에서 알아서 살아남으라는 지령을 받은 것처럼 사람들의 관계 속에 묻혀버린다. 어렸을 때 받지 못한 나에 대한 질문을 스스로에게 해보아야 한다.

• *나는 혼자 있는 시간이 필요한 사람인가?*

• *필요하다면 얼마나 필요한 사람인가?*

• *혼자인 시간을 보내고 나면 다시 사람들 속으로 들어가는 방법을 잘 알고 있는 사람인가?*

• *내가 혼자였다가 다시 사회로 들어가고 싶을 때 옆에 있어 줄 만한 사람이 지금 곁에 있는가?*

• *과연 그 사람에게 얼마나 진심의 마음을 쏟았을까?*

나에 대한 복잡한 생각이 정리되고, 나에 대한 질문에는 언제든지 YES OR NO라고 대답을 할 수 있을 때쯤, 친구에 대해서도 생각해 봐야 한다.

　사회생활을 하면서 만난 인연은 진정한 사이가 될 수 없다고 말하는 사람이 많다. 어차피 목적이 있는 만남이고, 계산적인 어른이 된 상태로 만났기 때문에 진짜 우정 같은 건 기대할 수 없다고 한다. 그런 사람들에게 먼저 진심으로 마음을 열고 제대로 배려를 해보았는지 묻고 싶다. 먼저 마음의 문을 빼꼼 열어 두어야 관계의 빛이 들어온다. 마음을 열고 선입견과 편견 없이 바라보며 제대로 배려했는지 먼저 생각해 보아야 한다. 혹시, 자신의 주변에 유달리 이상하고 나쁜 사람이 많아서 마음의 문을 열어놓기가 불안하다면, 혹시 내가 이상하고 나쁜 사람은 아닌지 찬찬히 생각해보아야 한다.

　요즘 사람들은 사람의 마음을 너무 쉽게 얻으려는 경향이 있다. 그리고 사람의 마음을 얻지 못함에 힘들어하고 슬퍼한다. 마음도 쉽게 얻으려 하는 만큼 슬퍼하는 것도 쉽게 생각한다. 단순하게 생각하는 것과 쉽게 생각하는 건 정말 많이 다른데 말이다.

　사람을 만나고, 알아가고, 마음을 보여주는 과정을 겪어 가면서 우리는 친구를 배워야 한다. 친구를 자세히 들여다보고, 친구를 알고 배우고 깨우쳐야 마음을 나누어 볼 수 있다. 좋은 친구가 되는 데는 무한한 노력과 배려가 필요하다. 그 관계를 시작하는 것만큼 유지해 가는 것에도 아주아주 많은 노력과 배려가 필요하다.

같이 있으면 편안한 사람. 서로에게 손톱 같은 관계. 손끝에서 손이 하는 일을 도와주고, 시간이 지나면 신경 쓰지 않아도 조금씩 자라나는 관계. 너무 바짝 깎아 버리면 피가 날 수도 있으니 조금은 조심해야 하는 관계. 매번 한결같은 힘으로 깎아 주어야 하는 관계. 심장에서 멀어서 두근거림은 느껴지지 않는 관계. 가끔은 예쁜 색깔로 관리해주고 화려함을 나누는 관계. 그게 친구라고 생각한다.

혼자 있는 것을 좋아하는 성격이라 같이 있을 때 편한 사람을 찾는 게 힘들다. 혼자가 익숙한 나에게 함께가 더 편안한 사람이라… 많이 생각해봤는데, 마음을 쏟는데 익숙한 사람이니 마음을 잘 받아줄 수 있는 사람과 편하다. 플러스 극과 마이너스 극이 서로 맞물리는 것처럼 사랑을 잘 주는 친구보다 예쁘게 사랑받을 줄 아는 사람이 좋다. 잘 나눠주는 줄 알고 받기 위해서 다가온 사람과는 진지하게 오래 만나지 못한다.

베푸는 것에는 수많은 호구착오(호구같은 시행착오)를 통한 나름의 기준이 있다. 최소한 마음의 깊이쯤은 헤아릴 줄 아는 사람. 생각이 다른 사람보다 좀 많은 사람이니 복잡한 머릿속을 들여다볼 줄 아는 사람. 예민한 구석을 있는 그대로 이해해 주는 사람. 나를 웃기는 사람이 아닌 재밌는 사람이라고 표현해 주는 사람. 갑자기 눈물을 흘렸을 때, 운다고 당황하지 않고 '그동안 많이 참았구나.'라고 생각해주는 사람. 그리고 '울어도 괜찮아.'라고 말해주는 사람. 눈물이 하나도 창피하지 않은 사람. 그 친구랑 함께 보낸 시간은 감히 우정을 나누는 시간이라고 생각한다.

사람의 관계에 조건을 거는 것을 좋아하진 않지만 적어도 우정이란 지금 바로 옆에 있는 사람과 하고 싶다. 최소한 의지하고 싶을 때 생각나는 사람. 언제든지 전화해서 건강과 기분을 궁금해하는 사람. 문득 전화했을 때 밥은 먹고 다니는지 걱정해 주는 사람.

내 친구들이 그렇더라. 그리고 나는 그런 게 좋더라.

멀리 있어서 하느님처럼 무의식적으로 상상해야 되는 사람 말고, 얘기를 들어주고 공감하며 같은 시간을 보내고 배려하며 옆에 있는 사람과의 마음이 진짜 우정 아닐까.

우리 인생은 매 순간 무언가로 채워져 있고, 매번 행복할 필요는 없다. 하루종일 슬픈 일이 있어서 울다 지쳐 잠들었으면 다음 날 아침까지도 슬픔이 남아 있을 수도 있고, 하던 일이 잘 안 됐는데, 노력하는 과정을 꼭 즐길 필요도 없다. 자신을 타이트한 기준으로 괴롭힐 때도 있고 게으른 자신이 부끄러울 수도 있다. 무언가를 열심히 했지만 이루지 못했을 때 충분히 좌절할 자격이 있다. 힘들어하면서 쉬어가도 괜찮다. 당장 내일의 조급함이 아니라면 오랫동안 쉬어가도 괜찮다. 어찌 보면 인생은 쉬기 위해서 사는 것 같기도 하니까.

요즘의 사람들은 왜 그렇게 힘을 내라고 안달인지, 왜 그렇게 무언가를 계획하고 노력하고 있어야 잘살고 있다고 생각하는지 잘 모르겠다. 인생의 계획은 틀어지고, 그래서 헤매고, 헤매면서 더 좋은 선택지를 만나기도 한다. 무표정인 시간 속에서 웃기도 하지만 누구나 가끔은 울면서 살아가고 있는데 말이다.

눈물이 없는 사람은 친구가 없어도 괜찮을 것이다. 앞으로 남은 인생에 절대로 눈물 흘릴 일 없을 것이라고 자신하는 사람은 친구 없이 살아도 살만하다. 하지만 그럴 자신이 없는 모든 사람들은 여전히 세상에 대해 같이 고민해 줄 좋은 친구가 필요하다. 행복하고 싶을 때, 인생을 가득 채우고 싶을 때 옆에 친구가 있다면 참 좋다. 가끔 나를 잘 모르겠을 때도 주위를 둘러보면 된다. 친구들이 한 말과 충고가 곧 지금의 나를 비추는 거울인 것이다. 인생의 거울을 깨끗이 닦아가기 위해서라도 누군가에게 좋은 사람, 좋은 친구가 되어주자고 다짐하는 1일이었으면 좋겠다.

6장 토요일
그냥 떠났어

토요일은 일주일 중 이틀 동안 주어지는 선물 같은 주말여행의 시작이다. 뭐 여행이 꼭 별거여야 하는 건가? 책임감과 의무감을 던져버리고, 1박 2일 동안의 짧지만 소소한 나만의 일상으로 여행을 시작해 본다.

혼자 하는
여행이 좋다

혼자 하는 여행이 좋다.

조금 더 솔직히 말하면 누군가와 휴가를 맞추고, 가고 싶은 곳과 하고 싶은 일이 다름에 미안해 하며, 먹고 싶지 않은 것을 같이 먹는 것, 스케줄을 맞추면서 즐거워야 한다는 묘한 압박감이 싫다. 좋아하는 것을 맞추어야 한다는 것은 내가 생각하는 여행과는 참 어울리지 않는다. 친구와의 대화는 즐겁지만 여행 계획을 세우기 위한 검색과 표를 만드는 것, 정해진 시간에 따라 움직여야 한다는 룰은 '꼼짝마! 움직이면 쏜다!'라는 협박 같아 내 머리를 멈추게 만든다. 자유롭게 쉬고 싶은 소중한 시간을 누군가 추억의 반쪽이 되어줘야 한다는 책임감으로 시작하는 여행은 이미 여행이 아니다. 부담이다.

계획되고 정해진 여행으로 최대한 많은 추억을 만들고자 떠나는 여행도 물론 소중하겠지만, 단순한 나는 여행도 단순하다. 쉬고 싶다. 여행 속에서 나만의 단순한 쉼을 찾고 싶다. 추억은 억지로 만들지 않아도 자연스럽게 생긴다. 희한하게도 계획 속에 잘 만들어

놓은 기억은 잘 추억되지 않는 것 같다. 아무리 좋은 곳도 패키지 여행은 힘들다는 생각을 먼저 하는 것처럼. 열심히 세워놓은 계획의 뿌듯함이 추억을 이겨버리는 느낌이라 할까. 화려한 계획 속에서 소소한 추억이 뒤로 숨겨지는 느낌이라 할까.

유명한 관광지에 가서 멋있는 세계적 유산을 본 것보다, 거기서 한 자그마한 실수가 더 추억된다. '잘 쉬고 오는 것' 자체가 자연스러운 추억, 그래서 더 소중한 추억 이상의 무언가가 되어 준다. 유명한 관광지에서 브이 한 사진, 카메라 속 보정이 들어간 이목구비 뚜렷하게 찍은 사진보다도 여행지에서 웃으며 셀카 찍던 설렘에 흥분되는 기분을 느끼는 것이 나에게는 진짜 여행이다. 아무리 비싼 음식과 유명한 관광지도 낯선 두려움을 즐기던 순간의 짜릿한 진짜 감정을 대신할 수 없다. 자연환경은 감사한 동행자이자 사진 속의 멋진 배경이 되어 준다.

몸도 마음도 생각까지도 오직 나만을 위해 시간이 흐르는 여행. 나만 생각하면 되는 이기적인 여행을 하기에는 혼자 여행이 참 좋다. 해외에 나가면 현실에서 해야 할 일과 역할로 느껴지는 두텁고 익숙한 긴장감을 내려놓고, 생소한 문화 속에 스며들어 투명한 긴장감을 느끼게 된다. 정말 몰라서 저지르는 평범한 실수는 묘한 해방감과 카타르시스를 준다.

상처 주는 한국어,
흘러가는 외국어

주변에서 들려오는 외국어는 어차피 알아들을 수 없어서 귀에 스쳐 지나가면 그것으로 끝이다. 어떠한 의미도 남기지 못한다. 그냥 시끄럽다. 귀에 박히지만 머릿속까지는 들어오지 못하는 말들. 그래서 가슴까지 도착할 수 없고 상처 줄 수 없는 말들. 우리의 조상님들이 남겨준 '모르는 것'이란 약을 먹고, 사뿐히 무시하며 나만을 위한 이기적인 시간을 가질 수 있다. 외국 사람들은 우리 조상님이 '모르는 것'이라는 약을 남겨주신 것도 모르겠지?

한국에서 들리는 한국말의 뜻은 너무나도 잘 안다. 별다른 노력을 들이지 않아도 동시통역 가능하다. 바쁜 일상에서 누군가가 의미 없는 말을 하려 하면 이미 눈치채고 '쓸데없는 말 하지 마.'라고 말하기도 한다. 한 번 더 생각해 보니 의미 없는 말을 꼭 해야 하나 싶기도 하다. 그러나 매 순간 의미 있는 말만 하려니, 또 버겁다. 생각 없이 의미 없이 살고 싶을 때는 참, 말을 해야 할지 안 해야 할지도 모르겠다.

대부분의 시간을 보내는 회사에서 듣는 한국말은 지시 혹은 해야 할 일들에 대한 의미 있는 말들이다. 분명히 대화인 것 같은데, 내 생각을 말하기보다 "네"라는 대답을 해야 아름답게 끝나는 경우가 많다. 의미 있는 말들로 머릿속을 채우다 보니 '나의 의미'를 남겨둘 곳은 당연히 좁아졌다. 나의 의미를 남겨둘 곳도 없는데, 그래도 더 성숙하게 살아보자고 삶의 의미까지 찾으면서 살아간다.

그나마 직설적으로 말하면 다행이다. 말을 돌려서 하는 상사를 만나면 숨겨진 뜻도 파악해야 하고, 눈치에 코치까지 있어야 한다. 화합이라는 이름으로 분위기를 맞춰 살아가는 것. 한국의 조직에서 사회생활을 잘하면서 살아가려면 찾아야 할 의미들이 너무나도 많아서 머리가 터질 것 같다.

복잡하고 시끄러운 공간에서도 내 이름과 나에 대한 나쁜 말은 어찌 그렇게 잘 들리는지… 상관없는 사람들이 하는 말들도 모조리 다 이해되고, 듣지 않으려고 해도 이미 들려와서 미세하게 감정을 변화시킨다. 나는 이름이 흔한 편이어서 같은 공간에 같은 이름인 사람이 있으면 귀에 들릴 때도 있다. 모르는 사람의 "현주야!"에 혹시 아는 사람인가 싶어서 나도 모르게 신경이 곤두선다. 좋아하는 연예인 욕이라도 들리면 기분이 나쁘다. 듣고 흘리면 되는데, 사람의 감정은 그렇게 쉽게 흐르지 않는다. 상처를 주고서는 흔적을 남기고 흘러간다.

우리는 묻는 말에 대답해야 하고, 그들이 원하는 정답을 찾아 원하는 대답을 하도록 길들여졌다. 대답하고 싶지 않은 감정을 매번 이해받기는 힘들다. 왜 질문은 마음대로 하면서 대답하고 싶지 않음은 존중받지 못하나 가끔 의문이 들지만 뭐, 당연하다고 생각하는 게 오히려 편하다. 사회에서 겨우 자리를 잡고 정신차려 보니 먼저 질문하고 먼저 차지하는 사람이 먼저 성공하는 흐름 속에 살아가고 있었다. 성공한 사람이 질문도 더 많이 할 수 있어서, 늘 궁금한 게 있어도 조심스럽게 질문해야 하는 자리에 서 있다.

(애석하게도) 세계 여러 나라의 말 중 한국말만 이렇게 잘 알아듣는다. 투철한 애국심으로 한국을 사랑하고 한국말을 열심히 배우고 공부한 결과이다.

반면, 해외에서는 무슨 말이 저렇게 빨라? 정도로 기억될 뿐이다. 내가 의미 없는 말로 만들어 버릴 수도 있다. 심지어 듣고 흘릴 수도 있다. 눈치, 코치를 찾을 필요가 없다. 듣고 흘릴 수 있는 말들은 감정도 흘릴 수 있다. 그것마저 신기하고 재밌다. 불리하다 싶으면 아무것도 모른다는 표정으로 고개를 흔들고, 흘려버리면 그뿐이다.

뭐, 당하는 사람은 좀 답답하겠지만.

여행이란,
대답하지 않을 권리를 찾아 떠나는 시간

    나에게 여행이란, 대답하지 않을 권리를 찾아서 떠나는 시간이다. 여행에서는 주변 환경에의 무관심이 허락되고 지나친 타인의 관심은 흘려버리면 된다. 한국에서는 타인의 시선에까지 나누어 썼던 신경세포를 오롯이 나에게만 쓴다. 타인에 대한 무관심, 주변 환경에 대한 무관심은 오직 나에게만 집중하게 한다. 나에게로의 집중은 편안함을 느끼게 하고 아이러니하게도 해방감까지 준다. 그런 해방감 속에서 나의 감정을 쪼개어 볼 수 있다.

    조각조각난 감정 속에서 그동안 왜 울었는지, 어떻게 울었는지, 얼마나 오랫동안 울었는지, 눈물을 들키지 않기 위해 얼마나 노력했는지를 되뇌어 보는 것. 여행이 나를 비춰주는 투명한 거울이 되는 순간이다. 그 거울은 나만 비추어 줬으면 좋겠다. 예쁜 카페의 전신 거울 앞에서 살며시 핸드폰 셀카를 찍듯, 거울 속에는 나만 있었으면 좋겠다. 내 인생의 주인공이 되어보는 순간이다. 마치, 처음부터 예쁜 카페의 손님은 오직 나뿐이었던 것처럼….

    내가 주인공인 혼자 여행에는 잘 짜여진 계획 대신에 마음대로

가 있다. '거기 가볼까?' 하는 마음만 있으면 떠나기 충분하다. 늘 우연의 연속이고 예측되지 않는다. 갑자기 비가 쏟아지면 카페에 들어가서 따뜻한 커피와 함께 비 구경을 한다. 정해진 시간도 없다. 비가 그칠 때까지, 혹은 일어나고 싶을 때까지다. 시계를 보지 않는다. 갑자기 누군가가 보고 싶어지면 잊고 살던 사람을 그리워할 수 있는 추억에 젖을 수 있는 감사한 시간을 선물 받는 것이다.

아침, 점심, 저녁을 챙겨 먹는 것이 아니라 그냥 배고프면 먹는 것. 맛집에서 줄을 서지 않고 길거리 토스트를 아주아주 맛있게 먹는다. 배가 고프면 다 맛있다. 아무도 모르는 골목에서 할 일은 토스트를 먹는 것뿐이다. 당연히 꿀맛이다.

'이건 꼭 해야 해. 이건 꼭 먹어야 해. 여기서 꼭 인증샷을 찍어야 해.' 하지 않는다. 그래서 자유롭다고 느낀다. 화장기 없는 얼굴에 코에는 선글라스 하나 걸치고 편한 옷과 운동화로 느끼는 나만의 힐링 시간. 이탈리아의 베니스, 프랑스의 에펠탑에 가봤다고 자랑하지 않고 이탈리아의 베니스에서 설레는 나, 프랑스의 에펠탑을 보며 황홀해하던 나로 기억한다.

아마 외국인의 눈에는 생각 없는 동양인으로 보일지도 모른다. 아, 진심으로 생각 없는 사람이 되고 싶다. 생각 없는 한국인이 되기 위해서 그냥 떠난다. 가본 곳의 지명을 억지로 기억하려 하지도 않는다. 그곳이 어디인지는 중요하지 않으니까. 여행을 즐길 에너지를 무슨 뜻인지 잘 알지도 못하는 외국어 지명을 공부하는 데 쓰고 싶지 않다. 아주아주 유명한 관광지를 그냥 지나치기도 한다. 오히려 사람이 너무 많이 모여 있으면 피하게 된다. 사람 구경하러 그 먼 곳까지 떠난 것은 아니다. 줄을 서는 것, 기다리는 것, 사람 구경은 한국에서도 충분히 한다. 이름 모를 거리에서 걸었던 발걸음을 생각하고 거기에서 미소 지었던 입꼬리를 기억한다. 생각없는 표정으로 머릿속을 비웠을 때 가벼워진 마음이 기억난다. 길거리 음식을 먹었을 때 느꼈던 그 나라 특색이 기억나고, 우연히 만났던 사람들의 다름과 생소함을 기억한다.

내 여행의 추억은 별거 없다. 다만 추억 속의 나는 모두 웃고 있고, 편안하고, 행복하다. 혼자 여행은 언제나 충분하다.

살아가면서 어제와 같은 오늘 아침에 감사하며 안정적인 일상의 소중함을 알게 되었다. 새로운 것은 의심하고, 짜릿하지만 위험이 감지되는 것은 경계한다. 조금은 심심한 일상의 반복에 감사하며 익숙한 것에 안정감을 느끼고 오래된 것, 조금 촌스러운 것이 좋아진다.

나에게 여행이란, 나만의 투명한 삶의 도화지 위에 무엇을 어떻게 채워 왔는지 천천히 질문하고 조용히 답해볼 수 있는 감사한 시간이다. 속에 있는 촌스러움을 있는 그대로 당당하게 꺼내어 볼 수 있는 시간이다.

나를 확인했던
여행

혼자서 대만 여행을 할 때의 일이다.

버스를 타고 다섯 정거장이 지나면 목적지 팻말이 보여야 하는데 아무리 찾아도 없었다. 아마 내릴 곳을 지나온 듯했다. 잠시 놀랐다. 잠시 생각했다. 조금 더 가볼까? 지금이라도 내릴까? 서너 번의 생각 후 버스 기사님에게 어색한 영어로 질문했고 대만어로 대답을 들었다. 전혀 알아들을 수 없었다. 몇 번의 설명을 해도 나의 잘 모르겠다는 표정에 결국 화를 내던 버스 기사님은 다음 정류장에 버스를 세우고 나에게 내리라 했다. 대만어라 알아들을 수 없었지만, 그 말은 분명 화가 많은 "너, 내려!"였다. 순간 무서웠다. 일단 내렸다. 그리고 생각을 했다. 반대 방향으로 다시 걸어가 볼까, 아니면 반대편에서 버스를 탈까.

일단 걸으면서 생각을 했다. 버스 기사님의 화난 표정에 살짝 의기소침해져 있었다. 더이상은 혼자 헤매고 싶지 않아 택시를 탔다. 택시를 타고는 한숨을 돌렸다. 긴장을 풀고 정신을 차리고 보니, 버스를 타고 내릴 때까지 느꼈던 공포의 정도와 순간순간 했던 모든 판단과 대처들이 너무나도 나다웠음을 느꼈다.

한국에서도 버스를 잘 못 탄다. 버스노선과 번호를 외우는 게 왜 그렇게 어려운지 버스를 탈 때 버스 번호를 보고 몇 정거장 후 내려야 한다는 생각은 마치 산수시간 같다. 여행에서도 최대한 대중교통 이용을 자제하는 편이다. 버스나 지하철을 타는 것은 해외에서 시도하는 조그만 도전이기도 하다. 여행이니까.

평소에도 예상치 못한 문제에 크게 호들갑을 떨거나 큰 감정 변화를 일으키는 편이 아니다. 중요한 것부터 우선순위를 정하고 판단은 냉정하게 한다. 문제점에 집중하여 이성적이고 모든 결정에 신중한 편이라 주위에서 가끔 냉정함에 소름 돋는다는 말을 듣는다. 어렸을 때는 성숙하다는 표현으로 포장되었던 것 같다. 큰일이 터질수록 무섭도록 침착해져서 나도 가끔 내가 무서운데, 회사에서 사장님은 참 좋아하시더라.

오히려, 호들갑을 떨거나 언성이 높아지면 더 스트레스를 받는 나의 방어기제일지도 모른다. 사실은 겁나는데 두려움을 숨기기 위해 학습되어 단련된 인내심이라고 할까. 위기의 상황에 당황하는 정도, 그 일을 해결하고자 노력하는 정도, 침착함의 정도, 그리고 안도감을 느끼는 정도까지 너무나도 평소의 나다웠다. 예상치 못한 상황에서도 최대한 침착하게 생각하고 순간의 판단에 최선을 다하는 너무나도 나의 성격이 고스란히 드러나는 십 분이었다. 나다움을 더 정확하게 느끼고자 택시 기사님에게 "플리즈, 스톱"을 말씀드리고 택시에서 내렸다. 택시 기사님도 여행자의 실수를 눈치 채셨는지 살짝 웃으셨고, 덕분에 긴장이 풀린 나도 미소 지었다. 백미러 속에 숨어 있던 긴장을 풀어준 감사한 미소였다.

택시에서 내려 강변을 걸었다. 어차피, 목적지가 강변 근처라 그 길을 쭉 따라 내려가면 되는 일이었다.

내가 길을 잃은 곳이 하필이면 이렇게 걷기 좋은 강변이라니!

그것도 다행이었다. 일상생활 속에 우연히 다가와 주었던 평범한 행운이라 생각했다. 지금의 행운이 이렇게 다가와 주었음에 감사했다. 분명 보통의 일상에서도 가끔 우연의 행운을 얻으면서 살아왔을 것이다. 마음의 여유가 없어서 감사함을 놓치고 살았을 수도 있다는 생각을 문득 했다. 잘되는 것은 당연한 행운이고, 어쩌다 안 되는 일에만 불평하면서 살지는 않았나… 일상에서 느끼는 다행이라는 감정을 행운이라고 생각한다면 좀 더 행복해질 수 있지 않을까 생각했다.

너란 사람을 만나서 참 다행이야.
너란 사람을 만나서 참 행운이야.
그 일이 잘 지나가서 참 다행이야.
그 일이 잘 지나간 건 참 행운이야.
그것을 살 수 있어서 참 다행이야.
그것을 살 수 있었던 것은 참 행운이야.

'다행'이라는 말은 안도감과 안정감을 느끼게 하고, '행운'이라는 말은 만족감과 행복함을 느끼게 해준다. 언제부턴가 행운이라는 말보다는 다행이라는 말이 더 익숙하다. 거절이 두렵고 자존심이 상할까 봐 행복보다 안정감에 더 익숙해져 있는지도 모른다. 안정적으로 지내고 싶어서 행복해질 수 있는 일에서 도망 다니고, 행복해지는 데 인색하게 살아온 것은 아닐까?

어쩌면 놓친 행운들은 스스로 찾아오는 게 아니라 직접 찾아야 하는지도 모른다. 스쳐 지나갔을지도 모를 행운에 대해 생각해 볼 수 있는 사람은 오직 나뿐이다.

따뜻한 바람과 낯설지만 금방 익숙해질 것만 같은 공기를 마시며 가벼운 발걸음으로 걸었다. 외국의 이름 모를 반짝이는 강이 흐르는 거리에서, 청아한 공기 속에서, '난 참 나답다.'는 생각을 하며 자유를 온몸으로 느꼈다. 무언지 정확히 알 수 없는 만족감에 아무도 모르는 강변에서 조용히 웃었다. 정확히 알려 하지도 않았다. 그저 강변을 걸으며 평소 좋아하던 발라드 노래를 흥얼거렸다. 주변에 있던 대만 사람들은 아무도 이해하지 못했을 것이다. 그들에게 난 외국인일 뿐이고 외국말로 즉, 한국말로 한국의 노래를 불렀으니까.

그들의 일상 속에서 기분 좋은 타인이었다. 바람은 너무나도 시원했고, 따뜻했고, 청아했고, 정직했고, 달콤했고, 솔직했고, 무엇보다 행복했다. 여행은 그 나라의 어느 도시에서 생각하고 느끼는, 나의 또 다른 모습을 알아가게 해준다.

혼자 여행이
아니었다면

아마 누군가와 함께 있었더라면, 그 상황을 해결하고자 상의하고 방법을 찾았을 것이다. 목적지를 찾아가는 자체가 목적이고 시간이 지체되었음은 무언가 크게 잘못되었다고 생각했을 것이다. 계획이 부족했음을 이야기하는 데 집중하여 불평과 실망을 반복하면서….

무엇인가 잘못되었다는 것을 직감한 순간부터 분명 상대의 불편함을 최대한 해결해주고자 노력을 했을 것이다. 나보다는 상대를 위한 선택을 하고 맘이 상했을까 염려하며 시간을 보낼 것이다. 나는 문제 있는 상황에서 나보다 상대를 더 많이 생각하는 피곤한 성격의 사람이다.

목적지에 도착함 만이 옳은 것이므로 제대로 찾아가기 위해 검색하고 또 검색했겠지. 목적지에 도착하면 아무 일도 없었던 듯 브이 인증샷을 찍고 지금은 핸드폰 갤러리의 깊은 곳 어딘가에 처박혀 있을 추억으로 남아 있을지도 모른다.

계획이 있는 여행은 계획으로 채워진다. 잘 세우고 정확한 계획

일수록 더욱 그러하다. 실수할 준비가 되어있는 내가 들어갈 틈이 없다. 계획이 없는 혼자 여행은 나만으로 촘촘히 채워져 간다. 하얀색의 여행 속의 나만의 색깔을 채워 갈 수 있다. 조금 불편한 점이 있다면 다른 사람에게 가본 곳, 먹어본 것을 제대로 추천해주지 못하고, 제대로 자랑할 수 없는 정도. 아! 예쁜 나의 사진을 많이 남길 수 없다는 거 정도. (나에게 인생샷이 남지 않는 건 별일 아닌데, 별일인 사람도 많으므로 그들의 취향은 존중합니다)

예쁜 사진을 남기지 못하는 건 괜찮다. 시간이 날 때 사진이나 찍으러 떠나볼까? 하면 금방 해결될 일이다.

2박 3일 혹은 3박 4일 동안 꼭 할 일이 없음은 그 자체로 설레게 한다. 10년 정도 다닌 회사는 하루 이틀 정도의 휴가를 허락해 준다. 통장에는 3박 4일 정도는 외국에서 쓰고 와도 될 정도의 돈이 있었다. 마음만 먹는다면 떠날 수 있다. 내 여행에서 가장 중요한 것은 내가 마음을 먹는 것이다.

설레임을
확인했던 여행

　비가 내리던 어느 날 좀 센치해졌고, 아주 오래전에 보았던 〈도쿄타워〉 영화가 떠올랐다. 영화의 내용이 정확하게 기억나진 않았지만 사랑이라는 감정에 간질거려 며칠 밤을 잠 못 이루었다. 서른이 훌쩍 넘어 버린 나이, 간질간질함을 느끼기에 심장은 이미 딱딱해져 버렸다. 지금의 나에게 간질간질함은 모기에 물린 것을 알았을 때뿐, 이 간질함이 소중하고 아쉬웠다. 충분히 느껴야 한다. 정확한 이유는 몰라도 지금 센치하고, 감정이 차올랐고, 심장이 간질간질거린다. 이런 날이 잘 오지 않는다. 설렘을 꽉 잡아야 한다. 충분히 느껴야 한다.

　도쿄타워를 눈으로 직접 보면 한 남자를 사랑으로만 볼 수 있었던 순수한 그리움 같은 것들을 다시 느낄 수 있을 것 같았다. 갑자기였다. 소설도 있고 영화도 있지만, 눈만으로 보고 귀만으로 듣는 것으로 채우지 못하는 그 무언가가 있다.

　난 그런 사람이다. 남들보다 감정이 많아서 갑자기 센치해지는 사람. 감정을 일일이 말로 다 표현하기 힘든데, 힘들어서 더 센치해지기도 한다. 말로 표현할 수 없는 감정의 고리들이 연결되어 갑자기 가슴으로 몰려와 버리면 그 감정을 꺼내어 찬찬히 훑어보기 버겁다. 도쿄타워가 직접 보고 싶었다. 그래서 다음 날 떠났고 짧은 여행에게 많은 우연한 설렘들을 선물 받았다.

늘 좋아하는 것 앞에서는 단순하다. 굳이 하지 못할 이유와 핑계를 찾지 않는다. 하지 못할 이유를 일일이 나열하고 있다는 것은 진짜로 하고 싶은 일이 아니다. 핑계가 잘 먹히지 않는 나라는 사람은 그렇다. 시간과 여유 없음을 가짜 핑계로 스스로를 위로하기보다는 "갈래", "좋아! 가자!"라고 단순하게 대답할 수 있는 사람이다. 나란 사람은 진짜 보고 싶은 것들은 직접 보고 와야 비로소 괜찮아진다.

도쿄타워의 반짝임을 봤을 때는 사랑에 어설펐던 시절 순수했던 마음에 대한 설렘이 반짝임으로 바뀌는 순간이었다. 가슴이 두근거렸고, 두 손을 모아 어떻게 하면 더 오랫동안 눈 속에, 두근거림 속에 이 반짝임을 담을 수 있을지에만 집중했다. 한참을 그렇게 넋놓고 바라보다 도쿄타워를 등지고 돌아올 때가 더 황홀했다. 한 걸음 한 걸음에 타워 형태의 불빛들이 점점 작아졌고, 점점 덜 반짝거린다는 상상에 맞춰서 심장은 두근거렸다. 콩콩콩콩거리던 심장은 반짝임이 작아질수록 조금씩 덜 콩콩거렸다. 마지막 두근거림까지 기억하고자 최선을 다해 미세한 두근거림까지 기억했다. 솜사탕 위를 사뿐히 밟는 것처럼 도쿄타워의 반짝임을 발등에 올려 아주 아주 천천히 걸어왔다.

100점짜리 여행은
어떻게 하는 건가요?

비싼 비행기 타고 가서 비싼 돈 주고 놀러 가는데 최대한 많은 관광지를 보고, 최대한 많은 사진을 찍고, 최대한 배부르게 그 나라의 음식을 먹어봐야 하는 것 아니냐는 사람도 있다. 잠은 활동을 할 수 있는 만큼만 최소한으로 자고 최대한 많이 움직여 피곤한 만큼 본전을 찾아오는 여행의 방법도 있다.

어떤 친구는 일본의 사케 종류를 모두 마셔보겠다고 일본 여행을 떠났다. 3박 4일 동안 정말 일본에 있는 사케 종류는 다 먹어보았노라고 자신했다. 핸드폰 사진 속에는 듣지도 보지도 못한 술병들이 빈 병이 되어 찍혀 있었다. 어떤 술이 가장 좋았느냐는 질문에는 술만 마셔도 배가 부르더라고, 술로 배가 터질 뻔했다고 대답했다. 그리고는 취해서 정확히는 기억나지 않는다고… 3박 4일 동안 맨정신이었던 순간이 정말 단 한 순간도 없다고 자신 있게 말할 수 있다고 했다. 그는 그런 여행이 너무나도 좋았다고 자랑하고 다녔다.

좋아하는 것을 다른 나라 문화로 즐기는 것도 그 사람의 취향이다. 그 친구가 취하는 여행을 해보았으니 다음에는 같은 장소로 취하지 않은 여행도 해보았으면 좋겠다. 취하지 않은 상태에서는 어떤 생각을 할지 궁금하다. 같이 갔던 사람들과 같은 장소에 다시 가서 '그때 우리 정말 많이 취했었다.'라고 추억하며 돈독한 시간을 보낼 수 있다면, 그 취했던 여행이 조금 더 완성될 수 있지 않을까? 생각해본다.

새로운 것에 취하고 볼거리 중심의 여행을 하면 분명 놓치는 것이 있다. 생각을 해야 해서 의무적으로 하는 것과 본능적으로 떠오르는 생각을 하는 것은 다른데, 화려함을 보느라 생각 변화를 인지하지 못하고 지나쳐 버릴 수도 있다. 같은 상황이라도 사람들은 의무적인 생각과 본능적인 생각이 다르다는 것을 알까?

우리는 지금까지 살아온 배경지식을 바탕으로 정답을 찾는 생각들에 익숙해져 있다. 정해진 일상의 틀 속에서 얼마나 정답처럼 생각하는지, 얼마나 생각나는 대로 생각하는지 제대로 알까? 정답 같은 생각과 하고 싶은 생각의 차이만 잘 알아도 나 자신을 돌아보는 데 많은 도움이 된다. 본능적인 생각을 하기에는 걷어내야 할 것들이 많다. 우리에게 익숙한 일상을 걷어내어 보아야 한다. 여행은 참 걷어내기 좋은 시간이다.

보통 일상 속에서 아무 생각도 하지 않아도 될 때, 잠들기 전, 외출하기 전 샤워할 때, 화장을 지울 때, 음악을 틀 때 생각이 가장 반짝인다. 조용히 걷어내기 한 여행 속에서 관광지의 아름다움보다 어떤 공간에서 아름다움을 느끼는지, 많은 사진보다는 그 사진을 찍을 때 마음이 어떤 상태였는지, 그 음식을 먹을 때 느껴지는 그 나라 특유의 향료와 그 음식이 잘 맞는지에 집중하고 싶을 뿐이다.

유명한 관광지는 항상 그 자리에 있지만, 시간과 공간 속에서 나는 계속 변해간다. 살아가면서 점점 아는 것이 많아지고, 경험이 늘어나고, 나이도 들어간다. 물론 나도 변하고, 살아가는 환경도 변한다. 같은 자리에서 같은 생각을 할 수 있는 것은 그 순간뿐이다. 오롯이 순간을 기억하고 추억하고 싶다. 같은 공간에서 다른 생각을 한다는 것. 생각의 변화를 느끼는 것. 변해가는 생각들의 과정을 찬찬히 들여다보고 반성해 보는 것이 내 여행의 이유다.

여행이 끝남은 일상으로의 복귀를 의미한다. 여행으로 나만의 시간으로 짧게 살았지만, 일상은 여전히 평범한 직장인이다. 안도감을 느끼게 해주는 돌아갈 곳이 있다는 것은 여행이 편안할 수 있는 또 다른 이유이기도 하다. 평일의 아침은 늘 그렇듯 회사로 출근을 한다. 회사에 돌아와 주말의 여행 이야기를 간단하게 풀었다. 회사 동료들은 "너 참 대단하다." "혼자 여행도 참 잘하는구나."라는 말을 했다.

혼자 여행을 잘한다고? 여행 가서 실수도 많았고 돈도 많이 썼는데, 더구나 시험을 치러 다녀온 것도 아닌데, 잘했다고? 혼자 여행을 잘한다고?

혼자 여행을 '잘' 한다는 말의 정확한 뜻을 잘 모르겠다. 조금 더 솔직히 말하면, 그들이 말하는 잘했다는 기준에 맞춰서 나의 여행을 말하고 싶지 않다. 혼자 여행을 잘하는 사람으로 단정 지으며 추억에 점수를 매기고 싶지는 않다. 애초부터 백 점짜리 여행을 원했던 것도 아니다. 함께하지도 않았으면서 내 여행이 잘 했는지 못했는지 어떻게 아는지 모르겠다. 지난 시간을 추억하고, 낭만과 감성을 즐기고 온 시간을 잘잘못으로 평가받지 않을 것이다. 그렇게 초라한 잣대로 평가될 수 없을 만큼 소중하고 또, 유일한 인생의 빛나는 조각들이다. 훌쩍 떠날 용기가 없는 사람들의 푸념 정도로 받아들이고 이해해주겠다.

혼자 여행은 참 좋지만 다녀와서 일상으로의 적응은 조금 힘들다. 나의 여행을 평가받으며 다시 일상 속으로 들어간다. 그들의 평가는 바로 현실로 돌아왔음을 실감하게 한다. 회사에서는 언제부턴가 혼자 여행을 잘하는 사람으로 평가되고 있었다.

몇 번의 혼자 여행이 익숙해지고, 아무도 없는 낯선 골목에도 익숙해져 더 이상 혼자 여행을 하고 싶지 않았다. 여행이 필요 없을 만큼 일상은 평범에서 플러스알파로 잘 지내고 있었다. 충분히 힐링이 되어서 더 이상의 여행이 필요 없게 되었다. 그때, 혼자 여행을 잘한다고 평가했던 사람들은 '요즘엔 왜 여행 안가?', '이제 혼자 여행 못 가?'라는 이상한 질문을 하곤 했다. 생각해보면 '여행은 즐거웠니? 좋은 시간 보냈니? 재충전의 기회가 되었니? 충분히 쉬었니?'라고 묻는 사람은 별로 없었다.

나의 특별했던
함께 여행

그렇게 혼자 하는 여행에 조금씩 무뎌졌을 때,

"우리 제주도 갈래?"

한 친구의 제의로 우리 넷은 모였다. 한 친구는 회사 업무 체크를 해봐야 한다 했다. 우리 셋은 기다렸다. 일주일… 이주일을 기다렸는데도 그 친구는 확실한 답을 주지 않았다. 난 날씨 걱정을 한창하고 있었다. 떠나기로 한 주말에 비가 올 가능성이 30%였다. 비가온다는 말일까? 오지 않는다는 말일까? 비행기 연착이 되는 건 아니겠지? 추우면 어쩌지?

사실 고민했던 이유는 날씨가 아니라 특별히 여행을 갈 이유도 그렇다고 가지 않을 이유도 없었기 때문이다. 세 명의 친구들과 24시간을 함께 다녀야 하고, 같이 잠을 잔다는 것에 살짝 부담을 느꼈다. 다 좋은 친구들이지만 난 양보하는데 너무 익숙하고, 그렇게 착한 척을 한다. 양보 속에 숨어있는 슬픈 시간을 문득 느끼게 되면 혼자 있는 시간으로 해소하는 사람이다. 누군가와 함께하는 시간을 가지면 그 시간이 아무리 즐겁고 행복했더라도, 꼭 하루 정도는 혼자인 시간을 보장받아야 비로소 진정한 편안함을 느낀다.

비슷하지만 싫지 않게 반복되는 하루들. 여행을 가야 할 이유도 가지 않아야 할 이유도 없는 내가 변덕스러운 제주도의 날씨를 핑계로 잡은 진짜 이유였다. 약 2주 동안 결정 못함의 답답함을 이기지 못한 친구가 티켓팅을 하고 우리에게 통보했다.

이제 빼박. 떠나야 한다.

이렇게 기다리는 것도 참 나답다. 참 잘 기다린다. 다른 사람에게 부탁도 강요도 잘 못한다. 다른 사람의 결정을 지켜보고 결정에는 잘 따른다. 인내심은 지금까지 모난 성격에 뚜렷한 주관과 혼자 있는 것을 좋아하는 고집쟁이가 십여 년의 사회생활을 뚝딱 해내는 묘약 같은 것이다. 아이러니하게도 친구의 티켓팅은 우리 셋의 마음을 가볍게 해주었다. 고민할 필요도 가치도 없다. 어차피 가야 된다. 우리는 간다.

사실 여행에 비가 와도 괜찮고, 비행기 연착은 될 수도 있고 안될 수도 있다. 예측은 할 수 있지만 장담할 수 없다. 혹시 연착되더라도 조금 기다리면 된다. 어차피 기다리는 건 잘한다. 추우면 옷을 좀 더 껴입으면 된다. 세상에 안되는 것은 없다.

여행은 순조로웠고, 2박 3일 동안 우리는 한 번의 의견 충돌도 없이 놀러 다니고 맛있는 음식을 실컷 먹었다. 십오 년 전, 대학생 때 갔었던 엠티를 떠올리며 많이 웃고 떠들었다. 대학생 때는 용돈으로 겨우겨우 코 흘리던 시간이라면 지금은 내 카드로 결제가 가능한 좀 더 어른이 된 여행이라 생각하니 훨씬 뿌듯했다. 우리는 서로를 배려하고 양보하면서 좋은 시간을 보냈다.

사소한 습관을 깨닫게 되는
사소하지 않은 순간

여행 마지막 날 한 친구가 나에게 말했다.

"넌 참 괜찮은 것도 많다."

"응?"

제주도 2박 3일 동안 괜찮다는 말을 거짓말 조금 보태서 백 번은 했다고 했다.

'아 맞아. 난 항상 괜찮은 사람이었어.'

습관 같은 "괜찮아"가 언제 입술에 붙어 있었나 곰곰이 생각해 보았다. 펜션에서 아침에 라면이 좀 짜게 끓여졌을 때도 "괜찮아, 밥이랑 먹지 뭐" 바람이 차서 몸이 오돌오돌 떨릴 때도 "괜찮아, 따뜻한 음료 마시면 돼" 관광지에서 추우면서 포즈를 취했지만 사진 속 내가 너무 이상한 모습일 때도 "괜찮아, 웃긴 사진 건졌잖아" 한 시간 반 동안이나 달려 도착한 관광지가 오픈하지 않았어도 "괜찮아, 담에 다시 오자. 여기까지 드라이브 길이 너무나도 좋았어."

진짜 괜찮은 것들이었다. 라면을 짜게 끓인 것은 큰 실수가 아니고, 물을 조금만 부으면 금방 해결되는 것이다. 추운 것과 사진이 예쁘지 않음이, 그리고 문 열지 않은 관광지가 인생을 흔들 만한 큰 잘못됨은 아니다.

짜증만 내지 않는다면 아무렇지 않게 지나갈 수 있는 것들. 우린 아무도 짜증 내지 않았고, 그래서 아무것도 아닌 일로 지나갔던 일들이다. 세상에는 내가 아무것도 아니라고 믿으면 진짜 아무것도 아닌 것이 될 수 있는 일들이 참 많다.

곰곰이 생각해 보면 참 나다운 생각이다. 내일 아침에 일어나서 인생을 송두리째 바꿀 일이 아니라면 걱정하거나 짜증 내지 않는다. 그런데 사실 내일 아침에 눈 떴을 때 갑자기 인생이 망가져 있는 일은 없다. 난 그만큼 대단한 권한이나 책임을 가진 사람이 아니다.

나의 "괜찮아" 에는 "나는 괜찮아. 그러니 내 걱정은 하지 마. 그리고 너도 괜찮았으면 좋겠어. 우리 같이 신경 쓰지 말자"의 뜻이 포함되어있다. 그렇게 되길 바라는 주문이기도 하다. 이렇게 습관처럼 괜찮은 거 나쁘지 않다. 괜찮지 않은 것들을 괜찮은 것으로 생각하는 것도 괜찮은 방법이다.

2박 3일의 짧은 여행 후 우리는 새우리 김밥을 먹고 동문시장에서 쇼핑을 한 후 비행기를 타고 집으로 돌아오기로 했다. 그 날의 제일 중요한 스케줄은 안전한 복귀였다. 우리의 검색이 부족했는지 동선이 꼬여 새우리 김밥을 먹으러 가는 길에 동문시장이 먼저 보였다. 아무 의미 없이 나지막하게 친구들에게 말했다.

"우리 새우리 김밥 먹지 말까?"

어차피 오늘은 공항을 안전하게 가는 게 목적이었고, 제주도 동문 시장에는 맛있는 게 많다. 새우리 김밥을 먹어보고 싶긴 했지만 김밥 한번 안 먹는다고 하늘이 두 쪽 나지 않음을 잘 안다. 집에 가서 자꾸 생각이 나면 뭐, 다른 김밥을 먹으면 되고, 그래도 생각이 나면 다시 오면 되지 뭐… 라고 짧게 생각했던 것 같다. 옆에 앉아 있던 친구가 김밥처럼 눈을 뜨고 레이저를 쏘며 쳐다봤다.

"여기까지 왔는데 왜 안 먹어?"

친구의 질문에 난 똑 부러지게 대답하지 못했다. 아마, 질문이 아니었겠지. 왜 안 먹냐고? 왜 안 먹냐면….

너무 쉽고 단순한 질문인데 말문이 막혔다. 갑자기 울컥했다. 포기에 익숙하고 양보에 익숙한 나를 실감하고, 이 짧은 순간마저 친구들의 눈치를 보고 있는 나에게 연민이 느껴졌던 것 같다. 아마 혼자 여행을 왔다면 새우리 김밥쯤은 쿨하게 포기했을 것이다. 그리고 동문시장에 가서 회사 동생들과 친구들, 가족에게 줄 선물을 사는데 좀 더 많은 시간과 돈을 썼을 것이다.

하고 싶은 일보다는 해야 할 일을 선택하는 나. 나를 위한 선물보다 주변 사람들을 위한 선물을 사는데 더 익숙한 나. 하고 싶은 것의 머뭇거림에 익숙한 나, 해야 할 일들을 생각하느라 하고 싶은 것을 잊고 사는 나. 해야 할 일로 결정하고 선택하는 것이 당연하고 마치 나의 성격인 줄 착각하는 나.

새우리 김밥을 먹으러 가자고 했던 건 나였다. 여행 계획을 세우면서 살짝 흘렸던 말을 친구가 다행히 기억해 줘서 우리의 일정에 넣었다. 아마, 한 사람이라도 별로라고 했다면 바로 포기했을 것이다. 나에겐 김밥보다 그 친구의 기분이 더욱 소중하기 때문이다. 내가 원하는 것은 그렇게 쉽게 잊는 사람이었다.

2박 3일의 제주도와 친구들은 내가 얼마나 바보같이 괜찮은 사람인지, 얼마나 포기를 잘하는 사람인지, 그리고 얼마나 착한 척을 하며 사는 사람인지를 알려 주었다. 평소 회사에서도 친구들을 만나서도 늘 상대의 취향을 맞춘다. 특별한 이유는 없다. 너무나도 자연스러워서 그냥 내가 그런 사람이라 생각하고 살아간다.

언제부터인가 내 성격이 헷갈린다. 예전에는 내가 원래 어떤 사람이었지? 질문했지만, 이제는 어떤 것을 해야 하는 사람이지? 어떤 사람이어야 하지? 하고 질문한다.

진하고 얼큰한 찌개류가 좋지만, 남편은 좋아하지 않아 그런 음식은 요리하지 않는다. 어렸을 때 키웠던 병아리가 생각나서 아직도 계란 프라이가 징그럽지만 신랑의 건강을 위해 프라이팬에 계란을 터트린다. 계란을 터트릴 때마다 죽은 병아리가 생각나는데 그 공포를 다른 사람들로부터 이해받은 적은 별로 없다. 치킨, 피자, 햄버거 같은 인스턴트 음식을 좋아하지 않지만 친구들 모임에서 한 번도 맛없게 먹은 적 없다. 인간의 뇌가 멍청해서인지 맛있다고 생각하고 친구들과 함께 기분 좋게 먹으면 또 맛있는 거 같기도 하다. 하지만 내 돈을 주고, 굳이 찾아가면서까지 치킨, 피자, 햄버거를 먹지는 않는다.

이런 음식들을 싫어하는지 모르는 친구들도 많다. 모임 약속을 정하는데 굳이 한 사람의 식성 때문에 메뉴에 대한 열띤 토론을 너무 오래 할 필요는 없으니까. 나의 취향보다 남편의 건강을 생각하는 것, 가족의 고른 영양섭취, 친구와의 만남에서 메뉴 얘기는 짧게 끝나는 것이 더 중요했고, 소소한 양보에 나름대로 보람과 성취감도 느꼈던 것 같다. 가끔은 나도 이런 내가 답답하다.

답답함이 터져서 한 번씩 눈물이 나기도 했는데, 이젠 그 눈물을 참는 것도 자신 있다. 착한 여자 콤플렉스라고 스스로 한심하게 여기던 시기도 지나서 이제 양보를 잘하는 나 자신이 좋아졌다. 좋아하는 것도 헷갈리면서 또 행복하다고 착각하는 바보가 떠나는 유일한 도피처가 혼자 여행이다.

그래서 가끔 혼자 떠나고 싶은가 보다. 오롯이 내 마음대로 하고 싶어서… 착한 척하기 싫어서… 사람들은 나에게 착하다고 한다. 이해심이 많고 인내심이 강하다고 성숙한 사람이라고 한다. 아니라고 해도 사람들은 믿지 않는다. "에이, 너 착한 거 다 알아"라고 말하면 '사실 그런 사람 아닌데…'라고 속으로 말할 수밖에 없다.

남들이랑 똑같은 잣대로 판단하지 않고 나와 상관없거나 특별하게 큰 손해를 보지 않는, 적당히 억울한 일에 화를 내거나 열을 내지 않을 뿐이다. 감당할 수 있는 불편은 감수하고, 직접적인 연관이 없는 일에는 크게 관심이 없다. 그렇게 표현하지 않을 뿐 나의 감정도 다른 사람들과 화나는 포인트, 짜증나는 포인트는 똑같다.

다만, 감정이 시작하는 것이 조금 느리고, 조금 늦게 깨닫고 조금 늦게 울어서 내 감정을 알게 됐을 때는 이미 다른 사람의 관심이 사라졌을 때이다. 그래서 사람들은 내가 슬픈 것을 잘 모른다. 굳이 다 지난 슬픔을 알리고 싶지는 않다. 사소한 것에 신경 쓰지 말자는 게으른 성격은 감정 표현에도 무뎌서 다 보여주지 못한다. 다 보여줬을 때 느낄 상대방의 피로에 오히려 더 걱정이 된다.

상처받기 싫음과 사랑하기 싫음, 그리고 혼자 있고 싶음이 가끔 헷갈릴 때도 있다. 착한 척하느라 힘들다는 말도 잘 못 하는데 나도 모르게 조금씩 쌓였던 스트레스의 조각이 어떻게 모여 있는지, 어떤 상태인지 알아보기 위해서 혼자 홀연히 떠나고 싶다. 혼자 여행은 항공권 티켓팅부터 모든 것이 다 마음대로니까.

'아, 힘들어. 도망가고 싶어. 여행 갈 꺼야.'라고 생각하고 항공권을 예약하고, 갑자기 가기 싫어져 취소했다. 취소하고 나니 또 뭔가 아쉽다. 다시 발권하고, 그랬더니 또 가기 싫어진다. 이놈의 변덕. 미치겠다. 잘 모르겠다. '왜 이러지?' 생각을 잠시 했다가 취소 수수료를 얼마나 물었는지 검색해보며 '아, 지금 뭔가 불안한 게 있구나… 지금 내 속에서 잘못 맞춰진 퍼즐이 있구나…' 하고 깨달았다. 취소 수수료는 불행한 나를 그대로 내버려 두었던 대가이다. 그리고는 '아, 취소 수수료들은 고민의 흔적이야!'라는 말도 안 되는 결론을 내고, 취소 수수료를 보며 혼자 흐뭇하게 웃기도 했다. 내가 불안한 상태임을 인정하는 웃음이다.

'아무것도 하고 싶지 않아. 이유 없이 힘들어, 요즘 의욕이 없어.'

자세히 조금 더 세심하고, 따뜻하고 솔직하게 차근차근 열어보면 다 이유가 있다. 어제 들은 상처받은 한마디 때문일 수도 있고, 같은 생활의 반복에 지쳤을 수도 있다. 순간은 괜찮았던 것들이 시간이 지나고 안 괜찮은 것으로 바뀔 수도 있다. 내 속엔 안 괜찮은지조차 몰랐던 것들이 생각보다 많다.

사람이 그렇다. 나도 모르게 기대하고 나도 모르게 실망한다. 기대한지도 실망한지도 모르고 바쁘게 살아가는 시간들. 실망도 기대도 잊은 채 살아가는 시간들. 정해진 틀에 맞추어 나를 잊어야 하는 생활 속에서 우린 충분히 우울하고 불안하며, 누군가를 미워할 자격이 있다. 그럴 때 혼자 있고 싶은 걸 보면 온전히 마음대로 할 수 있는 시간과 공간이 모두 필요한가 보다.

집에서는 누군가의 아내로, 엄마에게는 딸로, 회사에서는 관리부 서원의 역할로, 감사하고 행복하지만 가끔은 버겁다. 내 이름의 나로만 살아가는 시간이 있기나 할까?

외국을 나갈 때 입국신고서 쓰는 게 참 좋다.

'지금부터는 꼭 해야 할 일은 없습니다. 당신 마음대로 해도 됩니다.'라는 허락을 받는 거창한 증명서 같다. 이름 세 글자를 쓴다. 누군가의 아내가 아닌, 어떤 회사 소속 인원이 아닌 오롯이 나로 여행을 한다. 내 이름 세 글자가 곧 여행의 도착지가 되는 것이다.

그래서 혼자 여행이 좋다. 인정받고자 했던 일상 속에서 벗어나나 자신 그대로 인정하는 기분, 다정함은 없지만 낯선 친절함을 기대할 수 있는 것, 불편하지만 편안한 불편함이 있는 것. 낯선 도시의 거리에서 아무도 모르는 곳에서 희열을 느낀다. 촌스럽고 낯선 골목으로 그렇게 떠났다.

여행의 도착지는 나 자신, 언제나 제자리다.

시간이 흐르면서 자꾸 어른이 되어버리는데, 언제까지 혼자 여행 가겠다고 마음먹을 수 있을까?

—

7장 일요일
마음을 나누는 계산기가 있다면

진정한 비워내기를 하기 위해서는 내 속에서 내가 나에게 말했던 '싫어…'라는 감정에 대해서 잘 알아내야 한다. 내가 비워내기가 필요한 사람인지, 채움이 필요한 사람인지에 대해 생각해 보고 적당한 나에 대해서 진지하게 알아가보자.

마음을 나누어 보기 좋은 시간
일요일 아침

    일요일 아침. 일주일 중 유일하게 아침 알람이 없다. 금요일 저녁
은 평일의 수고에 보상이라도 받는 것처럼 약속을 정하고 맛있는
음식을 먹으면서 소란스럽게 보낸다. 토요일은 미뤄뒀던 먹고살기
위한 쇼핑, 책임과 의무감이 묻어 있는 볼일들을 끝내면 일요일 아
침부터는 약간의 여유로 시작해 본다.

    보통의 일요일 아침만이 겨우 나만의 것이다. 삼십 년도 넘게 나
름 열심히 살았는데 오롯이 나만의 것이 잘 없다. 결혼하고 남편과
함께 번 돈을 모아 산 집은 공동명의다. 집에 있는 가구들은 같이
쓰니까 공동소유, 대부분의 시간을 보내는 회사의 책상과 컴퓨터,
모두 업무처리를 위해 빌려준 것뿐인 사장님의 것이고, 심지어 회
사에 있는 시간마저 근로계약으로 묶여 있는 회사의 것이다. 내가
진행하는 업무 정도는 담당자로서 나의 것 같긴 한데 그건 별로 맘
에 안 든다. 공동소유에 계약에 이렇게 팍팍하게 살고 있다고 생각
하니 가끔 가만히 있다가도 숨통 트고 싶다고 생각하는 이유를 조
금은 알 것 같기도 하다. 진짜 내 것을 열심히 찾아보다 겨우겨우

찾은 일요일 아침. 힘들게 찾은 만큼 소중히 아껴서 잘 쓰도록 하겠다.

일요일 아침은 '책을 볼까, 커피를 마실까, 늦잠을 잘까.' 하는 게 으르고, 행복한 고민으로 하루를 시작할 수 있게 해준다. 사회와 맺은 계약과 주변 사람들과 한 약속을 지키기 위해 쓰고 있던 부지런한 가면은 살짝 벗어 두고, 게으르고 귀찮은 본능에만 성실하게 집중할 수 있는 시간이다. 참 게으르고 굼벵이 같은 사람인데 다른 사람들은 잘 모른다. 이 정도면 일주일 동안 제법 연기 잘한 건가?

일요일 오전. 일주일 중 머릿속이 가장 하얗고 여유로운 시간이 아닌가 싶다. 괜히 기지개도 켜보고, 아침 햇살도 느껴보고, 한쪽 눈을 찡그리고 이불 속에 파묻혀 얼굴을 비벼 본다. 참 상쾌한 표정 같은데, 다른 사람들과 함께 있을 때는 좀 쑥스러울 것 같아서 혼자일 때 몰래 '찡긋'해 본다. 이불 속의 포근한 공기가 세상의 전부인 것처럼, 이불 속의 세상만큼은 모두 가진 기분으로 입꼬리를 올리고 하얗게 웃는다. 어차피 아이스 카페라떼로 답은 정해져 있지만 '아메리카노를 마실까, 카페라떼를 마실까.' 하는 행복한 고민을 할 수 있는 일요일 아침이 참 좋다.

살아가는 것은 늘 지금이라는 것을 따뜻하게 느껴지게 해주는 시간. 오롯이 내 이름 세 글자로 살아있다고 느끼는 일요일 아침의 여유와 커피 한 잔의 자유는 자연스럽게 머릿속을 비워내 준다.

오롯이 나의 시간에 느껴볼 수 있는
내 속의 까만 감정들

　잔잔한 파도 같은 머릿속을 느끼며 침대는 혼자 살아가는 하얀 섬, 방안은 나만의 푸른 바다가 되어 준다. 포근한 이불 속의 따뜻함 덕분에 편안함을 느끼며 눈을 감고 마음이 말했던 '싫어'를 들으려 귀 기울인다. 진짜 사랑은 원하는 것을 해주는 게 아니라 싫어하는 것들을 하지 않는 것이라는데, 과연 내가 나를 진짜 사랑하는 사람으로 대해주긴 했을까? 해야 할 일들투성이인 일상 속에서 나에게 '싫어'라고 몇 번을 말하고, 또 몇 번을 모르는 척했을까?

　다른 사람들이 싫어하는 것은 별다른 노력을 하지 않아도 금방 알 수 있다. 상대방에게 조금만 관심을 가지면 왜 그런지 이유까지 알 수 있다. 눈에 보이고 머리는 싫음을 알아낸다. 대화할 때, 표정이 좋지 않거나 화를 낸다는 것은 무언가 불편하다는 신호다. 여러 사람과 함께 있을 때, 그 화의 대상이 내가 아니더라도 불쾌한 감정은 전해지기 마련이지만, 자리를 피하고 나면 잠시 왔던 불쾌한 감정은 금방 잊혀진다. 내가 직접적인 원인이 아니면 모른 척해도 괜찮다. 타인에게 받은 불쾌한 감정은 스쳐낼 수 있고, 금방 잊어낼 수 있으니까. 그렇게 상처까지는 남기지 못한다.

혹시 내가 불쾌함을 주고도 눈치 없이 모른척한다면 참다못한 상대방이 이러이러해서 싫다고 얘기할 것이니, 또 알아챌 수 있다. 내가 주었던 불쾌함에 대해 상황과 미안함을 상대에게 이해시키면 싫은 감정은 잘 지나간다. 눈은 상대의 표정을 볼 수 있고, 귀는 들을 수 있고, 머리는 그 말을 이해할 수 있어서, 경험과 눈치는 분위기도 느낄 수 있어서 다른 사람의 '싫어'는 금방 알아차릴 수 있다.

내가 나에게 속삭이는 '싫어'는 진심으로 집중하지 않으면 좀처럼 잘 들리지 않는다. 정말 싫은 것 같지만 참을 만한 것 같기도 한 것, 참고 넘어가는 것이 서로에게 더 좋다고 생각하는 것, 같은 것이라도 어떤 사람이랑 하면 좋지만 다른 사람이랑 하면 싫은 것들, 현재 분위기는 내가 참아야 완성되는 아이러니한 상황, 남에게 보여주기 위해서는 하고 싶지만 진짜 나를 위한다면 하지 않아야 하는 것들. 내 속에서 속삭이는 '싫어'는 알듯 말듯 변덕쟁이라 비위 맞추기 힘들다. 도도하고 새침하게 밀당도 잘한다.

마음을 나누어 볼
계산기

알듯 말듯한 밀당을 하며 '하고 싶은 일을 하는 나'와 '해야 할 일을 하는 나'는 같은 시간 속에 살아가지만 시간은 언제나 똑같이 흘러간다. '하고 싶은 일은 잘 모르는 나'와 '해야 할 일은 너무 잘 아는 나'의 시간 속에서 보통은 '해야 할 일을 하는 나'가 해야 할 일들을 쳐낸다. 시간은 하고 싶은 일을 할 때는 너무나도 부족하게 또 하기 싫은 일을 할 때는 너무나도 느리게만 흐른다. 평일은 '워료오이르, 호아요이르, 수우요이르, 모오교이르, 그음요이르'로 흐르면서 토요일과 일요일은 어찌 그렇게 쏜살같이 '톨욜'로 흐르는지 모르겠다. 시간은 늘 같은 속도로 흐른다고 하지만 뭔가 모르게 불공평하고 억울하다.

1년은 365일, 하루는 24시간, 1시간은 60분으로 나누어 떨어진다. 시간은 숫자라서 계산기로 나누어 보면 정확하게 나누어진다. 이제 어른이니까 똑똑해져서 이 정도는 암산도 할 수 있다.

지금의 시간 속에서 살아가고 있는 우리의 마음도 계산기로 나누어 볼 수 있을까? 지나가 버린 아쉬운 기억과 추억, 꿈꾸는 내일과 다가올 미래를 지금으로 나누어 보려면 어떻게 계산기 두드려야 하지?

마음을 나누어 볼 계산기는 숫자로 된 버튼을 모두 떼어내고 친구버튼, 가족버튼, 모임버튼, 일버튼, 취미버튼, 여행버튼, 휴식버튼으로 바꾸어야 할 것이다. 또 무슨 버튼이 필요할까? 아! 밥버튼보다는 커피버튼이 좋다. 만났던 친구버튼과 모임버튼, 커피버튼을 더해보면 기분이 어땠는지 오늘 하루의 만족도 정도는 계산해주었으면 좋겠다. 꿈버튼에서 일버튼을 빼보면 삶의 만족도를 측정해줄 수 있겠지?

하루종일 했던 말과 들었던 말과 서로의 감정이 오갔던 대화, 상처로 남았지만 표현하지 못했던 말들, 표현하면서 더 아프게 깊이 박힌 감정들, 편했던 시간과 불편했던 시간들, 꼭 맞는 것 같았지만 욕심내지 못해서 입지 못한 옷, 맞지 않지만 억지로 입고 있었던 어울리지 않는 옷, 모두 못생기게 엉켜서 시간들을 채우고 있다. 하루종일 있었던 기억을 모두 추억하려면 또 다른 하루가 필요할 테니 정말 하루를 이틀로 살아야 한다. 여기서 가장 큰 문제는 오늘 하루를 다 기억할 만큼 머리가 좋지 못하다는 거다. 하루 24시간, 아니 그중에 깨어있는 16시간 정도도 다 기억하지 못하는 머리로 평생을 살아가고 있다고 생각하니, 인생이 그렇게 편하지만은 않은 게 당연한지도 모르겠다.

분명히 소중하지 않아서가 아닌데, 가끔은 소중한지 아닌지도 모르고 붙잡으려 노력도 해보지 않은 채 그렇게 스쳐 지나가 버린다. 시간은 공평하긴 하지만 기다려주지도 않으니까, 시간은 정당할 만큼만 공평하고 기다려주지 않을 만큼만 착하니까, 세상의 모든 시계가 똑같이 초침을 움직인다고 누구에게나 1초는 똑같이 흐르지 않는다. 누군가에게는 1분 같은 1초, 누군가에게는 숨막히는 순간일 수도 있다.

 감정을 나누어 보려 계산기를 사용하려면, 나를 가장 잘 아는 내가 직접 계산기가 되어야 알 수 있는데, 기억의 힘은 언제나 바쁘고 연약해서 매 순간의 감정들을 빠르고 정확하게 나누지 못한다. 그렇다고 하루하루 모든 순간을 사진처럼 기억하고, 기억을 놓치지 않으려 바둥거리다가 매일 밤 사진첩에 저장하듯 감정을 계산해 보는 것도 내 속의 까만 감정을 보듬는 데는 그리 도움이 되지 않을 것 같다.

마음은 계산기로 나누어 보는 게 아니라
사랑하는 사람이랑 나누는 거라구요

　어차피 마음을 나누어 볼 수 없다면 마음만은 천천히 그리고 여러 번으로 쪼개어 보고 사랑하는 사람과 함께 나누었으면 좋겠다. 곁에 있는 소중한 누군가가 '감정을 나누어 볼 수 있는 계산기'를 대신해 주고 있지 않나 생각해 본다. 계산기를 두드려 정확한 감정 지수를 계산해서 정확한 답을 찾는 것은 아니다. 마음을 두드리는 부드러운 노크였으면 좋겠다. 플라스틱 계산기를 두드렸을 때 들리는 정확하고 딱딱한 소리 말고, 조심스럽고 부드러운 노크 소리가 듣고 싶다. 따뜻한 손을 가진 사람이길 바라본다.

　곤란하거나 대답하기 힘들 때 손끝을 쳐다보는 버릇이 있다. 손에 계란을 쥔 것처럼 손끝을 모아서 손톱을 서로 부딪혀 '띡띡띡띡' 소리를 낸다. 집중하면 들을 수 있을 만큼만 소리가 난다. 마음이 허전하고 불안할 때는 이상하게 그 소리가 듣고 싶다. 생각을 모아서 손톱 끝의 부딪힘에만 집중한다. 차가운 분위기를 견디는 차가운 귀 기울임이다. 그래서 손끝이 차가울 때는 더 마음이 불안하다. 차가운 손톱을 감싸줄 따뜻한 노크였으면 좋겠다. 따뜻한 손으로 내 손을 잡아 주면서 차가운 손톱까지 감싸주었으면 좋겠다.

감정을 나누어 볼 때는 좋은 계산기로 정확하게 몫을 찾지 않아도 된다. 최신식에 화려한 디자인일 필요도 없고 빠르고 정확하지 않아도 괜찮다. 오래되고 낡아도 버리지 않을 것이라는 믿음을 가진 좋은 사람과 천천히, 따뜻하게 마음을 나누어 볼 수 있었으면 좋겠다. 가끔 나를 잘 모를 때는 나를 사랑하는 사람이 본 모습이 진짜 나일 수도 있으니까. 가짜의 나로 살아가고 있었는지도 모르니까. 아무리 괜찮다는 가면을 잘 쓰고 있어도 사랑하는 사람의 눈에는 힘듦이나 슬픔이 보일 테니까. 걸음걸이가 느리다는 것을 알고, 고개가 왼쪽으로 살짝 삐뚤어졌다는 것을 알고, 어깨가 처져 있음을 금방 아니까. 가끔은 알아 달라고 괜찮다는 가면에도 힘들다는 표정을 담으니까.

직접 슬픈 단어로 말하지 않아도 온몸이 말하고 있는 감정들. 고맙게도 감정을 알아주는 나를 사랑하는 사람들. 마음을 나누어 주는 계산기는 가족과 사랑하는 사람이 주는 관심, 나를 알아주는 따뜻한 한마디이다. 그렇게 감사한 마음으로 나누어 본 감정들은 혼자인 시간에 조용히 들여다본다.

마음속에 '싫어'가
있는 것은 당연하지

내 속의 '싫어'는 나머지 없이 나누어 지지도 나누어 떨어지지도 않는다. 초등학교에서 어떤 수를 나누면 몫과 나머지 숫자가 생긴다고 배웠다. 문제집에 있던 나누기 문제에 몫과 나머지를 구하기 위해서 손가락도 꼽아 보고 머리도 좀 굴렸다. 그런데 어른이 되어 보니 나누기 정도의 계산은 필요할 때마다 계산기님께서 해주더라. 아무리 큰 수를 두드려 보아도 척척 정확한 답을 내어주셨다. 손가락 몇 번만 튕겨 보면 쏜살같이 계산해준다. 이제 당당하게 계산기를 두드릴 수 있는 어른이니까 숫자 계산은 계산기에 맡기고 나의 마음은 누구와 어떻게 나누고 있나 생각해본다.

내 속의 '싫어'를 나눌 수 있는 몫은 없다. 그래도 나에게 말하는 '싫어'에 대한 책임은 내 몫이다. 걱정하는 마음에 고민을 더해보기도 해야 하고, 하고 싶었던 일에서 했던 일을 빼보기도 해야 한다. 슬픔에 또 슬픔이 곱해지면 어떤 마음일지 생각만 해도 슬프다. 언제, 어디에, 어떻게 숨어 있었는지도 모를 까만 싫어들이 한꺼번에 내 몫이라고 튀어나올까 봐 조금은 두렵기도 하다.

우리는 어떤 목표를 달성하려면 '그 정도는 참아야지.'라는 말을 서슴없이 내뱉고 듣는다. 마치, 인내심이 성공의 조건인 듯하다. 힘들 때마다 위로 비슷한 충고로도 자주 듣는 말이다. 틀린 말은 아니다. 성숙한 어른이 어떻게 하고 싶은 것만 하면서 살까?

이제와서 이렇게 말하는 게 조금 늦은 감이 있긴 하지만 성숙하게 살고 싶다고 한 적 없다. 어른이 된 지금보다 어렸을 때가 더 착하고 행복했던 것 같은데 그냥 그때처럼 계속 살면 안 되나? 네, 물론 안되지요. 나이를 먹은 것이 곧 어른이 되는 것이고 성숙해야 된다고 한다. 어른이 되고 싶지도 않았다. 시간은 별다른 것을 하지 않아도 자동으로 흐르고, 몸이 성장하더니 이미 어른이 되어있다. 뭐, 엎질러진 물이라 생각하고 성숙해야 할 때 조금 성숙한 척도 하고, 사회 속에서 어른으로의 기대가 있을 때는 어른인 척도해 본다. 이미 어른이라는 것도 실감이 잘 안 나고, 성숙해야 한다는 것도 버거운데, 성숙한 어른이 되라고 할 때는 정말 시계의 시침, 분침이라도 손가락으로 되돌리고 싶다.

사랑하는 사람이 주는 날카로운 충고를 받아들일 수 있을 만큼은 어른이 되고 싶다. 그만큼은 꼭 단단해지고 싶다. 걱정하는 마음으로 해주는 충고를 해줄까? 말까? 고민하게 하고 싶지는 않다. 나를 위한 마음을 담아서 차갑게 하는 충고 앞에서 따뜻하게 안아달라고 조르지 않은 만큼, 감정을 내세우지 않을 만큼은 꼭 어른이 되고 싶다. 그렇게 어른스러운 자존심을 완성하고 싶다. 좋은 말만 해달라고 응석 부리지 않을 것이다. 서른여섯이 된 어느 날, 어른인지 아닌지 여전히 헷갈리는 나에게 하는 다짐이다.

사랑하는 사람을 위해서, 해야 할 일을 처리하기 위해서 싫은 것을 참는 것이 당연하다고 생각하며 견딘다. 나만을 위한 것이 아니라는 것이 더 동기부여가 된다. 인내의 크기만큼 성공한다고 믿는 사람도 있고, 실제로 그러기도 하니까. 얻는 것이 있으면 잃는 것도 있다는 충고는 옳지만, 너무 옳기만 해서 가끔은 아프다. 위로가 필요한 상황에서 미성숙한 어른이 충고하는 실수를 당하고 싶진 않다.

성숙한 어른이 되고 싶어서 참았던 까만 싫어는 차곡차곡 쌓여간다. 어렸을 때 모래쌓기 놀이를 하고 놀아서 그런가, 어디서 배우지 않아도 까만 감정을 쌓는 기술은 참 좋다. 이럴 줄 알았으면 어렸을 때 그렇게 열심히 모래를 쌓으면서 노는 게 아니었는데… 여러 색깔의 모래를 쌓으면서 놀았으면 더 다양한 경험을 하고, 지금 덜 힘들지 않을까? 어떤 때는 높게, 어떤 때는 좀 낮아도 넓게 쌓아갔다면 지금쯤 매일이 다른 하루를 살아가고 있을까? 하고도 생각해 보지만 어차피 후회는 이미 늦었다.

쌓인 줄도 몰랐던 싫어들은 많은 색깔의 바쁜 일상 속에서 쉽게 잊혀진다. 보통인 줄만 알았던 까만 싫어는 약해졌을 때, 사실은 이제 다 쌓았다고 고백해 온다. 더 이상 쌓으면 무너진다고 한다. 마음속 까만 싫어를 머리가 알아차리는 순간 다른 까만 기억들과 만나서 서로 손을 잡고 한꺼번에 튀어나온다. 쓸데없이 이럴 땐 기억력이 좋아서 잘 잊지도 지우지도 못했다. 제대로 안아주지 못했던 까만 감정의 연결고리를 끊어보고, 위로하기 위해서 가끔은 조용히 마음을 나누어 본다. 쌓여 있던 까만 싫어를 하나하나 들추어 보기 시작한다.

내가
좋아하는 것들

　가장 사랑하는 것은 가족과 커피, 추억, 별 그리고 혼자 있는 시간이다. 좋아하는 것은 립스틱, 흐린 날, 재즈, 촌스러움 정도 된다. 보통의 것은 평범한 것들 혹은 평범하고 싶은 일상들. 좋아하지 않는 것은 단 것, 치킨, 보채는 것, 과한 것. 싫은 것들은 담배 냄새, 계단, 버스타기, 계란프라이의 비릿함이다. 하나하나 적어보면서 생각보다 사랑하는 것이 별로 없어서 좀 놀라긴 했다. 직장생활과 월급의 대가로 하고 싶은 것도 먹고 싶은 것도 궁금한 것도 모두 빼앗겨 버렸나 보다.

　가족을 사랑하지만 혼자 있는 시간이 꼭 필요한 나, 밤하늘 높고 높은 곳에 있는 별들, 내 속에 있는 추억들. 불행하게도 평생 사랑하는 것들을 한 자리에 모아 행복할 수는 없는 사람이다. 밤하늘의 별에는 언젠가는 닿을 수 있지 않을까? 별을 기대할 수 있지만 사랑하는 가족과 함께 혼자 있는 나를 추억할 방법은 없으니까.

　그날의 기분을 표현해 주는 다양한 색깔의 립스틱과 재즈 음악이 참 좋다. 비 오는 날보다 흐린 날에 더 촉촉한 감성이 생기기도 하고, 너무 세련된 것보다 조금 촌스러운 거에 한 번 더 마음이 간다. 좋아하는 것들을 한 자리에 모으려면 흐린 날 재즈바에서 촌스러운 립스틱을 바르면 된다.

일상은 늘 보통이다. 무던한 하루하루를 보내는 것.

솔직히 좋지도 싫지도 않은 일상에는 별로 관심이 없다. 관심이 없어야 에너지 소모가 없고 무던하게 하루를 보낸다. 무던한 하루가 또 지나간다는 것은 별일 없다는 것. 똑같은 에너지로 똑같이 살아내는 것. 무슨 일이 생길 때를 대비해서 돈도 시간도 마음도 여유도 저축의 간절함이 없다는 것. 보험이 간절하지 않게 사는 것. 이것만으로도 충분하기도 하다.

무언가를 열심히 한다면 결과를 기대하게 되고, 열정을 쏟는다면 언젠가는 지칠지도 모른다. 기대는 실망을 불러오고, 혹시 지치게 되면 다시 일어나지 못할까 봐, 내일에 나쁜 영향을 줄까 봐 두렵다. 오늘과 다른 내일이 두려워서 항상 조용히, 무던히 오늘이 흘러가기를 바라는 건지도 모르겠다.

조용히 흘러가길 원해서 조용히 시작하는 아침, 오늘도 다행이라며, 조용히 마무리할 수 있음에 감사한다.

어른인 척하려고
울고 싶었던 시간들

　일상의 소소한 행복이 중요하다고 생각하지만 사실 행복도 변화라는 것. 큰 행복은 큰 변화를 요구하고 어제와 다른 오늘이 조금은 겁이 나는 것. 무엇이 얼마나 달라졌는지 알아내기 전까지 불안한 것, 행복한 만큼 그 이상의 대가가 필요하다는 것. 변화가 두려워 행복도 겁나고 그래서 무던한 하루에 감사하며 살아간다는 그럴듯한 핑계. 큰 도전과 새로운 노력을 하기에는 이미 너무 나이가 들어버렸다고 먼저 생각해 버리는 것. 인생의 방향을 바꾸는 것은 불가능하다고 믿고 그 믿음으로 안심하며 살아가는 것.

　변화가 겁나는 겁쟁이가 말하는 좋은 핑계들이다. 힘들다고 울어도 되는데, 핑계 한 번 거창하다. 변화가 두려운 겁쟁이는 어제와 똑같은 아침과 비슷한 하루의 반복에 감사하길 선택했다. 세상이 정해놓은 나이에 맞게 살아가면서 쌓여가는 마음속의 까만 싫어들. 마음은 이미 싫다고 말했는데, 사회 속의 나는 싫다고 말하면 안 된다고 한다. 내가 나에게 싫다고 말했는데, 내가 나에게 싫어하면 안 된다고 한다. 이거 말이 되는 것 맞나?

어른의 눈으로 보면 싫다고 말할 수 있는 사람과 상황은 정답처럼 정해져 있다. 누구나 타인에게 상처 줄 수 있다고 하지만 사실 상처 줄 수 있는 사람도 정해져 있는 것 같다. 아이들이 솔직하게 싫다고 말하는 것은 참 귀여운데 어른이 되고 나니 너무 솔직하고 당당하게 싫다고 말하는 사람은 두렵기도 하다. 가끔 대단하고 솔직히 부럽다.

주어진 역할을 해내기 위해서 심지어 참는 것이 당연하기도 하다. 난 말을 잘하는 사람이고 지금까지 잘 살아왔다고 잘난 척하지만 결국은 속에서 말하는 '싫어'도 제대로 표현하지 못하고 사는 그저 그런 사람 중에 하나인가 보다. '싫어'를 모두 말할 용기와 상처받고 싶지 않음의 중간쯤 어디에서 여전히 상처받고 여전히 힘들다.

사회의 시스템에서 벗어나 이불속 같은 포근한 공기 속에서 감정을 나누어 보면 좋아하지 않는 것이나 싫어하는 것들은 피하려 도망치기만 하려고, 싫은 것은 아무도 모르게 조용히 밀어내고 있는 나를 발견한다. 좋아하지 않는 것은 적당히 따르는 척하고 싫어하는 것은 그냥 피한다. 부딪히지 않고 조용히 지나가는 게 최선이라 생각한다.

괜찮을 때는 피하는 게 가능하다. 내가 만들어 놓은 경계선을 들어오는 만큼 경고할 수 있다. 경고를 듣고도 선을 넘어온다는 것을 인식하면 피할 수 있다. 이래저래 핑계도 대고 그래도 안 되면 인상 쓰고 화낼 수도 있다. 더 이상의 핑계가 떠오르지 않고, 더 이상 화도 나지 않으며, 나도 모르게 일상까지 밀어내고 있으면 지금 분명 힘든 거다. 참을 수 없는 거다. 울고 싶은 거다. 단순히 피한다고 해결될 일이 아니다. 일상에서의 도망이 필요한 시점이다.

그럴 땐 방법이 없다. 혼자 있어야 한다. 울어야 한다.

좋아하지 않는 것과
혐오하는 것

　사람들은 좋아하는 것에는 한없이 열광하고 많은 노력을 쏟는다. 어떤 것을 좋아하는지는 잘 알지만 관심 없는 것에 대해 생각해보는 데는 영 인색하다. 하긴 당연한 말이다. 좋아하지 않으니 관심 없는 것, 관심이 없으니 잘 모르는 것, 알 필요가 없는 것, 모르는 것에 대해서 생각해 본다는 것은 불가능할지도 모른다. 잘 생각해 보면 관심이 없다는 것은 말 그대로 취향이 아니라서 관심이 가지 않아 모르고 사는 것일 수도 있고, 정말 싫어하고 혐오해서 피하고 싶은 것일 수도 있다. 단순히 싫어하는 것은 피하면 되지만 혐오하는 것은 내 마음을 돌보아줄 필요가 있다.

　예를 들어, 나는 공포, 스릴러 영화는 혐오한다. 오래전 〈추격자〉라는 영화를 심야영화로 보았는데 혼자 돌아오는 차 안에서 백미러에 자꾸 살인마의 눈빛이 보이는 것 같았다. 여주인공이 피를 흘리고 차 뒷자리에 타고 있는 상상이 되어 십몇 년이 지난 지금도 밤길 운전 트라우마로 남았다. 그 후로 공포, 스릴러 영화는 아무리 대작이 나오더라도 개봉일도 줄거리도 궁금하지 않다. 기분도 나쁘다. 의도적으로 관심을 없애 버렸다. 나의 무관심에는 혐오가 깔려 있다. 생각만 해도 긴장을 하게 되고 인상을 찌푸리게 된다. 잠시 생각하는 것만으로도 스트레스를 유발한다. 다시는 그런 장면을 보고 싶지도 않고, 기억에서 지우지도 못했다.

반면, 나는 회사의 관리팀 부서이고 부설연구소나 생산관리 등의 타부서의 업무에는 관심이 없다. 그들의 업무는 존중하지만 무슨 일을 어떻게 하는지 전문적이고 세부적인 부분까지 궁금하지 않다. 생각을 하더라도 긴장감 없고 스트레스를 유발하지 않는다. 필요하다면 무관심은 언제든지 내 의지로 관심으로 변화시킬 수 있다. 지우고자 억지로 노력하지 않는다. 혐오가 깔려있는 무관심은 내 속에서 '싫어'를 말한다. 피하는 것이 좋다. 반면, 단순한 무관심은 모르고 살면 된다. 일상 속에서 모르고 사는 것과 똑같다. 하지만 혐오에는 트라우마 같은 상처가 깔려 있을 수도 있기 때문에 더 관심을 기울이고 자세히 보아야 한다. 내가 나에게 하는 작은 속삭임과 무관심까지도 잘 나누어 보며 잘 들어줘야 한다.

자신이 혐오하는 것에 대해서는 스스로 가장 잘 알아야 한다. 들추어내지 않기 위해서 제대로 잘 알고 정성껏 덮어두어야 한다. 상기시키면서 상처받을 필요 없다. 상처받을 것이 분명하고 피할 수 있다면 비겁하게 피하면서 살자.

자연스럽게 약속이나
지키며 살고 싶다

자연스럽게 살고 싶다. 시간이 흐르는 것처럼 왜 이렇게 빠르냐, 느리냐 투덜거리면서 시간 속에 조용히 묻혀서 살고 싶다. 살아가면서 억지로 가질 수 있는 것은 없다는 것을 절실하게 깨달았다. 억지로 가진 것은 억지 부리는 동안만 아무 의미 없이 옆에 있을 뿐이다. 아무리 간절한 것이라도 억지로 곁에 두려 집착하고, 나를 망치며 살고 싶지는 않다.

잠깐이라도 가지고 싶다면 억지를 부려도 된다. 물론 잠깐의 달콤함 후에 오는 후회와 허망함까지도 결국은 나의 몫이다. 아마도 억지로 가졌을 때의 만족감보다 잃었을 때의 후회와 허무함이 훨씬 더 클 것이다. 억지 후의 눈물은 아무도 닦아 줄 사람이 없다. 그게 비록 나를 사랑하는 사람일지라도. 억지 후의 눈물을 닦아주는 것으로 사랑의 정도를 시험해 보려 하지는 말았으면 좋겠다. 내가 아무리 철이 없어도 그런 미성숙한 어른이 되고 싶지는 않다.

억지를 부려야 가질 수 있는 것들은 내려놓으려 애쓴다. 나의 능력, 인격 이상의 노력이 요구되면 억지의 노력이 필요한 거다. 세상에 노력한다고 무조건 다 이룰 수 있는 것은 아니다. 노력만 하면 모든 것을 이룰 수 있도록 사회는 그렇게 허술하게 이루어져 있지 않다. 노력은 누구나 다 하고 그중에서 가장 빛나는 사람이 자기 자리를 찾아낸다. 가장 빛나는 노력에게 억지의 노력이 자리를 내어 줘야 하는 것은 너무나도 당연하다.

행운도 그렇다. 너무 큰 행운도 갑자기 다가와 나의 시간들을 흔들고 있다고 생각하면 진정한 내 것이 아닌 것 같아 불안하고 버겁다.

조금씩 천천히 거북이처럼 느리게 행복해지고 싶다. 거북이처럼 다가온 행복 앞에서 자고 있던 토끼를 깨워서 내가 얼마나 천천히 왔는지 얘기해주면서 친구가 될 것이다. 물론, 결승선은 내가 먼저 넘고 나서 말이다.

진정한 내 것이 아닌 것들은 결국 다시 제자리로 돌아간다. 나의 자리, 내 옆자리가 제자리인 것들, 그것만 진정으로 내 것이다. 가끔 옆에 있는 것들도 다 자기 자리를 잘 찾은 것인지 되짚어 볼 필요가 있다. 오늘보다 더 나은 내일이 될 필요는 없다. 꼭꼭 해야 하는 일은 시간과 상황에 따라 변할 수 있고 언제나 정답은 없다.

인생의 퍼즐을 왼쪽 가장자리부터 오른쪽까지 순서대로 맞추려 하면 흩어져 있는 퍼즐들의 뭉치 속에서 얼마나 많은 퍼즐들을 들었다 놓았다 해야 할지 생각만 해도 팔 아프다.

흩어져 있는 퍼즐들을 보면서 완성된 그림을 상상하고 아무 퍼즐 조각을 들어본다. 이 퍼즐의 자리는 어디일까? 궁금하고 고민도 한다. 완성된 그림에서 각각의 퍼즐 조각들이 어떻게 자리할지 생각해 볼 시간이 우리에게는 필요하다. 하나의 퍼즐을 맞출 자리에 집착하면서 맞는 자리를 찾지 못함에 안달할 필요는 없다. 단순하고 반복적으로 퍼즐을 들었다 놓는 것은 전체 완성될 그림을 상상할 시간에 팔만 아프게 할 뿐이다. 나에게 맞지 않는 계획으로 몸과 마음만 고생할지도 모른다. 계획에 갇혀서 괜히 팔 아프지 말고, 소중한 사람들과 한 약속이나 잘 지키면서 살면 된다. 최선을 다하지 못해서 차선을 선택했다고 실패한 것은 아니니까.

생각보다 '약속을 지킨다.'는 것에는 많은 의미가 있다. 약속을 할 관계가 있다는 것, 관계 속에서 소소한 행복을 만들 수 있다는 것, 약속을 지킬 상황이 된다는 것, 관계를 유지하고 이끌어갈 내적 여유가 된다는 것, 약속을 지킬 수 있을 만큼의 경제적 여유가 있다는 것이다. 이쯤이면 약속을 지키는 것만으로도 우리의 인생은 반쯤은 채워졌다고 볼 수 있다.

가끔 약속시간에 빨리 도착하기도 하고, 늦어서 전력질주도 하고, 미안하다 사과하고, 또 이해받음에 고마워하며 우리는 살아간다.

삶은 언제나 주관식
─까만 싫어들은 좀 자연스럽게 나가줄래?

　우리는 어렸을 때부터 "예, 아니요"라는 대답만 하면 부모님이 해결해 주면서 성장했고, 교복을 입고 몇 개의 예시 중에 선택할 수 있는 객관식 문제를 푸는 훈련을 했다. '찍기만 잘해도 어느 정도는 살아갈 수 있구나.'를 깨닫게 될 즈음, 주관식 질문밖에 없는 사회로 나오게 된다. 잘 찍고 덜 혼나는 방법만 연구하면서 살아왔는데 갑자기 몇 개의 예시까지 직접 만들어야 한단다. 가끔씩 아무리 머리를 굴려보아도 정말 모르겠을 때는 새삼 객관식 예시를 만들어 주었던 분들의 노고에 감사하는 마음이 든다.

　더 이상 찍기만을 하면서 살 수 없어서 복잡해지긴 했지만, 또 찍으면서만 인생을 살기에는 지금까지 해온 노력이 아깝기도 하다. 산다는 것은 언제나 주관식이니 힘들게 객관식을 만들고, 문제 수에 일정 점수를 곱해서 점수를 환산해 볼 필요는 없다. 가끔 아이들이 쓴 주관식 문제의 순수한 답을 보면서 귀엽다고 웃기도 하지만 객관식 답을 보면서 그러는 일은 없다. 인생을 객관식 문제를 푸는 것처럼 살면 웃을 일이 별로 없을 것 같다. 정답

하나를 제외한 다른 예문은 모두 틀린 답인데, 일어나지 않을 일들을 예로 포함시키는 객관식 문제의 예시에 굳이 걱정을 더해서 살 필요는 없다.

객관식 문제에서 1번은 확실히 답이 아니니, 그냥 2번을 찍는 것처럼 까만 싫어를 밀어내고자 비워내기를 '꼭 할 일'로 정하는 사람이 많다. 비우고야 말겠다는 압박감으로 채워진 머릿속은 자연스러운 비워내기가 이미 불가능한 상황이다. 솔직히 말하면 압박감은 불편한 잔소리 같고, 잔소리는 그냥 싫다.

'비워내기의 필요성 인식 완료. 자! 출발. 비워내기 시작!'이란 신호로 거창하게 비워내는 것보다 시작없이 자연스럽게, 서서히, 스며들면서, 나도 모르게, 조금씩 그리고 늘 비워보았으면 한다.

시작이 없는 것은 끝이 없다. 자연스럽게 서서히 스며들면서 늘 비워보면 결국은 조금씩 그리고 끝없이 괜찮아질 수 있다.

어질러짐도
괜찮은 거야

　가끔은 어질러짐이 괜찮을 때도 많다. 세상에는 비워내고 정리하는 것보다 더 중요한 일이 훨씬 더 많다. 나름의 질서를 챙길 수 있는 감당할 수 있는 만큼의 어질러짐. 주변이 어질러짐을 인식했지만 아무 것도 하고 싶지 않은 컨디션. 충분한 어질러짐을 즐겨야 하는 타이밍에 정리정돈에 대한 강요와 지시는 머릿속의 오류를 일으키기도 한다. 복잡함과 답답함이 느껴지는데, 아직 마음은 이유를 알려주지 않을 때도 있다. 어질러져 있는 주변 환경이 눈에 보여서 마치 명령어로 입력된 것처럼 '이번 주말은 꼭 대청소를 하고 필요 없는 것은 모두 버려야지.' 하는 다짐은 어쩌면 정리를 해야 한다는 압박에 의한 반쪽짜리 비워내기가 아닌가 생각이 든다. 이유는 잘 모르겠지만 복잡하고 답답한데 주변 정리정돈을 하고 나면 좀 나아지지 않을까? 하는 생각은 단순한 OX 퀴즈의 팻말을 드는 것 같다. 쇼핑을 하고 싶은지, 맛있는 음식이 먹고 싶은지, 술이 마시고 싶은지, 훌쩍 떠나고 싶은지도 모른 채 이를 '스트레스'라고 묶어서 어쨌든 풀고 보자는 시도 같다.

사실 비워내는 것은 그 자체가 정답은 아니기에 하기 싫으면 하지 않아도 된다. 꼭 해야지 하는 다짐은 그 일을 하지 못했을 때 또 다른 죄책감을 만들기도 하니까.

비워내는 게 필요하다며 책을 보는 친구가 있었다. 그녀는 비워내는 방법을 찾기 위해서 책을 본다 했다. 참 의아했다. 머릿속을 비워내고 물건을 정리하는데 책을 본다니, 책을 보는 그녀는 언뜻 보아도 불안해 보였다. 그 책 저자는 그녀의 머릿속이 어떤 상태인지 알고 책을 쓰지는 않았을 것이고, 사람마다 어질러짐은 달라서 보편적인 기준에 끼워 맞추려면 또 다른 작업이 필요하다.

"꼭 비워내야 해?"

내가 물었다.

"응. 요즘 너무 혼란스럽고 불안한데, 그게 뭔지 잘 모르겠어. 불안하니까 좀 비워내려고. 이러면서 물건들도 좀 버리고 정리하는 거지 뭐."

그녀는 이렇게 대답했고, 말의 앞뒤가 맞는 듯 맞지 않는 이 말을 끝까지 제대로 이해하지 못했다. 그녀의 불안과 혼란은 근본적인 문제가 무엇인지, 문제를 어떻게 해결해야 하는지를 잘 몰라서인 것 같은데… 괜찮아질 것이라는 믿음과 좋은 사람과의 편안한 대화가 필요하지 않을까? 그녀에게는 불안하면 일단은 무조건 비워내는 것이 정답이라는 그럴듯한 공식이 성립해 있었다.

단순한 채움과 비움의 반복은 불안의 반복이 되고, 결국 채움이 불안을 초래했다는 결과에 닿아 채움의 반대인 비워내기를 습관처럼 선택하지 않았을까. 사실 불안이 반복되는 것이 가장 불안한 일인데, 너무 불안할 때는 불안이 불안을 낳고 있다는 것을 느끼지 못한다. 네다섯 시간 동안 책을 읽을 읽으며, 이론적인 말에 순간적인 위로를 받기에 앞서, 눈을 감고 찬찬히 자신의 불안에 대해 생각해 보는 게 더 나아 보였지만, 그렇게 조언하지 않았다. 다만 그녀의 불안이 잘 지나가길 바라는 마음을 담아 책의 내용에 대해 공감해 주고, 같이 생각해주었다.

내 공감에 살짝 웃어 보이는 그녀의 웃음은 정말 순수하게 귀엽다. 누군가를 떠올렸을 때 웃는 모습이 생각나는 사람이 몇이나 될까. 그녀는 참 투명하다. 함께 있으면 '나에 대해서 나쁘게 생각하지 않을까.' 하는 생각 따위는 절대 하지 않게 하는 엄청난 능력이 있다. 그녀는 자신에게 관심을 달라며 스스로 관종이라고 말한다. 사랑을 주면 금방 기분이 좋아지고, 사람들에게 사랑받고 싶다고 한다. 투명한 솔직함이 너무나도 사랑스럽다. 아무 고민없이, 계산 없이, 사랑스럽게 바라보고 아껴주기만 하면 되니까. 이렇게 험한 세상에서 의심없이 사랑을 쏟아도 되는 사람이 옆에 있다는 것은 정말 감사한 일이다. 그녀를 만나고 투명한 마음에 마음을 주고 온 시간은 나의 관계에 자연스러운 힐링을 준다. 투명한 관종이라 다른 사람의 색깔 있는 말들에 잘 물들고 흔들리기도 하나 보다.

투명해서 잘 흔들리는 불안을 해결하기 위해 무작정 숨자, 그냥 뭐라도 해보자는 것 같아서 친한 언니로서 속상하다. 무엇보다 스스로에게 무엇이 가장 힘든지 묻고 풀어갈 방법을 찾아야 하는데,

그럴 여유는 없어 보였다. 아마 책을 보고 해결책을 찾은 것이 아니라 '뭐라도 해보자.'를 실행함이 잠깐 괜찮아지게 해주지 않았을까 생각해 본다. 후회란 이름으로 자신에게 벌을 주면서… 근본적으로 부족함을 채워줄 뭔가를 찾길 바라며, 애꿎은 물건들은 버려본다는 그녀를 억지로 설득하지 않기로 했다. 그대로 인정해 주기로 했다.

물건에도 추억이 있고, 마음을 담았을 것이고, 사연이 있을 텐데…. 그녀에게 간직된 추억과 사연의 소중함을 알기 바랐다.

나의 자리에서 기다려 본다. 그녀의 불안이 잘 지나가길 바라면서 그녀가 전화하면 언제든지 달려가 줄 수 있게. 멀지 않은 곳에서 사랑을 줄 수 있는 마음의 여유를 준비하고, 나의 일상 속에서 기다린다. 그녀를 잘 이해하고 위로하면서 사랑을 주려면 일단 내가 괜찮아야 하니까. 내가 먼저 준비되어 있어야 하니까.

투명한 순수함에 무조건적인 사랑을 줄 수 있을 만큼 어른이 되어 있어야 하니까.

나만이 찾을 수 있는
진짜 비워내기와 진짜 채우기

　마음이 허전하고 외로울 때는 좋은 사람과 감정을 나누며 관계에 대해서 생각해 보아야 하고, 물건이 없어서 초라할 때는 좋은 물건을 갖기 위한 노력을 한다. 갖고 싶은 게 많은 사람에게 욕심을 버리고 행복해지라는, 과정을 뛰어넘는 충고는 잘 들리지 않는다. 좋은 것도, 맛있는 것도 많은 세상에서 잠만 자라는 소리와 같다(그렇게 할 수 있었으면 진작에 했지, 왜 힘들어 하겠냐구요).

　불안을 해결하기 위해서 가장 먼저 할 일은 나의 불안을 인정하는 것이다. 불안을 충분히 인정하고, 얼마만큼 불안한지 돌아본 후 정신적으로 부족한지 물질적으로 부족한지를 생각해 내야 한다. 정신적으로 부족하면 사랑하는 사람의 위로와 관심이 필요하고, 정신적으로 혼란스럽고 과하면, 나를 둘러싼 관계를 정리할 필요가 있다. 물질적으로 부족한 것은 시간과 노력을 투자하여 돈을 벌고 물건들을 채워야 한다. 욕심이 과해지고 있는 사회속에서 나의 노력은 인정받기 힘들고 우리는 허덕이면서 좌절도 한다.

　내적 정리정돈이 끝났을 때, 물질적으로 과하다는 결론에 도달

하면 외적 정리정돈을 위해 필요 없는 것은 버리면 된다.

물건들을 샀을 때 만족감을 느끼고 소소한 행복을 느낀다. 오죽하면 '예쁜 쓰레기'라는 말이 생겼을까. 예쁘기는 하지만 꼭 필요하지 않은 것들이 쇼핑의 트렌드가 되어 사람들은 '요즘은 쓰레기도 예뻐야 한다.'며 사회적 분위기를 탓했지만, 나는 쓰레기도 좋아할 수 있다는 것을 알게 되었다. '예쁜 쓰레기'라는 말이 생기고 나서부터 필요 없는 것도 구매 욕구를 자극하는 예쁜 것들을 인터넷쇼핑 클릭 한 번으로 쉽게 질러 버리는 것 같기도 하다. 그렇게 소비를 하다보니 명품도 플렉스. 분명 내 허영심 때문만은 아니다. 유행도 따라가면서 사회생활을 해야 하니까. 나만의 동굴 속에서 살다가도 또 가끔은 사람들 속에 섞이고 싶으니까. 사람들 속에 섞여서 플렉스로 비워진 통장을 채울 힘을 충전하면 되니까.

사람들은 물질적인 것을 추구하면서도 또 어떤 때는 물건의 소중함을 너무도 쉽게 폄하해 버린다. 물질적인 것을 추구하고 편리한 일상을 원하면서도 정신적인 충만함이 최고의 가치라 여기면서 말이다. 물질적인 만족도를 추구하면 미성숙한 사람처럼 보이는 사회 분위기도 한껏 반영한다. 소소한 행복은 너무나 소소해서 그렇게 쉽게 잊혀버리나 보다.

아무리 돈이 많아도 시간을 과거로 돌릴 수는 없다. 백화점을 가도, 마트를 가도, 시장을 가도 시간은 팔지 않는다. 이렇게 소중한 시간에 최선을 다해 혼란과 불안을 느끼고 샀던 물건을 버리는 데 사용하면서 불안의 악순환 반복에 힘쓰고 있다.

물건들을 살 때 느꼈던 만족감과 설렘, 핑크를 살지 레드를 살지에 대한 행복하고 진지했던 고민들. 채워줌과 만족감을 하나하나 되새겨 보는 것이 오히려 혼란과 불안을 잠재울 수 있는 방법이다. 물건에 담긴 추억과 관련된 사람을 생각해 보는 것도 우리의 지난 시간을 더 소중하게 채워가는 방법 중의 하나이다.

채워진 것도 가끔은 과한 것,
어긋난 것도 괜찮은 거야

　사회는 늘 정리정돈을 강요하고 그 속에서 규칙적이고 어긋남 없이 생활하길 기대하지만, 어질러짐 속에서 안정감을 느끼는 사람도 있다. 정돈되어 있지 않는 나를 보면서, 나를 부족한 사람이라고 단정 짓기 전에 어느 정도의 정리정돈이 필요한 사람인지 찬찬히 생각해 보아야 한다. 물건은 우리가 살아가는 요소 중에 중요한 것임은 분명하지만, 최고의 가치가 될 수는 없다. 누구에게나 예외 없이 최고의 가치는 나 자신이다. 어차피 인생의 참 의미는 나 자신이니 인생의 의미를 찾는 데 너무 힘 빼지 말았으면 좋겠다. 나를 잘 아는 것이 인생의 참 의미를 찾는 것일지도 모르니까.

　비우는 것에 익숙한 욕심 없는 사람이면 트렌디하게 살 수 있는데, 난 어느 정도의 채워짐에 익숙한 사람이다. 비워내면 금방 부족함을 느끼고 바로 불안해진다. 침대에 배게 옆에는 다섯 권의 책이 있다. 『죄와 벌』, 『뇌가 지어낸 모든 세계』, 『여행의 이유』, 『코끼리는 생각하지 마』. 『팩트풀니스』. 한 번에 한 권씩 책을 보는 다른 사람들에게는 과해 보일지도 모르지만 이 책들은 베게 옆에 알아서 모여 주었다. 고전 소설에 꽂혀서 『인간상실』과 『이방인』을 다시 보았다. 생각보다 깨달음이 좋아 다음의 선택은 『죄와 벌』이었다. 평소 심리학에 관심이 많아 뇌와 심리상태의 관계가 궁금했는데 『뇌가 지어낸 모든 세계』는 제목에 꽂혀서 산 책. 『여행의 이유』는 여행이 가고 싶을 때마다 보는 책이다. 덕분에 항상 침대에서 여행을 꿈꿀 수 있다. 『코끼리는 생각하지 마』는 중립을 지키기 위한 정치 책. 『팩트풀니스』는 요즘 뉴스 현상을 긍정적으로 분석하기 위해 보는 상식 책이다. 책 다섯 권을 한꺼번에 보는 사람은 잘 없다. 그런데 내가 그런 사람이다. 투머치인 줄은 알았지만 책까지 이렇게 보는지 나도 몰랐다.

내가 그런 사람인데, 어떻하냐… 그렇게 살아야지, 뭐….

나이가 드니 주관이 뚜렷해지고 고집이 세지는데, 한쪽으로 치우치는 생각을 하지 않기 위한 노력이기도 하다. 배게 옆에는 항상 책을 두고 자기 전에는 다른 사람의 생각을 이해하려고 노력한다. 처음에는 한 권이었던 책이 두 권이 되고, 지금은 다섯 권이 되었을 뿐이다. 가끔 책의 내용이 머릿속에서 섞이기도 하는데, 뭐 어때? 여섯 권의 책을 읽는 것과 같다고 생각한다. 표지가 마음에 들어서, 제목이 좋아서, 내용이 좋아서, 잠시 시간을 보내려고 책을 산다. 책을 지르는 핑계도 가지가지다. 술 마시고 살찌는 데 쓰는 돈은 아깝지만 책을 사는 데는 아끼지 않는다. 책을 사고 카드결제를 할 때, 핸드폰으로 오는 문자의 진동, 결제 후 책을 받아 들면 두 손에 느껴지는 적당한 책의 무게, 목차만 보아도 책의 내용이 뇌에 전해진 것처럼 똑똑해진 느낌이다. 책 제목으로 내 교양을 설명할 수 있을 것 같은 묘한 자신감이 생긴다. 뭐, 똑똑한 척이라고 해도 좋다. 내 취미는 똑똑해지기 인가보다.

내 기분을 찾아
떠나는 일요일 밤

　하루의 기분에 따라서 보고 싶은 책이 다르다. 하루의 마무리로 일기를 쓰듯이 책을 고른다. 육체적으로 피로했는지, 정신적으로 복잡했는지 먼저 생각한다. 오늘 있었던 중요한 일을 생각하고 이에 대해서 진지하게 분석하고 공부하고 싶은지, 그냥 잊고 싶은지 생각해 본다. 이렇게 글로 하나하나 적어서 복잡한 거 같지만 사실 나 자신을 존중하기만 하면 생각보다 쉬운 일이다. 머릿속이 피곤하고 편한 생각을 하고 싶으면 소설을 보고, 오늘 접했던 뉴스에 관련된 내용을 좀 더 생각하고 싶으면 정치책을 본다. 뭐, 이도저도 아니면 여행책을 보기도 하고.

　그 날의 내 기분을 잘 알기 위해서는 나의 기분을 진심으로 존중해야 한다. 누가 내 기분을 알아주기 바라는 것보다 스스로 기분을 잘 아는 것이 중요하다. 그래야 달래 달라고 위로해 달라고 말이라도 할 수 있을 것 아닌가?

　하루 중에 있었던 책임과 의무에서 벗어나 침대에 올 때만큼은 오롯이 내가 어떤 상태인지만 생각한다. 결정을 직접 했지만 틀릴 때도 있다. 바뀔 때도 있다. 마음이 두 개일 때도 있다. 괜찮다. 그럴 때는 다시 결정하면 된다. 침대에는 여러 권의 책이 있으니까. 하루에 한 종류의 책을 꾸준히 볼 때도 있고, 십 분 만에 다른 책을 집기도 한다. 소설책에 손이 가는 날은 머릿속이 복잡해서 편한 이야기를 읽으면서 쉬고 싶은 날이다. 정치 관련 책에 손이 가는 날은 중요하다고 받아들여진 정치적 이슈가 있었던 날이다. '오늘따라 이상하게 이 책에 손이 가네.'라는 생각이 드는 날에는 대부분 잊고 있었던 이유가 있기도 했다.

우리 너무 많이
비워내지는 말아요

　집안 가득 쌓여 있는 물건들을 비워내야 된다는 압박은 헤어진 남자친구를 정리하듯 단순한 버림이 되어 버릴지도 모른다. 미련이 남아 있는지도 모르면서 모두 잊어내는 게 자존심을 지키는 최선의 방법이라는 결정에 스스로를 속이면서, 신속하고 정확하게 최대한 많은 것을 버린다. 마치 처음부터 아무것도 없던 것처럼….

　보고서를 제출하듯이 비워내고 난 다음이 조금 걱정스럽다. 혹시, 비워낸 후의 허전함에 또 불안을 느끼지 않을까? 그렇게 불안함을 다시 느끼면 또 시간과 돈을 투자해서 다시 채움을 시작할 것인가?

　비워내기를 하려면 얼마만큼의 채움이 적절한지부터 알아야 한다. 옷이 몇 벌 있을 때 사계절을 예쁘게 보낼 수 있는지, 화장품이 얼마나 있을 때 가장 잘 꾸밀 수 있는지, 조리도구가 얼마나 있을 때 가장 요리가 즐거운지, 제일 안정적인 상태가 얼만큼인지 알아야 한다. 머리 아프게 정답을 찾으라는 것은 아니다. 정답은 없음이 정답으로 이미 정해져 있으니, 정답이 없음을 인정하고 지금의 가장 맞는 상태를 찾아가면 된다. 유행해서 샀던 옷과 액세서리, 고가의 가구들. 요즘은 심플함이 대세라 트렌드를 쫓아 비워낸다는데, 그 물건들을 만들기 위해서 누군가는 심혈을 기울이고, 엄청난 노력을 했을 텐데 그들이 들으면 참 허탈할 트렌드다.

나는 비워낼 줄 아는 사람인가? 비워내는 방법은 무엇인가? 무엇부터 비워내야 할까?

비워내는 것의 시작은 결국 나 자신을 제대로 아는 것에서 출발한다.

한 번 크게 울고 소리를 질러야 할 스트레스를 먹을 것으로 풀고는 기분이 좋아졌다고 믿는 경우. 상대방과 대화를 하고 문제를 함께 풀어나가야 함을 혼자 일기장에 쓰고 조금은 시원하다고 하는 경우. 아침잠이 많은 사람이 매일매일 아침 일찍 일어나 출근을 해야 하는 경우.

모두 근본적인 문제의 해결이 필요하다. 무조건 남들이 비워내서, 비워내면 시원할 것 같아서, 머릿속 복잡함이 해결될 것 같아서 비워내진 말았으면 좋겠다. 어쩌면 다시 비워내서 허전함을 느끼고 무엇을 채워야 할지 고민할지도 모른다.

진짜 원하는 게 무엇인지 생각해 보자. 단순하게 '맛있는 것 먹기, 예뻐지기, 일찍 자기'보다 더 구체적으로 생각해 볼 필요가 있다. 나를 채워줄 수 있을 만큼 내가 좋아하는 구체적인 상황들이다.

비 오는 날 가로등 아래, 차 안에서 사랑하는 사람과 바닐라라떼를 마시는 것.

검은색 하이힐과 웨이브의 긴머리, 핑크색 립스틱이 어울리는 밤에 빨간 조명 아래 와인을 마시는 것.

초코가 크게 박힌 쿠키를 조금씩 나누어 먹으며 천천히 입안에서 열 번 이상 씹어 달콤함을 느끼는 것.

나는 비워내는 것보다 채워져 있을 때 안정감을 느낀다. 채움에 익숙하다고 당당하게 말할 수 있다. 욕심이 지나치다고 말하는 사람에게도 친절하게 설명할 여유도 가질 것이다.

무엇이든지 손이 닿는 곳에 준비하고 화장품, 샴푸, 향수 같은 것들은 하나쯤 여유분을 가지고 있다. 화장품을 반쯤 쓰면 다 써간다고 생각하고 여유분을 준비해 놓는다. 화장대는 언제나 투머치다. 매니큐어 100개, 립스틱은 50개 정도 있다. 잃어버리지 않는 한 계속 늘어나고 있다. 예쁜 것이 보일 때마다 꾸준히 사 모은다. 언니가 왜 같은 색깔 립스틱이 많으냐고 묻지만 내 눈에는 모두 다른 색깔이다. 같은 브랜드, 같은 NO.가 아닌 이상 내 손바닥 위에 같은 컬러는 없다. 매니큐어도 마찬가지다. 케이스 모양이 다르고 색깔의 이름이 다르다. 그런데 어떻게 다 같은 색깔이란 말인가.

매니큐어와 립스틱은 그날그날 기분을 나타내 주는 나만의 스텝이다. 봄바람에 설레고 있을 때는 오렌지색 립스틱을 바른다. 청순해 보이고 싶은 날은 연한 핑크색 립글로즈를, 컨디션이 좋지 않은 날은 빨간색 틴트, 화가 많은 날은 보라색 입술로 변신한다.

내 입술 색깔의 의미를 다른 사람들은 잘 모른다. 알아봐 달라는 것도 아니다. 가끔 의미가 다르기도 하고 아무 의미가 없기도 하다. 나만 안다. 나만 알면 된다. 비밀 같지 않은 비밀이다. 내가 만들어서 나만 아는 나만의 비밀이 난 좋다. 비밀이 있는 건 괜찮은 거니까, 혼자 재밌어도 되는 거니까.

거울을 보며 오렌지색 립스틱을 바르고, 거울 속에 더 예쁜 시간을 보낼 것이란 설렘을 확인한다. "오늘 입술색이 유난히 진해"라는 말을 들으면서 컨디션이 좋지 않음을 한 번 더 확인한다. 불행히도 입술은 하나뿐이라 기분이 여러 개일 때도 한 가지 색깔밖에 바를 수 없지만 화장을 하고 마지막 립스틱을 바를 때, 어떤 색깔을 바를지 고를 때는 늘 행복하다.

마치, 오늘의 내 기분은 내가 정한다는 생각! 입술 색깔을 옷 색깔과 맞출 때도 있다. 만나는 사람에게 주고 싶은 인상에 따라 선택하기도 한다. 물론, 입술 색깔이 나의 이미지와 미래 지향성에 엄청난 영향을 미친다는 연구 결과 보고서 같은 건 없다.

다만, 하루의 기분을 좋게 하고, 기분 좋게 한 일들은 다 잘되겠지, 하고 생각할 수 있는 자신감을 준다.

결혼하고, 나의 이름은 내동댕이쳐지고 누군가의 아내, 며느리의 삶에 회의감을 느껴 자존감을 잃고 방황하던 때가 있었다. 친구가 생일 선물로 샛오렌지색의 립스틱을 선물해 주었다. 생각해주는 친구의 마음이 고마워 립스틱 뚜껑을 열고 살짝 발라 보였다. 입술 색깔 하나 바꿨을 뿐인데 거울 속 나는 완전히 다른 사람 같았다. 립스틱을 바르는 3초면 생기 있는 얼굴로 바뀔 수 있는데, 왜 이렇게 못나게 살아가고 있나 하는 생각이 들었다. 립스틱은 매일 울어 퉁퉁 부어있는 눈보다 입술에 먼저 눈길이 가게 해주었다. 살짝 웃어 보이며 정말 오랜만에 얼굴의 예쁜 구석을 찬찬히 찾아보았다. 생기 있는 입술 색깔을 시작으로 자존감을 조금씩 찾아갔다. 립스틱을 선물한 그 친구에게는 평생 고마운 마음을 품고 살아갈 것이다.

그때의 립스틱에 대한 감사함으로 평소에도 핸드백 속 파우치 속에 보통 다섯 개에서 열 개의 립스틱을 가지고 다닌다. 한꺼번에 다 바르진 못해도 기분에 따라서 입술 색깔을 바꾸어 본다. 립스틱 색깔 하나에도 행복을 느끼고, 나와 만나는 사람들에게 행복을 전하고 싶다. 시간과 장소에 따라 입술 색깔까지 생각하는 센스있는 여자이고 싶다. 입술 색깔로 기분을 표현할 줄 아는 여자. 립스틱값 정도는 나에게 투자할 줄 아는 여자로 계속 살아갈 것이다.

비워내지 말고
돌아봐요. 우리

비워내는 데 급급한 사람이 물건을 버리는 건, 그 물건을 살 때의 마음과 그 물건에 깃들어 있는 추억을 너무나도 당연하게 잊어버려서가 아닐까? 물건을 버린다고 추억이 버려지는 것은 아니다. 무슨 재주로 추억을 버려… 추억을 버릴 수 있는 알약 같은 것을 개발하면 아마 금방 부자가 될 수 있을 것 같다.

잊혀진 추억도 가끔은 꺼내 보면서 살고 싶다. 단순한 나는 사람에게도 똑같다. 사람을 쉽게 믿지 못하지만, 또 쉽게 버리지 못한다. 비싼 물건인지 저렴한 물건인지, 필요한 물건인지 예쁜 쓰레기인지를 판단하는 것이 아니다. 아! 쓰레기도 예쁘면 괜찮다.

그 물건을 갖고 싶었던 마음이 얼마나 간절했는지, 누구와의 추억이 담겨있는지, 이 물건을 살 때 얼마나 행복했는지, 슬펐는지를 기억한다. 이렇게 물건에 소소한 감정과 그때의 내가 담겨 있어서 하나하나 모두 특별하고 소중하다.

우리는 살아가면서 일을 해내고 낯선 관계 속에서 새로운 물건을 사고 맛있는 음식을 먹는다. 보통의 일상의 소중함을 느끼며 일상 속에 담겨있는 소소한 채움의 소중함을 제대로 알았으면 좋겠다.

나이가 들어갈수록 빨간색 립스틱이 좋아진다. 탁해져 가는 얼굴 빛에 빨간색 입술을 주인공으로 만들어 준다. 조금만 진해도 금방 과하다는 느낌이 들고 커피라도 마시면 진한 빨간색은 얼룩덜룩 보기 싫어진다. 사실 빨간색 립스틱은 처음 발랐을 때의 발색이 가장 예쁘고 시간이 지날수록 색깔이 탁해져 정말 세심하게 조심해야 한다. 보통 처음의 가장 예쁜 발색만 기억하곤 하지만. 그래도 먹는 것, 말하는 것, 입술의 움직임도 조심한다. 몇 초의 발림으로 얼굴 전체의 느낌을 다르게 할 수 있으니, 빨간 립스틱을 바르고 먹는 것도, 말하는 것도, 입술의 움직임까지도 조심해 본다.

자연스러운 게 좋지만 있는 그대로의 나보다 조금은 더 빨강의 추억이고 싶은 어느 일요일 밤. 일요일 밤은 그렇게 깊어져 간다.

맺음말

　회사의 시스템과 비슷한 일상에 지쳐 있던 어느 날, 광고 회사에 면접을 볼 기회가 생겼습니다. 결혼도 했고 이미 서른여섯 살이나 먹었으니 면접을 본다면 '임신은 언제쯤 할 것인가요?'라는 질문이나 예상되고, 나조차도 '이 나이에 내가 무슨 새로운 시작이야.'라며 포기하려 했습니다. 십여 년의 사회생활은 부당한 질문에도 웃어넘기고, 마음의 상처에 스스로 반창고를 붙일 수 있게 해주었죠.

　근데 그렇잖아요. 분명히 괜찮은데도 현실적으로만 살아가기에는 너무 아쉬워 자책이라도 해보자고 친한 동생을 만났습니다.

　그리고 저의 이야기는 시작되었습니다.

　"와, 너무 잘 어울려요. 언니는 아이디어 창고 같아요"라고 말해주던 친구(이쁜 동생)의 이쁜 칭찬에서부터입니다. 안정적이고 싶은 욕심에 가려져 있던 꿈, 나이가 들수록 오래되어서 흐릿했던 꿈이 친구의 이쁜 칭찬으로 조금씩 뚜렷해집니다.

　광고 회사의 면접은 합격하지 못했습니다. 저는 안정적인 현실로 다시 돌아왔고, 내 주위에 좋은 사람이 있음을 한 번 더 확인했습니다. 또 새로운 꿈을 꿀 수도 있다는 설렘까지 느꼈으니, 충분합니다.

친구는 좋은 일이 있거나 힘든 일이 있으면 재잘거리며 연락이 옵니다. 고민 앞에서 늘 제가 제일 먼저 생각난다고 하니, 그것만으로도 좋은 언니가 되어 주고 싶습니다.

저보다 여덟 살이나 어려서 사실 친구가 하는 고민은 결혼도 하고 산전수전(?) 다 겪어본 저에게는 그렇게 큰일이 아닙니다. 전남친에게 다시 연락이 와서 화가 난다는 둥, 가고 싶은 회사의 채용공고가 없다는 둥, 살은 찌는데 밥이 너무 맛있다는 둥 하는 고민을 부지런히 늘어놓고, 저는 시원하기나 하라고 들어주는 편입니다.

따뜻한 커피 한잔과 달콤한 케익을 사이에 두고 친구의 고민에 공감하고자 눈을 맞춥니다. 친구는 고민하고 있는 표정이 정말 이쁩니다. 아마, 자신의 표정이 얼마나 이쁜지 잘 모르고 속상해만 하고 있겠죠. 고민을 들으며, 안타깝다는 생각을 같이했습니다. 이렇게 이쁜 표정을 스스로 잘 안다면 얼마나 좋을까요?

사랑스러움과 이쁜 말투로 좋은 사람도 많이 만나고, 사회 속에서 행복하게 성장해 나갈 수 있을 텐데…. 과거에 연연하며 힘들어하지 말고, 지난 시간을 이쁘게 추억하거나, 앞으로 어떻게 할지에 대한 밝은 고민을 해보는 게 어떨까… 하는 생각을 해봅니다.

아마 '너 지금 엄청 이쁜 거 아니?'라고 얘기해 본다면, 친구는 자신의 얘기에 집중해 주지 않았다고 뽀로통할지도 모릅니다. 사실, 그 표정도 너무 귀여울 것 같지만, 진지한 친구 앞에서 놀리는 게 될까 봐 가슴속에만 소중히 담습니다.

그런 마음으로 얘기하고 있습니다. 아이디어 창고 같은 언니가 해주고 싶은 말을 잘 쌓지 못해서, 가슴 속에만 잘 담지 못해서 책으로 "너의 고민들은 다 괜찮은 것들이야"라고 말해주고 싶습니다.

어른들은 지나고 나면 다 아무것도 아니라고 말하지만, 지나고 나서 소중한 아무것들은 스스로 만들어가는 것입니다. 모든 순간은 별 같은 별것들입니다. 어느 하나 소중하지 않은 것들이 없습니다. 좋은 기억이고 이쁜 추억이고, 내가 살았던 소중한 시간입니다.

두 사람이 나란히 걸어갈 때, 편안하다는 느낌을 받았다면, 우리는 나와 잘 맞는 사람을 만났다고 착각합니다.

　있잖아요. 그건 서로 아주 잘 맞는 게 아니라, 당신을 위해서 옆의 사람이 배려하고 있는 것일지도 모릅니다. 배려하고 있다는 것을 당신에게 들키지 않도록 조심조심 배려하고 있었을 겁니다. 그 사람의 배려대로 당신은 배려를 느끼지조차 못하고, 참 잘 맞는 사람을 만났다고 좋은 인연이라고 생각하면서 잠들겠죠. 당신의 편안한 밤에는 배려가 있었던 겁니다.

　있잖아요. 배려하는 사람은 언젠가 지칩니다. 세상에 일방적이고 당연한 배려는 없으니까요. 혹시 만날 때마다 편하다고 느끼는 사람이 있다면, 꼭 잡으세요. 잘해주세요. 그리고 고맙다고 말하세요. 내 옆에 있어서 참 다행이라고 말해주세요.

　배려 같은 책이고 싶습니다.

　누군가의 "괜찮아"가 간절할 때 생각나는 괜찮은 언니로 옆에 있어 주고 싶습니다. 우리 행복하자구요.